文春文庫

降霊会の夜

浅田次郎

目次

降霊会の夜

来しかたを　さながら夢になしつれば
覚むるうつつの　なきぞ悲しき

権中納言資実
新古今集巻十八雑歌

1

しばしば同じ夢を見る。

たそがれどきであろうか、あたりは橙色《だいだいいろ》のうら悲しい光にくるまれており、私は見知らぬ女に導かれてひたすら歩んでいる。

どこへ行くのだ、と訊《たず》ねても答えはない。しかし行方がどこであろうが私のうちに不安はなく、むしろ女のなすがままに身を委ねるここちよさを感じている。女に悪意がないということだけはわかっているのである。

私たちを歩ませたまま舞台が回るように、見覚えのある風景が去来する。

路面電車が銀杏《いちょう》の黄色い朽葉《くちば》を巻き上げて過ぎる、幼い日の通学路であったかと思うと、今でも万世《まんせい》橋のあたりに残っているような、赤煉瓦《れんが》のアーチがつらなる高架線ぞいの道であったりする。

やがて景色は、ヨーロッパの古い街並に変わる。石畳の坂道の上に教会の尖塔《せんとう》が見え、歩くほどにカフェで寛《くつろ》ぐ人々やアパルトマンの窓まどから見おろす視線が、私の罪深さを嘲《あざけ》っていることに気付く。

私は歩みを止めて、懺悔《ざんげ》などするつもりはないと女に言う。

――罪がない、とおっしゃるのですか。

女の詰《なじ》るような問いに、私は反駁《はんばく》する。

この齢《とし》まで生きて、悔悟のないはずはない。罰は下されなくとも、おのれの良心に問うて罪だと思うくさぐさは山ほどもある。だが、それらを懺悔して贖罪《しょくざい》とするなど、あまりに都合がよすぎるではないか。私たちの恃《たの》む神仏はキリストほど寛容ではない、と。

女は言い返そうとせず、黙って私を見つめる。その表情にはひとりよがりの信仰心などはかけらもなくて、心から私の気持ちを忖度《そんたく》しているように思える。

そもそも夢の中の見知らぬ女なのだから、これといった特徴があるわけではない。齢もわからない。ただ、つややかな黒髪をうなじで束ねた白く小さな顔が、雛《ひな》を思わせた。それも節句の段飾りでいうなら姫ではなく、しとやかで慎ましい三人官女の誰かしらである。

私の言い分を聞くだけ聞くと、女は坂道の来し方を指さした。

私は顧《かえり》みる。すると驚くことに眼下には、私がかつて暮らし、捨ててきた街がひとつ残らずぎっしりと、まるで重箱さながらにありし日のまま犇《ひし》めいているのである。

たちまち罰されぬ罪のくさぐさが押し寄せてきて、私は胸の重みを支えきれず路上に蹲《うずくま》る。しかし女は、冷たい掌《てのひら》を私の顎に当てて引き上げ、きっぱりと、叱りつけるように言うのである。

――何を今さら。忘れていたくせに。

その一言をしおに、夢はいつも終わる。それから私と女がどこに向かったのか、続きを見たためしはない。


秋の森をとよもして雨が下りてきた。

書斎の軒端ごしに覗《のぞ》けば、数日前に冠雪した浅間山は黒雲に被《おお》われて、時おり頂のあたりに裂くような稲妻が光った。さては噴火かと気を揉《も》んだが、じきに空がどろどろと轟《とどろ》いて、季節はずれの雷だとわかった。

四季を通じて湿潤な気候である。およそ植生には適さぬ火山灰の土地であるのに、かくも豊かな森に被われているのは、夕昏《ゆうぐ》れどきにお定めごとのように通り過ぎる雨の恩沢にちがいない。

しかし、今を盛りの紅葉の季節に、雷が鳴るのは珍しい。どこか窓が開け放してありはしないかと、ほの暗い家の中を歩き回った。

もともと企業の保養所に使われていた家は、こうした際には厄介な広さがある。あとさき考えずに手に入れてから、いずれ小ぢんまりと改装しようと思いつつ十数年も経《た》ってしまった。いまだに家の半分は封印したまま立ち入ることもなく、庭に向いた部分だけで暮らしている。

その庭がまた、建物の大きさに応じて始末におえない。都会育ちの私は、森を維持するためにはどれほどの手間と費用がかかるか知らなかった。

ともあれ、この高原の家に住み始めてからというもの、私は寝ても覚めても森の中に置き去られているような、心もとなさを感じ続けていた。

黒雲は急速に近付いて、荒れ庭を呑《の》みこんでしまった。テラスに面したガラス戸は閉めておくべきか、それとも開け放つべきかと迷った。雷がよほど近いときには、窓を開けたほうがよいと言われている。

科学的な根拠はどうか知らないが、たしかに海抜千メートルの雷は空の高みから落ちてくるのではなく、斜めに横に稲妻が走るのである。数年前の夏には、庭の奥の唐松の林を閃光《せんこう》が横ざまに貫く瞬間を見た。

濡《ぬ》れた床は拭くだけのことだと思い、テラスの戸を開け放ち、台所の窓とそこまでの間仕切りのドアもすべて開けて、雷様の通り道を作った。南向きの天窓も開けた。

季節にそぐわぬ生ぬるい風が吹きこんできた。錦《にしき》の森が赤や黄を吹き散らして波打つさまが面白く、私は籐椅子《とういす》に身を沈めて景色に見入った。それからふと思いついて、腕時計と携帯電話機を離れた場所に置いた。

しばらくそうしているうち、庭の中ほどのすっかり葉を落とした辛夷《こぶし》の大木の根方に、何か動くものを見つけた。奥行のある庭は遠近感が怪しく、猿か熊かと目を凝らすうちに、どうやら深緑色のコートを頭からすっぽりと被《かぶ》った人間であるとわかった。

その辛夷は大人が二人がかりで抱えようとしても届かぬほどの大樹で、春先には満身に白い花を咲かせる、庭のシンボル・ツリーである。下枝《しずえ》は地を舐《な》めるほどなので、周囲に草は生えず、地面は厚い青苔に被われていた。

その苔の緑が、深緑色のコートを被って蹲る人影を隠していたのだった。

「危いからお入りなさい」

私は庭に向かって叫んだ。人影は声を探して振り返った。遠目にも女だとわかった。

荒れ庭の周囲には茂るにまかせた樅《もみ》の木が並んでいるきりなので、散歩がてらに迷いこんでしまう人は珍しくなかった。あるいは時ならぬ雷雨に見舞われて、手近な家をめざしたはよいが、恐怖のあまりに動けなくなったのかもしれなかった。

女は手招きをする私に向かって歩き出したものの、すぐに閃光と雷鳴に怯《ひる》んで、また蹲ってしまった。

家の屋根には避雷針があるから心配はないが、庭のただなかではどうかわからない。腰を抜かしているのなら救《たす》けに出るほかはなかった。

以前にも自転車で通りすがった家族連れの観光客を家の中に避難させたことはあったが、まさかこちらから救出に向かったためしはない。

はたして女は、青苔の上にぺたりと座りこんで両耳を塞《ふさ》いでいた。よほど取り乱しているようで、私が肩を叩《たた》くと金切声を上げて振り払った。

「危いから家にお入りなさい」

私はもういちど言った。女はようやく私の差し出した手にすがって立ち上がった。

それからが一苦労だった。庭はすっぽりと雷雲にくるまれて夜のように暗く、思いがけぬほど近くで光と音が爆《は》ぜた。女はそのつど私の腕もろともに屈《かが》みこもうとする。こうなると、泣こうがわめこうが力ずくで引きずってゆくほかはなかった。

あたりには吹き散らされた唐松の落葉が、金色の渦を巻いていた。私は女をコートぐるみに抱えこんで、どうにかこうにか家に転がりこんだ。

そこで初めて、まともに女の顔を見た。とたんに私は息を詰めた。

それは夜ごと夢の中に立ち現れ、私をいずこかへ導こうとする、雛のような女の顔だった。

雨に濡れた床を獣のように這《は》いながら、女は後ずさる私の膝に絡みついてきた。

——何を今さら。忘れていたくせに。

女が低い声で、そう呟《つぶや》いたような気がした。

雷鳴が遠ざかったあとも、女は暖炉の前で震えていた。

私は気を取り直してコートを脱がせ、バスタオルを肩に掛け、熱いコーヒーを女に飲ませた。

やがて雉子《きじ》や山鳩《やまばと》の声が戻ってきて、庭は嘘《うそ》のようなたそがれの安息に満ちた。どこかで落雷があったのか、消防車のサイレンが遠く聞こえた。

何ごともなかったかのような自然のふるまいは、私の心を鎮《しず》めた。現実の世間にも他人の空似というものはままあるのだから、夢の女に似ているのもべつだんふしぎではないと思うことにした。

しばらくの間、私たちは高原の雷の怖《おそ》ろしさや、このごろの不景気で様変わりしてしまった別荘地の有様について語り合った。

女は県道を隔てた西の森の住人で、散歩の途中だったと言った。まさかこの季節に雷が鳴るとは思いもしなかったから、てっきり浅間山の大噴火だと信じこんで、足がすくんでしまったらしい。秋景色に誘われてつい足を延ばしてしまったのがいけなかったと、そこまで言ってから女はようやく思いついたように、迷惑をかけたことを詫《わ》びた。

年齢は見当がつかなかった。三十から四十なかばの間、といえば大雑把に過ぎようが、言葉遣いが妙に臈《ろう》たけているわりには、ふとした表情が少女のようにあどけなかった。何か特殊な出自を持つ、浮世ばなれのした人といえば中《あた》っている。

化粧気のない肌は明障子《あかりしょうじ》のようなぼんやりとした白さで、うなじに束ねた黒髪との対照が単彩画のように際立っていた。

女は梓《あずさ》と名乗った。初対面の人間にいきなり名前のほうを告げるのも常識を欠いているが、もしかしたらこの別荘地に生き残っている、貴顕《きけん》の姓を持っているのではないかと思った。そう考えれば、浮世ばなれのした女の印象に符合するからである。

それは思い過ごしであるにしても、梓は女性の名にふさわしからぬ文字だと思った。弓の材であるから、名付けるとすれば男子であろう。

「女性の名前にしては、勇ましいね」

私は話材に事欠いて、思いついたままを口にした。すると女は、まるで用意していたようにすぐさま答えた。

「祖父が口寄せをよくしたものですから」

「口寄せ、とは」

「神憑《かみがか》るときに、梓弓《あずさゆみ》の弦《つる》を引くのです。父がそうした家業を嫌っていたので、祖父は私を梓巫女《あずさみこ》にして家を継がせようとしました。それで、名前も梓と付けました」

女はさらりと言ったが、そのさきは聞くべきではないと思った。少くとも尋常の話題ではなかった。

封じこめたはずの疑念が甦《よみがえ》った。やはりこの女は、うつつにあらざる人間なのではないか。夢の女が大胆にも意識の垣根を乗りこえて、私の目の前に立ち現れたのではないのか。

日が昏れて鳥の啼《な》き声が絶えても、女は暖炉の前を動こうとはしなかった。間を繕う話材は払いつくしてしまった。

女は饒舌《じょうぜつ》なわけではなかった。胸に残る雷の恐怖を塡《う》め合わせようとして、思いつくままに言葉を並べているにすぎなかった。

遠い散歩に出た理由を女は語った。秋口に飼犬が死んでからも、長い習慣であった散歩は続いていたのだが、きょうは共に歩く犬の魂がなかなか帰らずに、ここまで来てしまったのだと、女は真顔で言った。

いったいどうしたものやらと私が思いあぐねるうちに、女は暖炉の炎から白い顔をもたげて、「おひとりですか」と訊ねた。

そこで私はようやく、女が雷の恐怖から立ち直れず、独り暮らしの山荘に帰る気になれないのだろうと察した。ためしに「車で送るよ」と水を向ければ、女は困惑した表情を露《あら》わにして、「ご迷惑ですか」とだけ言った。

仕方なく私は、台所に立って残りもののスープを火にかけた。夢の女であるという妄想を打ち払いさえすれば、行き昏れた近在の住人を追い出す理由は何もなかった。それどころか、私もここしばらくの独り暮らしで人恋しくもあった。

肚《はら》を括《くく》ってパスタを茹《う》で始め、冷凍庫の中を物色していると、女の気配が近付いてきた。

「すみません。何か作りましょうか」

「いいよ。ゲストはあなただから」

ひとりで炉端に取り残されるのが怖かったのだろうか、女は台所に佇《たたず》んだままだった。

「ひとつだけお願いしておきたいんだが」と私は、一夜の客とする条件を告げた。

「神憑りだの霊だのという話は、やめておいてくれないか。怖がりじゃないが、はなからその手は信じないたちなんだ」

言いながら、女が素足で立っていることに気付いた。スリッパを脱いで足元に置くと、それが男として当然の務めであるかのように、私の肩に手を置いて履いた。浮世ばなれもここまでできれば見上げたものである。

「ジョーンズ夫人をご存じですか」

女は唐突に、知らぬ人の名を口にした。

「西の森に昔からお住まいの、ミセス・ジョーンズです」

「いや、知らない。その人がどうかしたのかな」

女は少し答えをためらった。

スープが沸いた。火口《ひぐち》を覗きこむ私の背に向かって女は言った。

「会いたい人はいませんか。生きていても、亡くなっていてもかまいません。ジョーンズ夫人が必ず会わせてくれます」

女は私が提示したゲストの条件を、まるで無遠慮に、軽々と踏み越えたのだった。それでも私が怒りを覚えなかったのは、振り返ったとたん間近にあった女の顔に、害意がいささかも感じられなかったからだった。

――何を今さら。忘れていたくせに。

夢の女の声が、ありありと耳に甦った。つまり見果てぬ夢の続きに、うつつの私がいざなわれるのだ。

「ご恩返しをほかに思いつきません」

梓は雛の顔を少しかしげて、慎ましくほほえんだ。

2

山野井清《やまのいきよし》という名前が黒板に書かれると、子供らはその新しい友人のこれからの呼び名を口々に唱え始めた。

誰よりも小さな体やおどおどとした態度から、男子生徒はネズミだのサルだのと言い、女子は好意的に小鳥や昆虫の名を挙げたが、それらはみな教師に拒まれて、結局「キヨ」に落ち着いた。

自己紹介をする段となっても、キヨは俯《うつむ》いたままだった。泣き出すんじゃないかと子供らが気を揉むうちに、教師が坊主刈の頭に掌を載せて言った。

「山野井君はおとうさんのお仕事の都合で転校が多いから、教科書もそのつど変わってしまいます。わからないことはみんなして教えてあげてね」

それはお定《き》まりの口上《こうじょう》のようなものだった。新学期を迎えるたびに何人もの転校生がやってきて、ふしぎと同じ数の子供がどこかへ出て行った。戦後のめざましい復興の中で、民族が大移動しているからだった。あらかたは職と住まいが定まらないせいなのだろうが、転校の理由はひとからげに「おとうさんのお仕事の都合」という成語で説明されていた。

あえて身長を較《くら》べるまでもなく、キヨはクラスの最前列の席を与えられた。おかげで私は二列目に後退した。三年生になってようやく、チビと呼ばれなくてすむと思った。

世の中に子供が溢《あふ》れていた時代の話だ。五十人のクラスが学年に七つもあった。それでも三年生はまだしもましで、六年生は十クラスだった。おそらく全校生徒は、二千人を優に超えていただろう。

そうした環境の中では、親も教師もささいなことに気配りはできず、子供らは何につけても自由奔放だった。

私はその日、キヨとともに下校した。転校生は子供らの興味の対象となって、教師に言われるまでもなく歓待されるものだが、キヨの場合はそうならなかった。陰鬱で口数が少く、子供らの質問に答えようとはしなかった。国語の教科書を読まされただけでも学力が劣っていることはわかったし、体育の時間のソフトボールでは、満足にゴロの捕球もできず、バットも振り回せなかった。つまり子供らが待望する小英雄でないことが、たった一日で暴露されてしまったのだった。

むろん私も興味を失ったひとりだったが、集団登下校などという習慣のない時分、帰る方向がたまたま同じだった。何人かで校門を出たあと、子供らがひとり去りふたり去りして、気が付けばその面白くもおかしくもない転校生と肩を並べて歩いていた。

国道を走る路面電車はすでに廃止が決定しており、そのかわり都心から延伸されてくる地下鉄の工事が始まっていた。四年後に開催されるオリンピックに向かって、国中が昂揚《こうよう》していた。

歩道は障害物だらけだった。溝に架けられた木橋を渡り、ベニヤ板を張っただけの階段をいくつも昇り降りし、雨でもないのにいつも泥水の溜《た》まっている窪地《くぼち》を、飛び石づたいに歩くのだった。しかし子供にとっては楽しい通学路だった。

そうした障害物を越えて歩くうちに、キヨは初めて笑顔を見せた。

「おまえんちのおとうさん、何やってるの」

私はようやく会話の緒《いとぐち》を見つけて訊ねた。親の仕事の都合で転校をさせられる子供は不幸だと思っていた。

「銀行員」

無感情な声でキヨは答えた。彼と入れ替わりに転校していった親友が、やはり銀行員の子供だった。銀行はあちこちに支店があるから、そういうことになるのだろうと思った。

その親友には別れも告げなかった。春休みが終わって三年生に進級したら、いなくなっていたのだ。ということは、キヨも同じようにあわただしく、友人にさいならを告げる間もなくこの町に引越してきたのかもしれなかった。

私たちは面白い障害物を行きつ戻りつし、さんざ道草を食いながら歩いた。ひとりぼっちの下校路では、やりたくてもできないことだった。

十字路で別れるとき、明日の朝は八時にそこの交番の前で待ち合わせようと約束した。私の家は学校から遠かった。ずっと近い小学校もあったのだが、たぶん定員の事情か何かで、二十分も歩かねばならぬ通学を強いられていた。だから近所にも友達がいなかった。一緒に道草を食いながら通学できるのなら、相手は誰でもよかった。

新学期の早々であったから、花も盛りだったのかもしれないが、記憶にはない。小さな友人は国道の向こう岸に佇んで、私がいくど顧みても手を振っていた。

「銀行員は給金がちがうからなあ。転勤だ何だと言ったって、けっこうなご身分だよ」

転校生の話を聞いた、父の感想である。

戦場で利き腕に傷を負った父は、箸が使えずにフォークで食事をした。

「したっけ、ばんたびの転校じゃあ子供は不憫《ふびん》だ」

祖父が私の反論を代弁してくれた。孝行息子を持ったおかげで、五十からの楽隠居を決めこんだ幸福な人だった。

祖父母は父の出征中に下町の長屋を焼け出され、伝《つて》をたどってこの山の手に仮住まいをした。そこに戦場で九死に一生を得た父が復員し、新宿の闇市で商売を始めた。その後の詳しい経緯は知らないが、ともかく私が物心ついたころには、借家でも長屋でもない瀟洒《しょうしゃ》な家に住み、父は都心で経営する会社に通っていた。いわば戦後の混乱期に擡頭《たいとう》した、プチ・ブルジョアの典型だった。

かつて畑と雑木林ばかりだったという祖父母の話など嘘のように、あたりは民家で埋まっていた。住民のあらかたは下町からの被災者であったらしく、古い東京の習慣や言葉がそのまま移植されていた。しかし町の様相はいまだ混沌《こんとん》としていて、十五年の間に身上《しんしょう》を立て直した家や、恵まれたサラリーマンの家庭があるかと思うと、廃材をつぎ合わせたようなバラックの集落もあちこちに残っていた。

祖父と父はしばしば口喧嘩《くちげんか》をした。辛抱強い性格の父が腹を立てるのは、祖父が差別的な軽口を叩くときと決まっていた。その発言がなかば江戸前の洒落《しゃれ》であるということぐらいは子供心にもわかるのだが、軍隊で苦労をしてきた父には許し難く聞こえるらしかった。

事業を成功させた矜《ほこ》らしさよりも、悪い戦の記憶のほうがあのころの父の胸にはまさっていて、自分が他者より優位にあるということを、素直に認められなかったのだと思う。

つまり二人の口喧嘩はたいてい、祖父が近所のバラック住まいの人々を馬鹿にした発言をし、それを父がけっして聞き流さずにたしなめる、というところから始まった。

しかし祖父に悪気があったわけではない。父のように勤勉でもなく思慮深くもなかったが、父よりもずっと情の厚い人だった。たとえば、いかにけっこうなご身分でも転校しなければならぬ子供は不憫だ、という言い分は、いかにも祖父らしかった。

翌《あく》る朝、八時に国道の交番で待ち合わせた私とキヨは、障害物だらけの登校路を遊び遊び歩いて遅刻をした。

内気な転校生がいち早く友人を持ったことについて、教師は好もしく思ったにちがいない。しかし私たちはクラスのお定め通りに、第一時限を廊下に立たされた。

子供の目には赤い花がより赤く見え、広い校庭がずっと広く感じられるのと同じ理屈で、大人にとっては一時間足らずでも、私たちには半日の苦役のようなものだった。

そのうち、キヨが膝を抱えて蹲ってしまった。二時限目まで立たされたのではたまらないから、私はキヨを励まして体を引き上げようとした。とたんに目を疑った。キヨの半ズボンの中から小便が溢れ出たのだった。そして泣くでもなく悪びれるでもなく、すっかり用を足しおえてしまうと、何ごともなかったかのように立ち上がった。

私がキヨに、ふつうの子供ではない気味悪さを感じたのは、そのときが初めてだった。転校生にはつきものの異邦人の印象とはまったく別に、もっと本性にまつわる異物感を覚えたのだった。

クラスの子供らには、町の姿を反映した家庭環境のよしあしや、生活程度のちがいが瞭《あきら》かだったが、そのことで友人が選別されたり仲間はずれがあったりするほど、彼らは狭量ではなかった。しかし、この一件ばかりは寛容されなかった。立たされ坊主が小便を洩《も》らしたというだけなら笑ってすませられようが、泣くでもなく悪びれるでもなく、恥ずかしいとも思っていないようなキヨの態度が、誰にとっても薄気味悪かったのだろう。

その出来事をしおにキヨと遊ぶ子供はいなくなり、当然のなりゆきとして「小便小僧」という渾名《あだな》が付けられた。私も疎外されたキヨと二人きりで遊ぶほどお人好《ひとよ》しではなかった。ただ、通学路の伴侶という付き合いだけは続いた。今日の安全基準ではとうてい想像もつかない危うげな道を十分に堪能するには、やはりつれあいが必要だった。

梅雨入りの日曜、父と二人して国道ぞいの商店街に行った。かねて念願のテレビ受像機を買うためだった。

それが途方もない値段であるとは知っていたが、私なりの勝算はあった。すでにテレビを買った友人の家に較べて、父の収入が見劣っているとは思えなかったからだった。しかしそうした私なりの理由は、けっして口にしなかった。よその家に較べてどうだという言い方を、父が嫌うことは知っていた。

見るだけ見に行ってみよう、と父は言ったが、毎日のようにテレビテレビと駄々を捏《こ》ねる私を連れてゆくのだから、とうに肚《はら》は定《き》まっているにちがいなかった。

山の手と下町とが、妙な折合いをつけている私のふるさとには、生ぬるい糠雨《ぬかあめ》がよく似合った。

国道ぞいの両側にこのごろかけられたアーケードは雨の日の買物にはもってこいで、たぶんこれがなかったら父も決心はしなかったろうと思った。そのアーケードの庇《ひさし》に沿って、地下鉄工事の櫓《やぐら》が何本も建っていた。雨にもめげずに大勢の工夫が働いており、あたりは地下水を汲《く》み上げるコンプレッサーの騒音に満ちていた。

私たちは顔なじみの電機店に入って、何台かのテレビの品定めをした。すぐに話はまとまるかと思いきや、父と店主は差し向かいに座りこんで、カタログをめくりながらどうでもいい世間話を始めた。

ショーウインドーには大型テレビが偉そうに鎮座しており、膝を抱えた子供らやくわえ煙草《タバコ》の男たちがガラス越しに群がっていた。きのうまでは私もそのうちのひとりだったが、きょうは立派なお客だった。あのころの大人には節操があって、買う気もないのに店の敷居を跨《また》ぐことなどはなかった。つまり私はガラス越しの人々から見れば、近々家でテレビを好きなだけ楽しめる、羨《うらや》むべき子供だった。

こっちに来ていなさい、と父が叱るように言った。テレビを買うという贅沢《ぜいたく》を父は恥じていたのだった。

そうした父の慎み深さはまだ理解できなかったが、言われた通りに店の奥に入って、おとなしく椅子に掛けた。ふとそのとき、ショーウインドーの向こう側にキヨの姿を見つけた。人垣を分けてガラスの前にしゃがみこんだのだった。私たちは無邪気に手を振り合った。

「よしなさい」と父がたしなめた。

「ほら、こないだ言った転校生だよ」

私が指さすと、父も振り返った。とたんにキヨの姿が消えた。父親らしい人に手を引かれて立ち去ったのだった。

「銀行員には見えんね」

父は独りごつように言った。

「きょうは日曜だから」

と、私は見知らぬキヨの父親をかばった。いくら仕事が休みでも、銀行員がゴムの合羽《カッパ》の前をはだけて、垢《あか》じみたランニングシャツの胸を晒《さら》しているはずはなかった。

たとえばそのときの私の父の身なりはといえば、家とは目と鼻の先の商店街に出かけるにしても、ソフト帽を冠《かぶ》って背広を着ていた。特別の買物をするからではなく、家から出るときはよそいきのなりをするのが、東京の男のたしなみだった。むろん誰もが同じではなかったが、少くともキヨの父親の身なりは、そうした分別のある階層のものではなかった。

闇市から這い上がって一家を成した父は、他者に対する警戒心が人一倍強かったのかもしれない。

その日、父はめでたく十五インチのテレビ受像機を買った。ただし注文をしてから配達まで半月は待たねばならず、屋根の上にアンテナを設置するのにも、改めて工事の日取りを決めねばならなかった。

うまくすると今晩にも家でテレビを見ることができると考えていた私にとって、それは気の遠くなるような話だった。

何枚もの書類に判をついてから父は、「まるで嫁取りのような手間ですな」と言って、ひとしきり店主と笑い合った。

店を出ると、雨の国道はほの暗くたそがれていた。世間から悪魔のように怖れられていたダンプカーの群が、道路に敷きつめられた鉄板を揺るがせて通り過ぎた。工事の櫓から降り注ぐ赤いバーナーの火花の下を、都電の青い火花が潜《くぐ》り抜けていった。商店街は光と音の洪水だった。

信号を待つ間、父は私の手を引いて、「友達に自慢するなよ」と言い聞かせた。くどい説教をする人ではないから、そうした一言は意味がよくわからなくても、忠実に守らねばならなかった。

向こう岸のアーケードに、着物の尻を端折《はしよ》った祖父の姿が見えた。町内会の寄合にしては見当ちがいの場所だった。

「何だ、パチンコか」

父はうんざりとそう呟き、歩き出そうとする私の腕を引き寄せて、青信号をいちどやり過ごした。

テレビは予定よりも早くわが家にやってきた。

何日か前には屋根の上にアンテナも設置されており、茶の間からは家具が取り払われて、新時代の開闢《かいびゃく》を待つ準備は諸事万端整っていた。

門前に横付けされたオート三輪車から、まるで御輿《みこし》が渡るようにテレビが降ろされ、家の中に勧請《かんじょう》された。父も私も立ち会っていたのだから、たぶん日曜日だったのだろう。

万事に慎み深い父母とはうらはらに、祖父母の見栄坊《みえぼう》のおかげで、ご近所にはテレビの到着がたちまち知れ渡ってしまった。数日後には映画館さながらに人が押し寄せた。

茶の間に上がって座蒲団《ざぶとん》を勧められるのは、よほど親しい付き合いの人である。顔見知りという程度は縁側に腰をおろし、庭先は誰彼の別なく開放された。さぞかし難しかったであろうそうした差配は、仕切り屋の祖母に任された。江戸ッ子の標本のような祖母は、実に人あしらいが上手だった。

山野井清は毎日やってきた。学校の帰りに国道の交叉点《こうさてん》で別れたあと、家にランドセルを置いてからいそいそと訪ねてくるのである。私の親友という特権で茶の間に上がり、茶も菓子もふるまわれた。

父の言いつけに従って、学校ではテレビを買ったことを口にしなかったが、通学路の伴侶であるキヨは別だった。それに、あの雨の日に父と私がテレビを買いに行ったことを知っているのだから、隠しようはなかった。

キヨは家族から厚遇された。おとなしくて邪魔にならぬ子供だったからだ。

いつの間にかやってきて私の隣に膝を抱えて座り、またいつの間にかいなくなるという感じだった。勧められても菓子鉢に手を出そうとはせず、私が気遣って分かち与えなければならなかった。

私の友人についても口さがなく批評する祖母も、どうしたわけかキヨを気に入った。おとなしいだけでは好感を持つはずもないから、たぶんキヨの持つ前時代的な雰囲気――かさぶたの貼り付いた坊主頭や粗末な身なりや、赤チンを塗りたくった膝や肘《ひじ》や、子供は厄介者であると自覚しているような謙虚さを気に入ったのだと思う。実際にそうした種類の子供らが、急激に減っていく時代だった。

私が学校から帰る時刻には、わが家のそうした「テレビ放映」はすでに始まっており、六時になると祖母の一声で人々は解散した。熱心な観客はそののち、従前通りに公園の街頭テレビや、電機店の店先へと流れるのである。しかしキヨがその時刻まで長居したためしはなかった。

いつの間にか煙のように消えるキヨを、祖父は「愛想がねえ」と言ったが、祖母は「気配りがいいのさ」と弁護した。私はそのどちらも的外れのように思った。愛想だの気配りだのという当たり前の礼儀を、キヨが持ち合わせていないのはたしかだった。

テレビが入って間もないころ、一度だけキヨの父親が庭先に姿を現した。

息子から私の家の所在を聞いていたのか、たまたま通りすがったのかはわからない。

そのころの庶民生活は鷹揚《おうよう》なもので、庭先の観衆の中にはいつも見知らぬ顔があったし、そうした人々に家族や常連が文句をつけることもなかった。

毎週金曜日であったか、力道山の活躍するプロレス中継のある日に限っては祖母の解散命令もかからず、人々は堪忍の末に炸裂《さくれつ》する空手チョップに熱狂した。

キヨの父親に気付いたのは、私でも父でもキヨでもなく、なぜか祖父だった。歓声の合間に祖父は、テレビの正面の特等席から腰を浮かせて、「お上がんなさい」と手招きをしたのだった。そこでもちろん、私も父もキヨもそうとわかったのだが、とたんに父親の姿は遁《のが》れるように人垣の向こうに消えてしまった。

ほんの一瞬の出来事は、たちまち歓声に呑みこまれて、夢かまぼろしのようになった。どうして祖父がキヨの父親の顔を知っているのかという疑問も、そのときには思いうかばなかった。

やがてレフェリーが力道山の手を高々と挙げたところで、「はい、きょうはおしまい」と祖母の声がかかり、テレビのスイッチがいったん消された。そのころには例によって、キヨの姿もなかった。

父が思い出したように訊ねた。

「じいさん、知り合いかい」

「いや、知り合いってほどでもねえ」

誰のことを指しているのかは、私にもわかった。

「なあ、あれ、山野井君のおとうさんだろう」

父は続けて私に訊《き》いた。たぶんそうだと思う、と私は答えた。祖父と父と私は一瞬わけがわからなくなって、ひとけの絶えた庭を見つめた。

プロレス中継のおかげで金曜日の夕食は遅くなった。酒を酌《く》みながら父は話を蒸し返した。祖父の返事は相変わらず曖昧だった。友達の父親がどうしてこれほど話題になるのか、私にはふしぎでならなかった。

祖父が「お上がんなさい」と声をかけたのはたしかで、しかも祖母も母も与《あずか》り知らぬとなれば、どういう知り合いであるかはあらまし見当がついた。道楽者のくせに嘘をつけぬたちの祖父は、答えに窮すると酒を飲んで、その夜は珍しく酔っ払った。

「あれは銀行員じゃあねえよ」

一つ床に入ってから、祖父は私に聞かせるでもなくそう呟いた。

「嘘はよかねえなあ。まして子供に嘘をつかせるのはよかねえよ」

何か答えねばならないと言葉を探すうちに、私は思いあぐねて寝てしまった。


祖父とキヨの父親との関係はじきにわかった。

ある晩のこと、私が何か用事を言いつかって国道ぞいの商店街に行くと、たまたまアーケードの下で自転車を押してやってくるキヨに出会った。自転車の荷台にはボール箱がくくりつけられていた。

「これ、何だよ」

「コンビーフ」

コンビーフの缶詰は子供たちにとって、あこがれの高級食材だった。薄切りの一片でも立派な夕食のおかずであるそれを、キヨは何ダースも持ち歩いていた。

「買ってきたのかよ」

「売りにいくの。一緒にこいよ」

私は言われるままに自転車の尻を押した。地下鉄工事は夜を徹して続いており、国道の夜はめくるめく光に満ちていた。

ときおり土砂を満載したダンプカーが、埃《ほこり》を撒《ま》き散らし風を巻いて疾走していった。

「神風ダンプ」は子供らの脅威とされていた。

交叉点を少しはずれたところに映画館があり、その先は赤提灯《あかちょうちん》の並ぶ飲み屋街である。

「こっちだよ」

キヨはハンドルを押しながら路地へと曲がった。そのあたりは私が足を踏み入れたことのない一角だった。

飲み屋のどこかにコンビーフを売りに行くのだろうか。しかし想像はあまりに現実ばなれしていて、興味よりもむしろ背徳感に捉《とら》われた。

酒の臭いと嬌声《きょうせい》をかいくぐるようにしてしばらく行くと、袋小路のつき当たりにお稲荷さんの小さな祠《ほこら》があった。そのかたわらの傾きかけた古家の玄関に、キヨの荷台にくくりつけられているボール箱と同じ空箱が、いくつも積み重ねられていた。

キヨはコンビーフの箱を自転車から下ろして抱えこみ、玄関ではなくその脇の窓に向かって、「お願いします」と言った。そのしぐさはずいぶんと手馴《てな》れているように見えた。

すぐに建て付けの悪い窓が開き、不機嫌そうな女の顔が覗いた。

「あんまり大きな声をお出しじゃないよ」

女は叱るように言って、コンビーフの箱を受け取った。ひの、ふの、みの、よ、と女は缶詰をかたかたと鳴らしながら数を算《かぞ》えた。そして、相変わらず不機嫌そうに手摑《てづか》みの金をキヨに渡した。

「あのさあ、毎度同じことを言うのも何だけど、子供の遣いはよしとくれって、おとっちゃんに言っといて」

声が終わるより先に窓が閉められた。

キヨは受け取った金を私に見せた。千円札が何枚かと一握りの硬貨は、子供にとって途方もない大金だった。

「これ、お駄賃」

キヨが差し出した十円玉を、私は後ろ手を組んで拒んだ。

「どうして。自転車、押してくれたじゃないか」

それはそれとしても、キヨの行為そのものが何か不当なものだと、私は直感したのだった。駄賃を受け取れば悪事の共犯者になるような気がした。

キヨは悲しい顔をした。そのころの十円はアイスキャンデーを二本買える値打ちがあった。好意を素直に受け止めてくれぬ私に、友情を裏切られたような失望を感じたのかもしれない。あるいはもっとそれ以上の孤独と断絶を。

そうでなければ、キヨが十円玉をポケットに戻さなかった理由は、ほかに思いつかないからだ。

「じゃあ、お賽銭《さいせん》にする。お稲荷さんは百倍にして返してくれるから、そのほうがいいや」

キヨは踵《きびす》を返して祠に歩み寄り、いかにもこれ見よがしに十円玉をお供えすると、長いこと掌を合わせた。

痛ましいほど痩《や》せた背中に浮き出る肩甲骨を見つめながら、もしやこいつは昔の世界から、時空を超えて転校してきたのではないかと思った。

それくらいキヨは、風体から挙措の逐一まで、めざましく変わってゆく世界になじまなかった。

家に帰っても、その出来事は口に出さなかった。子供がコンビーフを売って大金を手にするという経緯は、まるで意味がわからなかったが、ともかくただごとではないと感じていたからだった。

しかし語らぬなら語らぬで、それもまた罪作りのように思え、その罪はいずれ私の中で発酵して何かとんでもない罰が下されるような気がした。

それで、祖父と一つ床に入ってから、ことの顚末《てんまつ》をつぶさに語った。家族の誰かしらに告解《こっかい》をするとしたら、相手は祖父しか考えつかなかった。

祖父は闇の中で仰向《あおむ》いたまま、黙って私の話を聞いてくれた。ときおり団扇《うちわ》を使う手が止まって、寝てしまったのかと思ったが、私はかまわずにしゃべり続けた。眠っていようが覚めていようが、毒は吐かねばならなかった。

一通り聞いたあとで、祖父は潜み声で言った。

「おまえ、その話を誰かにしたか」

「してないよ。おじいちゃんだけ」

「だったら誰にも言っちゃならねえ」

「どうして」

「キヨが困るからさ」

しっかり者の父に養われ、仕切り屋の祖母の尻に敷かれている祖父は、家長としての権威をまるで欠いていた。しかしそのぶん、私にとっては最も親しい家族だった。いつも孫と同じ目の高さにいる祖父が、きっぱりと命令を下したのは、後にも先にもそのときだけだったように思う。

「キヨのてて親は銀行員なんかじゃねえのさ。日がな一日ぶらぶらして、たいていはパチンコ屋にいる。さもなきゃ、横町の飲み屋で酔い潰れている」

私は胸苦しくなって寝返りを打った。祖父も俯《うつぶ》せになって枕元の煙草盆《たばこぼん》を引き寄せ、大げさにマッチを爆《は》ざして火をつけた。襖《ふすま》越しの隣座敷から、「寝タバコはおよしよ」とたしなめる祖母の声がした。

私はキヨとキヨの父親をかばう言葉を探した。

「きっと銀行をやめて、商売をしているんだよ。キヨはおとうさんのお手伝いをしているんだ」

「それが商売だっていうんなら、じいちゃんだって立派な商売人だ」

それから祖父はいっそう声を潜めて、実にわかりやすく解説をしてくれた。

パチンコは煙草やチョコレートの賞品を狙う遊びではなかった。常連客はコンビーフの缶詰に替えて、路地裏の景品買いに売りに行くのだ。むろんそれは違法行為だから、パチンコ屋も客も景品買いも、隠れ隠れやっている。

考えてみれば、大の大人が煙草やチョコレートをもらうために、あれほど熱心になるはずはなかった。祖父の説明は腑《ふ》に落ちた。

「おじいちゃんもそんなことしてるの」

「たまァにな。じいちゃんはへたくそだから、たいがいはおめえのチョコレートだ」

「お巡りさんに捕まるよ」

「そうだ。だからおっかなびっくり、たまァにしか金には替えねえ。へたくそも悪かねえんだ」

「キヨのおとうさんはうまいんだね」

「さあな。朝から晩まで入りびたっていりゃあ、出ることだって多いんだろう。まあ、うめえへたより、ろくでなしだ」

祖父は煙草を長いまま揉み消して、いまいましげに舌打ちをした。

「子供を景品買いに走らせるなんざ、ろくでなしもいいところだよ」

「キヨが捕まっちゃう」

「おうよ。おめえも危ねえところだったな」

「おじいちゃんも、誰にも言いッこなしだよ。おとうさんにもおかあさんにも。キヨがうちに来られなくなっちゃうから」

祖父は少し考えるふうをしてから私の頭を撫《な》で、「言わねえよ」と約束してくれた。ふつうの家族ならば、もう遊ぶなと言うに決まっている。祖父には苦楽が肩を寄せ合って生きる、江戸前の寛容さがあった。

ふいに襖が開いて、祖母が叱りつけた。

「もうたいがいにしない。何時だと思ってるんだね」

たぶん祖母の耳にも、話の一部始終は届いていたと思う。しかし祖父とは水と油のように見えてその実似た者である祖母は、やはり苦楽も貧富も寛容する江戸ッ子だった。そして、子供に厳しい躾《しつけ》はしても、けっして未熟な付属物とはみなさなかった。

私は山野井清に暗い興味を抱いた。

正直であることが功利にまさる道徳とされていた時代にあって、暮らしぶりを秘め語らぬならともかく、嘘をつくというのは異常だった。

貧富の差などは当たり前の話だった。だから子供らは裕福な家を羨みこそすれ、さほど貧乏を恥じはしなかった。むしろ貧乏を口先で糊塗《こと》しようとすることが、禁忌《きんき》であったと言ってよい。

一学期の間に、キヨにまつわる悪い噂《うわさ》が蔓延《まんえん》した。むろん私が何を言ったわけでもないのだが、子供らは寄ると触るとキヨの嘘を暴き立てた。

無口なキヨがそれほど嘘をついたとも思えない。キヨの嘘とされるものの多くは、それ自体が嘘にちがいなかった。噂とはそうしたものだ。子供らはみな私と同様、捉えどころのない転校生に暗い興味を抱いていた。

たまたま通学路が同じという理由だけで、私はキヨの親友とみなされ、情報の提供を促された。たしかに私は、子供らの知りえぬことを知っていた。しかし父と祖父のそれぞれにちがう配慮が二重の枷《かせ》になって、たぶん銀行員ではないキヨの父のことや、景品買いの一件などは口にしなかった。

たとえば、こんな出来事も。

おとさんのためならエンヤコラ。

子供のためならエンヤコラ。

おそらく私は、そんなヨイトマケの掛け声とともに人力で杭打《くいう》ちをする工事現場を、この目で見た最後の世代だろう。

滑車から延びるロープを、大勢の人々が声を合わせて引いていく。一斉に手を放すと、天高く吊《つ》り上げられた錘《おもり》が落ちて、地面に杭を打ちこむのである。作業員のあらかたは泥にまみれた女たちだった。

そのころでもよほど時代遅れの工法だったのだろうが、技術の先端を行く地下鉄工事とはうらはらに、そうした建築現場も珍しくはなかった。

下校の道すがらそこを通りかかったとき、キヨはふいに横断歩道もない国道を渡ろうとした。私はあわててキヨのランドセルの紐《ひも》を捉《つか》んだ。

歩行者優先の標語などまだお題目に過ぎず、急ブレーキを踏んだダンプカーの運転手は「バカヤロー」と怒鳴りながら走り去った。

国道にもガードレールや歩道橋のなかったころの話で、子供らは自分の身を自分で守る術《すべ》を、なかば本能のように備えていた。だから私は、自殺行為にも等しいキヨの行動に驚いて、少しの間キヨのランドセルを羽交い締めに抱きかかえていた。

そのとき「キヨシ、キヨシ」と呼ぶ声が聞こえた。歩道のきわの深く掘り下げられた工事現場の底から、泥にまみれた女が這い上がってきた。

ひとめ見て、キヨの家族だとわかった。女はキヨと同じ不幸の空気を身にまとっていた。だが、母であるのか祖母であるのかはわからなかった。

キヨが私の手を振り払って歩道を駆け出した。私はわけもわからずに後を追った。しばらく走ってから振り返ると、女は初夏の油照りの中に、何を言うでもなくぼんやりと佇んでいた。そうしている間にも、ヨイトマケの掛け声はずっと続いていたように思う。

おとさんのためならエンヤコラ。

子供のためならエンヤコラ。

そして、いくらも走らぬうちに私はその「子供」の背中に追いついた。膂力《りょりょく》に欠けるうえにたぶん喘息《ぜんそく》を患っていたキヨは、学校での早朝の駆け足のときと同様に膝を両手で支えて咳《せ》きこんでしまったのだった。

ランドセルをむしり取って、キヨの背中をさすった。あのころの子供は当たり前に痩せていたが、それにしても肋《あばら》や背骨の節々がごつごつと掌に触った。

「知らない人だからね。頭の変な人だから、口をきいちゃいけないって、おかあさんが」

喘《あえ》ぎながらの言いわけを私は遮った。

「嘘つけ。名前を知ってたじゃないか」

「誰かに聞いたんだろ。かかずり合っちゃいけないって、おかあさんが」

あの女はキヨの母親にちがいないと思った。子供の直感ではなく、それまでに聞かされてきたキヨの嘘が、たいがいそうした形だったからだ。嘘をつくにしても方便の知恵のないキヨは、誰の耳にも嘘を嘘だと示唆《しさ》してしまう、あからさまな嘘しかつけなかった。つまり「おかあさんが」とくり返すからには、キヨの母親であるにちがいなかった。もう少し齢が行っていたなら、友を慰める言葉のひとつふたつは思いついただろう。しかし九歳の子供には、悲しい嘘をそれ以上つかせぬよう、気分をはぐらかすことが精一杯だった。

私はキヨのランドセルを胸前にかけ、大太鼓を叩くふりをして歩いた。キヨがあの薄幸な、向こう側が透けて見えるような笑顔を取り戻すまで、私はお道化《どけ》ることをやめなかった。

「おやじがろくでなしで、おふくろがニコヨンかよ。不憫な子供だな」

蚊帳《かや》の中で団扇を使いながら、祖父はどうしようもない溜息《ためいき》をついた。

ニコヨン、とは日雇労働者の俗称だった。日給の定額が二百四十円程度、つまり百円を一個と算えて二個に四だから「ニコヨン」ということであったらしい。むろん当時はそうした労働条件も改善されていただろうが、言葉による差別になどまるで無頓着な時代には、旧来の俗称は何ひとつ否定されず罷《まか》り通っていた。

扇風機は祖母が独占していた。そのモーターの唸《うな》り声が隣座敷の祖父と私のささめきを消していてくれればいいと思った。浮世ばなれのした祖父は、秘密を分かち合うにはふさわしい人だったが、仕切り屋の祖母はのっぴきならなかった。たとえば、私が学校で何かしら理不尽な目に遭ったとき、たちまち職員室に躍りこんで文句をつけるのは、祖母の十八番《おはこ》だった。

「どうしたらいいんだろう」

と、私は祖父に訊ねた。

「そうさなあ。何だって見ざる聞かざる言わざる、それでよかろう」

江戸ッ子の礼儀とはそうしたものだ。

「じゃあ、もう遊ばないほうがいいのかな」

「そりゃあよかねえよ。何だって見ざる聞かざる言わざる、友達なら知らん顔で遊んでやれや」

実に、江戸ッ子の礼儀とはそうしたものである。

しかし、だとすると同じ江戸前の流儀を身につけていたはずの祖母が、やることなすこと祖父と異なっていたのはどうしたわけなのだろう。

扇風機の唸り声は祖父と私のささめきを阻んではいなかった。

その晩からいくらも経たぬころ、こんなことがあった。

祖母に連れられて銭湯に行った。家には風呂があったが、煮え滾《たぎ》るような熱い湯に足を伸ばして浸《つか》らなければ寿命が縮むと信じている祖母は、しばしば私を伴連《ともづ》れにして銭湯に通った。

その習慣も、テレビが来てからは遅い時間になった。観客を追い出して夕食をすませったあとだから、早くても七時過ぎ、どうかすると八時を回った。子供は床に就くと定《き》まっていた時間になって、「湯屋《ゆうや》に行くよ」と勝手な宣言をして私を連れ出すのだが、祖母の仕切りに難癖つける家族はいなかった。その日、キヨがテレビを見るためにきていたかどうかは記憶にない。

祖母と女湯を使った帰りがけに、キヨと父親の後ろ姿を見つけた。私たちより一足先に男湯から上がったのだろう、二人はぶらぶらと銭湯の前の路地を遠ざかっていた。蛍光灯のいまだ普及していない夜道は暗く、電信柱に取り付けられた電球が路上に円い光の輪を並べていた。親子は手を繋《つな》ぐでもなく、その光の輪の中に丸裸の背中を晒しては闇にかき消え、再び次の光の下に姿を現した。父親の抱えたアルミニウムの洗面器が、そのつど刃物のように輝いた。

祖父の訓《おし》え通りキヨのことは言わざると決めていたのに、目の前を歩かれていたのではまさか見ざるとも言えなかった。そこで私は祖母の浴衣の袖を引いて、「ほっといてよ」とだけ言った。傍目《はため》も気にせず半裸で歩いて帰る節操のなさを、祖母が追いかけて叱りつけそうな気がしたからだった。もしキヨの父親でなかったなら、たとえ見知らぬ他人でも祖母はそうしたはずだった。

たぶん近所の銭湯が休みで、隣町まで遠出をしたのだろう。うちにはタイルのお風呂があるんだよ、というキヨの見え透いた嘘を、私は信じてはいなかった。

祖母は親子の背中がいくつかの光の輪の先に遠のくのを待ってから、「ちょいと回り道して帰ろうか」と言った。

相変わらず昼夜をわかたぬ地下鉄工事の続く国道を向こう岸に渡ると、半裸の親子は人目も憚《はばか》らずにアーケードの下を歩き、どぶ川に向かう急坂を下って行った。馬の背に延びる国道の両側はどちらも坂道だった。

祖母がいったい何をしようとしているのかわからない私は、「もう帰ろうよ」と言って何度も立ち止まった。そのつど祖母は種明かしのひとつもしてはくれずに、私の手を引いた。おかげでとうとうキヨの家をつきとめたころには、物言わぬ祖母に対する畏怖と友に対する背信に耐えきれず、私は泣き出してしまった。

どぶ川のほとりには、かつて軍需工場があったという広い空地があって、鉄条網が張り巡らされ、立入禁止を警告する立札が掲げられていた。しかし壊し損ねた煙突の周囲には不法なバラック小屋が、そこだけ終戦直後で時間を止めたように犇いていた。日曜日にソフトボールのグラウンドを奪い合う子供らも、十分な広さのあるその空地には立ち入らなかった。

鉄条網の切れ間から空地に入るとき、キヨの父親は振り返って私たちを睨《にら》みつけた。しかし何を言うでもなく、夏草の生い茂る、子供の目には途方もなく広い空地に姿を消した。

キヨは路上に置き去られていた。そのあたりには街灯も商店もなくて、区役所がいやがらせのように敷き詰めた真新しい砂利が、煙突の上にかかった満月の光をしらじらと照り返していた。キヨはまるで早瀬に立ちすくむように、半ズボン一枚の裸のまま私を見つめていた。

胸の中に、キヨが口にした嘘の数々が流れこんだ。

芝生の庭のある高台の家。賢いコリー犬。家庭教師。習字と算盤《そろばん》の塾通い。口やかましい教育ママ。

しかしそれらは、けっしてキヨが恣《ほしいまま》に撒き散らした嘘ではなかった。私がみずからの暮らしぶりを誇るたび、キヨはふさわしい友人であろうとして嘘をついた。父の言いつけにことごとく反したあげく、こんなことになったのだと私は知った。子供らの誰にもましてキヨをいたぶりいじめ抜いて、とうとう月の光とどぶ川の臭いしかないこんなところにまで追いつめてしまった。

祖母が泣きくれる私の手をつんと引いて、「何とかお言い」と促した。しかし私は言葉を見つけられなかった。

口ごもる私にかわって、キヨが「ゆうちゃん」と私の名を呼んだ。顔を上げると、キヨは遥《はる》かな砂利道の先で微笑《ほほえ》んでいた。

「ぼくはへっちゃらだからね」

いったい何が平気なのか、私はキヨが蒙《こうむ》ったにちがいない手痛い傷について、考えねばならなかった。その一声だけを残して、キヨは夏草の茂みに消えてしまった。

「行くよ」

まるで映画の幕が下りて席を立つときのように、祖母はきっぱりと言って踵を返した。

「見ざる聞かざる言わざるなんて、おじいちゃんは半竹《はんちく》なことばっかし言うからいけない。そんなこと口で言ったって、子供にわかるわけないだろ」

手を引かれて歩きながら、このことは誰にも言わないでと懇願した。

「当たり前さ。これでおまえも、見ざる聞かざる言わざるができるだろ。何だって真正直がいいわけじゃないんだ」

すっかり湯ざめをして家に帰ったあと、私は何ごともなく床に就いた。祖父と祖母はしばらく隣座敷で語り合っていたが、私は聞き耳を立てる間もなく眠りに落ちてしまった。


翌る朝、キヨはいつに変わらず四ツ角の交番の前で待っていた。顔見知りの若い巡査に敬礼をして、「行って参ります」と声を揃《そろ》えるのもいつもと同じだった。

暗黙のうちに私たちは、前夜の出来事をなかったことにした。しかし、真実を知って心が軽くなったわけではなかった。その日から私は言葉のいちいちを慎重に選ばねばならず、キヨも返答のかわりに口を噤《つぐ》むことが多くなった。

キヨの母親が働く工事現場も避けて歩いた。その手前で裏道に入るときには、どちらかが気の利いた話材を持ち出さねばならなかった。

そうして数日が過ぎる間に、私の心はむしろ気遣いの重みに耐えきれなくなった。祖父母がせっかくそれぞれの流儀で友情を繋ぎ留めてくれたのに、どうにも支えきれぬ重みは冷淡にも生理的な嫌悪感に変わった。

朝は交番の脇で膝を抱えて待つキヨの姿を遠目に見たとたん、理由なき悪感情がこみ上げた。時間に余裕のある下校路はさらに耐え難く、ふざけ半分に駆け出したまま家まで逃げ帰ったこともあった。子供には行いの正当さを計る物差しはなく、本能が訴える好き嫌いがすべてに優先した。

キヨは私の心変わりを察知した。登下校は義務か習慣のように続けたが、会話はほとんどなくなり、テレビも見にこなくなった。それでも私はキヨの存在そのものが鬱陶《うっとう》しくてたまらなかった。

あれほど夏休みを待望した年はなかった。私は何の罪もないあの少年が、その身にまとう不幸もろともに消えてなくなることを願った。見ざる聞かざる言わざるなどという、子供にとって難しすぎる命題の解答は、ほかに考えつかなかったのだ。

夏休みも間近い日のことだったと思う。

下校路の交叉点で山野井清と別れようとしたとき、国道の先から喧《けたたま》しいサイレンが近付いてきた。

交番の巡査が警笛を吹き鳴らしながら飛び出した。たちまちその鮮やかな手捌《さば》きによって、車も都電も歩行者も動きを止めた。

あのころの警察官が多くの男児の憧れであったのは、そうした交通整理の雄姿をしばしば見ていたからなのだろう。信号機は少かったうえ故障も停電も多く、そのつど交番の巡査が交叉点の中心に据えられた台に乗って交通整理をした。まるで大見得でも切るような堂々たる姿は、胸がときめくほど格好よかった。

とりわけそのときの主人公は、私たちが日ごろ見知っている若い巡査だった。よほど子供が好きな人だったのか、朝な夕なに私たちを見かければ、必ず声をかけてくれた。その親しい巡査が、勇ましく警笛を吹き鳴らしながら交番を駆け出て、手際よく交通整理を始めたのだからたまらない。

救急車が通過し、街道に元の喧噪《けんそう》が戻ってからも、私たちは興奮さめやらずしばらく四ツ角に佇んでいた。

「救急車に乗ったことある？」

キヨが訊ねた。

「あるわけないだろ」と私は答えた。

そのころは、救急車を利用することが市民たちの当然の権利だなどと、考えられてはいなかった。はっきりと命にかかわる怪我《けが》か急病でもない限り、出動の依頼をすることはなかった。たとえば二千人もの児童を抱えた公立の小学校では、怪我や急病など日常茶飯事だったはずだが、それらはみな医務室か近在の町医者で処置を施され、少くとも私の記憶する限り、救急車が校内に入ってきたためしはなかった。

当然の権利と考えるよりも先に、多くの人々はたとえ公の機能であろうが、他人様《ひとさま》に迷惑をかけまいとする公共心を持っていた。だから救急車に乗るということは「死に損なった」という意味であり、一種の異常体験だった。

「僕は二回乗ったよ」

キヨはこともなげに言った。

「嘘つけ」

「嘘じゃないよ。車に轢《ひ》かれたんだ」

交通戦争という言葉がすでにあったかどうか、ともかく車が少かったにもかかわらず、毎年一万人もの命が交通事故によって失われていた時代だった。身近な災厄だからこそ、たとえ思いつきの嘘にしても度を越していると私は思った。

キヨは問わず語りに、二度の事故についてしゃべり始めた。一年生の夏休みと二年生の夏休み、どちらも転校してくる前の出来事だった。ことに去年の夏は大怪我をして、意識をなくしたまま救急車で病院に担ぎこまれ、頭を八針も縫ったそうだ。

坊主刈のてっぺんに、いまだ毛の生えぬ大きな傷があることは知っていた。しかしその由来をいくらか自慢げに語られたところで、今さら信じる気にはなれなかった。

終戦から十五年しか経っていないころの話である。少からぬ大人の体には戦場や空襲で蒙った傷が隠されていて、ともするとそれを露わにして武勇伝を語る男たちもいた。たぶんキヨもそうした大人のしぐさを真似《まね》て、どこかで転んだか階段から落ちたかした傷を、交通戦争の戦場で蒙った名誉の負傷のように語っているのだろうと思った。

私の父は右手の自由を奪われて箸も持てなくなった傷痍《しょうい》軍人だったが、それゆえに傷の由緒はけっして語らず、これ見よがしに開陳する者を蔑《さげす》んだ。「あんなものは作り話に決まっている」と、苦々しげに言ったこともあった。子供心にも私は、命からがら生き永らえた戦場体験は他者に誇示するどころか、思い出したくもないのだろうと察していた。如才ない商人である父が、戦争の話題に触れればたちまち顔色を変えて、石仏か何かのように押し黙ってしまうからだった。

キヨのこの嘘ばかりは許し難く感じたのには、そうした私なりの理由もあった。

私はキヨを問い詰め、答に窮すると見るや「嘘つき」と詰《なじ》った。事故がいつ、どこで、どのように起こったのかを意地悪く詰問すると、答は次第にあやふやになっていったからだ。

年寄りに育てられたせいか、すこぶる口の達者だった私がその気になれば、キヨの嘘を暴き出すことなど造作もなかった。

それまではキヨの境遇を憐《あわ》れんで黙っていたが、救急車に二度も乗ったというこの大嘘だけは看過できず、それまでの忍耐とも相俟《あいま》って、私は執拗《しつよう》にキヨを責めた。

キヨは泣いてしまった。往来で泣き出すくらいなら背を向けて帰ればよさそうなものだが、どうしたわけか私の二の腕をきつく握りしめたまま、まるで駄々を捏ねる子供のように泣き出したのだった。

交通整理をおえた巡査が、帽子を阿弥陀に冠って歩み寄ってきた。

「こらこら、喧嘩したらだめじゃないか。どっちがいい悪いじゃないぞ。仲直りをしなさい」

巡査は私たちに握手をさせ、たがいの首根ッ子を摑んで額をごつごつと鉢合わせさせた。彼が仲裁に入ったのでは文句のつけようもなかった。

黒縁の眼鏡をかけた、知的な感じのする巡査だった。警察官はみな柔道か剣道の達人だと聞いていた私は、その子供好きの若い巡査はきっと剣道のほうだろうと勝手に決めていた。

私たちは巡査の前で「ごめんね」と言い合った。それからもういちど握手をさせられ、「さいなら」と言って別れた。

キヨの顔かたちは、儚《はかな》げな印象ばかりを残してとうに忘れてしまったが、身を震わせ、しゃくり上げながら言った「ごめんね」と「さいなら」の声ははっきりと覚えている。

交叉点を渡って振り返ると、キヨは巡査に坊主頭を揺すられながら、私に向かって手を振っていた。

山野井清と共有した時間は、どれほどだったのだろう。

校庭のぐるりに桜が咲いていた日に現れたキヨは、一学期の四ヵ月たらずしか私の世界にはいなかった。

それも、学校や野原で共に遊んだ記憶はない。かりそめにも親友であったのは、朝夕の通学路だけだった。あの水溜りと障害物だらけの、騒音と汚れた空気とコールタールの臭いで攪拌《かくはん》された、あらゆる不公平と理不尽とを力で圧《お》し潰してまで繁栄へとまっしぐらにつき進もうとする、国道の往還の間にしか私とキヨの誼《よしみ》はなかった。

二学期の始業式の朝に、私は担任教師に伴われて校長室に行った。

山野井君について君は何か知っているかね、と校長は訊ねた。

知りません、と私は答えた。学校で誰から何を訊かれてもそう答えなさいと、母から強く諭《さと》されていたからだった。

校長は私の表情をしばらく見つめてから言った。

「山野井君はおとうさんのお仕事の都合で、遠い所に転校したんだ。ご近所で何か妙な噂を聞いても、信じてはいけないよ。いいね」

私は神妙に肯《うなず》いた。家庭と学校との意志は対立するものではないとわかった。つまり、今後キヨについては語っても聞いてもならないという魔法を、母と校長は私にかけたのだった。

気分が楽になった。嘘をついたり隠しだてをしたりする必要はなく、沈黙という正義を許されたからだった。

だが案外なことに、クラスの子供らは何ひとつ私に訊ねようとはしなかった。始業式のあとで学級担任が、「山野井君はおとうさんのお仕事の都合で――」と告げたときにも、どよめきひとつ起こらなかった。

おそらく、全員がキヨの身に降りかかった災厄を知っていたのだろう。子供らはそれぞれが親の言いつけ通りに、沈黙を守ったのだと思う。そして、新しく転校してきた二人の子供が教壇に上がると、とたんにキヨの記憶は教室から消えうせた。男子はたくましく快活で、女子は長い髪をカチューシャでまとめた、とびきりの器量よしだった。

キヨは子供らの胸の奥深くに葬られた。けっして甦りようのないくらいの、重く暗い地の底に。

山野井清という子供など、そもそもこの世に存在しなかったのだと、誰もが信じてしまうほどに。


夏休みを父母の里で過ごすのは、血族の絆《きずな》が家族同然に強かった時代のならわしだった。

江戸ッ子の父には里がなく、私は東京郊外の母の実家で一夏を養われた。母は私を連れてうきうきと里帰りをし、二晩か三晩手足を伸ばしてから家に帰った。そして夏の終わりには、またうきうきと私を迎えにきた。その行き帰りのときには、どうしたわけか母が映画女優のように美しく見えたものだった。

そうした夏の終わりの、立川駅のプラットホームであったと思う。青梅線から中央線に乗り換えようとしたところ、大勢の米兵が陽気に騒ぎながら私たちを追い抜いて行った。

　立川のキャンプの兵隊はずいぶん少くなっていたはずだが、それでも体格がよく声も大きい米兵の存在感は圧倒的で、焦茶色の車輛に何人かでも乗り合わせようものなら、車内はたちまち彼らの甘ったるい臭いに占領された。

　終戦から十五年も経っていたのだから、駐留軍もとっくに世代がわりしていたはずで、日本人を敵に回して戦った兵隊はほとんどいなかったと思う。そのぶん彼らは、まったく他意なく陽気だった。

　母は私の手を引いて、電車を一本やり過ごした。戦争の記憶が甦ったのか、それとも話しかけられでもしたら困ると思ったのか、ともかく母は米兵たちと同じ電車に乗ろうとはしなかった。

　私たちは大きな背もたれのある木製のベンチに並んで座った。膝の上にはそれぞれに、一夏の着替えを詰めた鞄《かばん》と、里の産物で膨らんだ風呂敷包みが載っていた。

「びっくりしないでね」

　母はそう前置きをして話し始めた。電車をやり過ごしたのは、陽気な兵隊のせいではなかったのかもしれない。母は私に告げなければならない重大事を、なるたけさりげなく口にする機会を作ったのだろう。

「山野井君が、車に轢かれて亡くなったの」

　私は黙って目を伏せた。

「そりゃあお気の毒だけれど、家が近いというだけでそれほど仲良しだったわけじゃないんだから、すぐには知らせなかったの」

母は反応のない私を引き寄せ、顔を覗きこんで続けた。

「だから、はたから何か訊かれても知りませんって言うのよ。いいわね、ゆうちゃん。それほど仲良しだったわけじゃないんだから」

どうしてさ、と私は訊き返した。知っていることまで知らないふりをするのは嘘つきだと思ったし、母が私とキヨの関係を勝手に規定する理由もよくわからなかった。

母はしばらく考えるふうをしてから、ふいに怖いことを言った。

「あのね、死んだ子供は仲良しを連れにくるのよ。だから誰に何を訊かれても、知らんぷりをなさい。おまえと山野井君は仲良しなんかじゃないわ。いいわね」

私は肯いた。死んだキヨが私を迎えにくることを怖れたからだった。嘘に加担した理由はほかにない。


たそがれどきに帰宅すると、祖母は台所で夕飯の仕度をしており、祖父は庭先に踏台を置いて、糸瓜《へちま》の棚を手入れしていた。

「ただいま」と言えば、こともなげに「おかえり」と声が返ってきた。一夏を離れて暮らしていたにしては、ずいぶん冷淡な気がした。

したたかな嘘の垣根を張りめぐらして、家族は私の帰りを待っていた。しかし、立川駅のプラットホームで母が口にした怖い話は、ずっと私を呪縛していた。そらぞらしい嘘の垣根も、家族が私を悪霊から護《まも》る結界のように思えた。

私は所在なく縁側に腰をおろして、足をぶらぶらと遊ばせながら、浴衣の尻を端折って糸瓜の棚を繕う祖父の指先を見つめていた。

家の西側には大きな欅《けやき》の木があって、夕昏れどきには狙い定めたような影を、くろぐろと庭に落とした。

「楽しかったか」

と、祖父は沈黙に堪えかねるように言った。私は一夏を共に過ごした大勢のいとこたちの名前を挙げた。

同世代の彼らと過ごす夏休みは、一人ッ子の私にとって、忌まわしい出来事のくさぐさをすべて夢にするくらい楽しかった。

「ねえ、おじいちゃん――」

祖父はけっして私の誘いに乗らなかった。口を噤んだまま、収穫をおえた糸瓜の枝を凧糸《たこいと》で繕い続けるだけだった。

声にしなければいいのだろうか。それとも、口に出さず考えるだけでも、キヨは私を連れにくるのだろうか。

母の里へと旅立つ前日のことだ。

祖母にいいつかって、夕飯時になっても帰ってこない祖父を迎えに行った。アーケードのパチンコ屋に入って私が尻を叩けば、玉が出ていようがいまいが、祖父は常連客にひやかされながら店じまいをした。

ひどく蒸し暑い日だった。冷房の効いたパチンコ屋から出ると、熱と騒音とが襲いかかった。冷え切った祖父の掌がここちよかった。

信号を待つうち、国道のまんなかにある都電の停留所に、父親と佇むキヨの姿を見つけた。私がとっさに声をかけなかったのは、キヨのたたずまいが尋常に見えなかったからだ。

ほんの一瞬の出来事だったと思う。夕陽の中を疾走してくるダンプカーに向かって、キヨの小さな体を父親の手が弾《はじ》き飛ばす瞬間を、私はたしかに見た。

骨の砕ける重い音を聴いたのは、祖父の懐の中だった。抱きすくめられた足元に、景品の煙草がぽろぽろとこぼれ落ちた。

三度目の交通事故でキヨは死んだ。

正しくは母の里に旅立つ前日の出来事ではない。事故の翌日ただちに、私はすべてが夢だったと思える楽園に送り出されたのだ。

「さあ、晩飯だ。腹へったろう」

祖父は踏台から降りると、三尺帯に私の顔を押しつけて頭を撫でてくれた。

庭は夕陽の赤と欅の影の黒とに、きっぱりと切り分けられていた。

路地を隔てる柊《ひいらぎ》の垣根の向こうに、非情の結界で拒まれたキヨが、膝を抱えて蹲っているような気がした。

私はそのとき思い定めたのだ。山野井清という子供など、そもそもこの世に存在しなかったのだ、と。

3

「ご承知置き下さい――」

ミセス・ジョーンズはふいに流暢《りゅうちょう》な日本語で言った。

玄関での挨拶は英語であったから、先行きに不安を感じていた。しかし古い山荘の居間に通されて、窓際の小さな丸テーブルに腰を落ちつけたとたん、わずかな訛《なま》りの残る上品な日本語が、老いた唇からこぼれ出たのだった。

「あなたのお会いしたい人が、必ず来て下さるとは限らないのです。どなたがおいでになろうが、お疑いにはならないで。そして、よくお考え下さい。誰であろうと、あなたの知っている人にはちがいないのです」

私は疑心を抱いた。いかにもまやかしの降霊術の前置きに聞こえたからだった。

円形に張り出した窓にはレースのカーテンが掛かっており、さほど広くない庭はたそがれていた。荒れ庭のように見えて、実は巧みに手入れの施された英国ふうの庭園だった。

「お会いしたい人は、どなたでもかまいません。生きていらしても、亡くなっていらしても。わたくしは何ひとつお聞きしません。ただ、あなたが心に強く念じて下さればそれでいいのです」

もしまやかしの術であるのなら、目論見《もくろみ》は必ず失敗すると思った。この話に乗って訪れる人は、まず十中八九、亡くなった父母か肉親を意中に念じるはずだからである。

「名前も年齢も、お伝えしなくていいのですね」

私は念を押した。

「はい。でも、その方が必ずしもお越しになるとは限りませんの。お疑いにならず、よくお考えになって下さいね。無関係の方がお越しになることは、けっしてございませんから」

私はかたわらに座る梓を見た。私の疑念を感じ取ったらしく、励ますような目を向けてひとつ肯いた。

何かの罠《わな》だとまでは思わない。ただ、人間には誰しも思いこみというものはある。梓が私に対して何の悪意もないのなら、欺《だま》されたふりをするしかあるまい。

「前もってお訊ねしておきます。お代金はいかほどでしょう」

言いおえぬうちに、ミセス・ジョーンズはいくらか曲がった背筋を揺らして笑った。

「わたくし、不自由はいたしておりませんのよ。あなたよりも長く日本には住んでおりますし。少しでもお悩みを解決してさし上げたいだけですの」

キッチンからワゴンが進んできた。人の気配のなかった場所から、やにわに若い娘が現れたので、私はひやりとして振り返った。

「メアリー、と申します。メアリー・ジョーンズ。亡くなった主人の姪《めい》の子供です。日本に来てまだ間もないので、言葉はよくわかりません」

透けるように色が白く、赤みがかった黒髪のよく似合う娘だった。差し出した私の掌を軽く握り返してメアリーは微笑んだ。

何となく、この娘が生きている人間ではないような気がした。

「霊媒《ミディアム》は長いこと主人が務めておりましたのよ。特別な能力は必要ありませんので、この子が代わりを。日本語を話せないというのは、かえって好都合ですわね。みなさんに信じていただけますから」

私は一計を案じて、紅茶を注ぐメアリー・ジョーンズの横顔をしげしげと見つめた。

「美しい娘さんですね。お齢はいくつ？」

日本語を解するならば、褒められて羞《はじら》うか、無礼な質問に気色《けしき》ばむだろう。しかしメアリーは自分が話題にされていることすら気付かぬように、紅茶を注ぎおえて席についた。

そこで、ミセス・ジョーンズが通訳をし、メアリーは羞い、少し疑わしげに私を見返した。

「セブンティーン」

そう答えてからメアリーは、折目正しいクイーンズ・イングリッシュで、歓待の言葉をいくつか並べた。

しかし疑念が晴れたわけではなかった。もし詐欺ならばよほど手のこんだものであろうし、思いこみならば相当のものであろうと思った。

そもそも英国人が、この種の話を座興と大真面目の分別もつかぬくらい好むことは知っている。つまるところは詐欺でも思いこみでもなくて、秋の夜長を面白おかしく過ごそうというだけなのかもしれない。何の善意も悪意もなく。

だとすると、ゲストの私には柄に似合わぬ貴族的ビヘーヴィアが要求されるわけで、これは欺されるよりも始末におえぬと思った。生まれついて、何につけても演ずるということが苦手だった。

「では、始めましょうか」

ミセス・ジョーンズは紅茶を一口飲んでから言った。

窓のカーテンは開けたまま、丸テーブルの上にはこうした催しごとには付き物であろう蠟燭《ろうそく》も燭台《しょくだい》もなく、緋《ひ》赤《あか》のランプシェードを被せた灯《あか》りがともるだけである。

儀式らしいものといえば、ミセス・ジョーンズが皺《しわ》だらけの乾いた掌を白いテーブルクロスの上に差し延べ、梓とメアリーがそれを軽く握ったくらいだった。私も促されて、右手で梓の掌を、左手でメアリーの細くたおやかな指先を握った。四人はテーブルを繞《めぐ》って繋がった。

「よろしゅうございますか。では、お会いしたい方の顔かたちとお名前を、心に念じて下さい」

悲しい気分になった。少年の名は覚えていても、顔かたちが思い出せなかった。

「忘れてしまいました」

私は素直に言った。降霊術を信じたわけではなかったが、忘れてしまった自分が悲しく情けなかった。

「思い出してよ」

黙りこくっていた梓が、私の掌を強く握り返して言った。忘れ去られた少年がそう懇願するかのように。

やがて胸の奥底から、槌音《つちおと》が聞こえてきた。

コンプレッサーが間断なく吐き出す地下水。ぬかるみの上に架け渡された板の、不安な軋《きし》り。コールタールの臭い。銀杏並木を騒がせ、砂利を撒き散らして突進するダンプカー。そして都電の停留所の離れ小島に佇む、貧しい父と子。

青ざめ引き攣《つ》った少年の顔が、歪《ゆが》みながらわななきながら迫ってきた。

キヨだ。

はっきりとそう認めたとたん、メアリー・ジョーンズの指先がひとしきり震えたと思うと、その唇から野太い日本語が迸《ほとばし》り出た。

唸るように。嘆くように。

卑怯者!

どいつもこいつも、みんな卑怯者だ。

弱きを扶《たす》け、強きを挫《くじ》くことが正義だと、あれほど教えられてきたのに。女子供や年寄りは、男たちが身を捨てて守らなければならないと、誰もが知っていたはずなのに。

戦争が終わって疎開先から帰ったとき、俺は焼け野ヶ原に立って誓った。日本を元通りにしてやる。俺たち子供が力を合わせて、大人どもが勝手にぶち壊しちまった日本を、昔通りに造り直してやる、と。

それがどうだ。元に戻ったのは見てくれだけじゃないか。弱い者を見捨てて、道徳も道理も考えずに形ばかりを元通りにしやがった。奇跡の復興なんかであるものか。東京オリンピックが何だ。万国博覧会がどうした。そんな見世物が、俺たちみんなの努力の成果なんかであるものかよ。

俺のおやじはレイテ島で死んだらしい。骨のかけらも帰ってきやしなかったから、戦死した場所だって怪しいものだが。

警察官には召集がないと高を括っていたら、やっぱり赤紙がきて、赤坂の一聯隊《れんたい》に引っ張られた。俺とおふくろは入営を送った。六本木の十文字の近くの、今は知らん顔で東京ミッドタウンとかいうビルディングの建っているところだ。

　戦争が終わったあとに、戦死公報が届いた。そのとたんに俺は、必ず警察官になろうと思った。おやじが復員したら、表町の赤坂署だか、材木町の六本木署に戻るものだとばかり思っていたからな。兵隊なんかじゃない警察官の本分は、伜《せがれ》の俺が継がなければならないと思ったんだ。

　俺は警察官になった。おやじにいつも言い聞かされていた、弱きを扶け強きを挫くために、だ。

　日本はめざましく復興した。いや、あれは復興なんかじゃない。肝心要の中身をないがしろにして、外づらだけを書割《かきわり》に仕立て上げ、さあオリンピックを開催いたしましょうと、大ぼらを吹いたんだ。

　欺されてはならないと俺は思った。だからいつだって、こんなときおやじだったらどうしただろうと、そればかり考えて働いた。悪いやつは懲らしめなければならないが、悪いやつはたいてい弱い人間だから、悪いことをする前に扶けなければならないんだ。

　山野井がそういう人間であることは、引っ越してきたときから知っていた。

　前科こそなかったが、要注意人物というやつだよ。俺は何度か山野井の家を訪ね、周辺のパトロールも欠かさなかった。

　もともと軍需工場があって、戦後は国有地になっていた空地に、誰かがバラックを建てた。どういういきさつがあったかは知らんが、山野井はそこに住みついたんだ。そんな事情だから、近くの交番の巡査が立ち寄って様子を窺《うかが》うのは当たり前だろう。だが、俺の着眼は不法侵入でも違法建築でもなかった。そんなものにいちいち文句をつける時代じゃなかった。

山野井は要注意人物だ。一年前に川崎で当たり屋の嫌疑をかけられた。伜をわざと車にぶつけて、慰謝料をふんだくった。しかし逮捕も起訴もできなかった。証拠がなければ立件できるはずはない。捜査員の勘にいくらまちがいがなくてもだめだ。

当たり屋は累犯性がある。同じことをくり返す。だから山野井が転居したとき、神奈川県警から警視庁に連絡があった。要注意人物というほかには、法的な指定をすることはできないのだが。

山野井はその前の年にも、市川で同様の悶着《もんちゃく》を起こしていた。どういう犯罪にかかわらず、常習犯がよく使う手だ。千葉県警、神奈川県警、警視庁と、別の管内で事件を起こせば累犯性を疑われにくい。ましてや市川と川崎の二件はともに立件されていない。

三度目が起こってからでは遅いんだ。俺はどうすればその三度目を未発に防げるかと、頭を悩ました。前の二件は伜の夏休み中に起きていた。もういっぺんやるとするなら、たぶん同じだろう。理由はおそらく、夏休み中ならば学校側が動きづらいからだ。

署の上役は、放っておけと言いやがった。未発の事件にかかわり合っているほど警察は暇じゃない、と。

ごもっともさ。あのころは非番だって枕を高くして寝たためしなんかなかった。だが、それでいいのか。どんな事件だって、起こってからでは遅いんだ。

俺は非番の日に、山野井の戸籍を洗った。こんな乱暴をするからには、実の親子ではないんじゃないかと疑ったからだった。何の証拠にもならんが、もし血縁がないのなら、俺が善意の第三者として説諭できると思った。警察官の職務を離れ、一個の人間として説得するほかに手立てはなかろう。

終戦後に、戦災孤児を養子にして空巣やかっぱらいの手先に使っていた悪党がいた。山野井もその手合いではなかろうかと思った。もう戦災孤児の時代ではなかったけれど、親のない子供や貧乏人の子沢山は多かった。悪党がその気になれば、養子縁組などいくらだってできた。

戸籍謄本を上げたとき、俺は心底がっかりしたよ。まぎれもない実の親子だったんだ。そんな馬鹿な話があるか。実の父親が、てめえの血を分けた伜を車にぶつけて、さあどうしてくれると金を巻き上げる。鬼畜生じゃないか。

なあ、ゆうちゃん。

俺はさっき、どいつもこいつもみんな卑怯者だと言ったが、君も、この俺も、その卑怯者のひとりなんだよ。

まだ小さかった君に、そんなことを言うのは酷かもしれない。でもな、朝な夕な学校に通った、君らは友達じゃないか。

俺だって同じことさ。きっとああなると百も承知していながら、上役の言うことに逆らえず、忙しさにかまけてあの日を迎えちまった。

キヨはかわいそうだ。不幸な子供はいくらもいるが、親の言うなりに眦《まなじり》を決してダンプカーに身を投げたキヨは、誰よりもかわいそうだ。神風特攻隊よりも、空襲で焼け死んだ子供よりも、もっとかわいそうだ。

だってそうだろ。キヨには泣いて送る親も、抱きしめて一緒に死んでくれる親もいなかったんだよ。そのかわり、パチンコ代のために死ねと命令した親がいたんだ。

俺たちはみんな、キヨを見殺しにした。学校の先生だってご近所の人だって、詳しい事情は知らないまでも、あの事件を予感していた人は大勢いたはずだ。だから俺は、神風特攻隊や空襲で死んだ子供らと同じ理屈で、日本という国がキヨを殺したんだと思う。見てくれだけ元通りになれば、中身なんてどうだっていいと考えた日本に、キヨは殺された。

思い出してくれ、ゆうちゃん。

俺はあのとき、十字路の交番の前に立っていたんだ。君がアーケードを走ってパチンコ屋に入り、おじいさんと手を繋いで出てくるのも見ていた。家の人に言いつかったんだろうけど、子供がパチンコ屋に出入りするのは感心しないな、と思った。

君は気付いていたんだろ。都電の停留所に、キヨと父親がいるのを。

もちろん俺も知っていたさ。けれど、まさか今がそのときだとは思わなかった。いいかげんなものだな。あれほど気がかりだったのに、いざそのときには勘が働かなかったなんて。

もしや、と思ったとたん、俺の半長靴の足は地べたに凍りついて、とっさには叫び声すら出なかった。


なあ、ゆうちゃん。

あの日を思い出してくれ。半世紀も前の、夏の夕昏れどきの十字路を。

交番といったって、きょうびのように立派じゃなかった。公衆電話のボックスをいくらか広くしたくらいの、机も椅子もない、ただ雨風が凌《しの》げるというだけの箱さ。設備といったら壁掛けの電話だけで、便所だって向かいの文房具屋で借りていた。

勤務中はずっと立ちっ放しだ。くたびれるとパトロールに出た。自転車は座って乗るものだからな。飯は立ったまま弁当を食うか、近くの蕎麦《そば》屋でかきこんだ。そんな具合だから、あのころの交番勤務は若い巡査ときまっていた。

交代がくると、留意事項をあれこれ申し送るのだが、キヨと父親のことは伝えたためしも、伝えられたためしもなかった。上役に放っておけと言われてから、山野井は俺ひとりの要注意人物になったんだ。

だからと言って、忘れていたわけじゃない。キヨが君を待っている朝や、君と別れたあとのちょっとした時間に、俺はなるたけあいつの口から真実を聞き出そうとした。だが、たぶん父親からきつく言われていたのだろう、それらしい話はおくびにも出さなかった。

まさか「当たり屋だろう」とは訊けない。話題を遠回しに持って行って、探りを入れるほかはなかった。キヨの中には、二人のキヨが棲《す》んでいたんだと思う。親のいいなりになるキヨと、親のいいつけが怖くてならないキヨだ。だからあいつは、妙になついてきたし、妙に怖がった。

一度だけチャンスがあった。ほら、交叉点を救急車が通過した日。君とキヨが喧嘩をした日のことだよ。二人を仲直りさせたあと、俺とキヨは角の銀行の石段に腰を下ろして、しばらく話し合った。いつもより長い時間を持つことができたんだ。

車や工事現場の騒音を、あのときほどやかましく思ったことはない。キヨは声が小さかった。

俺は喧嘩の理由を訊いた。

――ほんとに救急車に乗ったんだよ。だのにゆうちゃんが、嘘だって言うから。

キヨは口を滑らせた。

――交番は西陽が当たってたまらないんだ。ひとりで涼んでいるわけにもいかないから、もう少し付き合ってくれよ。

あのころの銀行はとても偉そうだった。貧乏人《とって》が入りづらいように、どこの支店にもお役所みたいな石段があって、ピカピカの把手の付いた回転扉が回っていた。もう閉店時刻は過ぎていたが、石段は冷たくてここちよかった。冷房なんて、銀行とパチンコ屋ぐらいにしかなかったからな。

――救急車にはいつ乗ったんだ。

――去年の夏休み。

けっして訊問《じんもん》口調になってはならないと思い、俺は帽子を脱いで団扇に使いながら、げらげらと笑った。

――なあ、キヨちゃん。おまわりさんに嘘は言いっこなしだぞ。

――嘘じゃないよ。車に轢かれたんだ。

ほら、とキヨは坊主頭のてっぺんの生々しい傷痕を見せた。

俺は笑いながら泣いた。これじゃ何ひとつ変わってないじゃないか。東京タワーが建ったって地下鉄が走ったって、こいつらは焼け野ヶ原のまんまじゃないか。学童疎開の先で腹をすかせて、消しゴムや絵具まで食っちまった俺たちと、どこも変わっていないじゃないか。

だがおかしなことに、山野井に対する憎しみは湧かなかった。貧しい親子を置き去りにして復興した日本を憎んだんだ。

俺は悔し涙を汗に見せかけて拭《ぬぐ》いながら、事故のいきさつを聞いた。去年の夏は川崎。おととしの夏は市川。しかしけっしてキヨは、事故の原因を語ろうとはしなかった。聞きながら気がついた。キヨは救けを求めている。はっきりそうとは口にしないけれど、もう当たり屋なんかはやりたくないと、暗に訴えていた。

俺は言って聞かせた。

——なあ、キヨ。これからちょっと、本署まで行こう。その話を刑事さんにしてほしいんだ。おとうさんやおかあさんには、あとから来ていただくから、心配は何もない。

キヨは考えこんだ。あいつは頭のいい子だった。何だって親のいいなりになっていたわけじゃない。利益と不利益をきちんと考えることのできる子供だった。

ただな、自分の利益と親の利益を、まだ分別できなかった。子供なのだから、それは仕方ないさ。

キヨは夕日に映える地下鉄工事の櫓を見上げ、か細い声で言った。

——何だって？　聞こえない。

——おとうさんが、捕まるのはいやだ。

俺は思わず、キヨの顔を胸に抱き寄せた。言葉が見つからなかったからだよ。傷だらけの頭を抱きしめるほかに、俺は何もできなかった。

わかるか、ゆうちゃん。

俺のおやじは兵隊という名の罪人だった。お国に捕まって、南の島で死刑になった。ほかに考えようがあるか。

無実の罪じゃないぞ。日本国民であるという事実が罪だった。戦争とはそういうものなんだ。キヨの声は、ほんの十年ちょっと前の俺自身の叫びだった。俺は声にこそできなかったけれど、おやじが兵隊に取られることが嫌だった。それこそ、俺の命と引き替えてもいいと思いつめたくらいに。

キヨは少しの間、俺の胸に甘えていた。それから真正面に立って、まったく疎開児童みたいな気を付けをした。

――誰にも言いっこなしだよ。ゆうちゃんにも言わないでよ。もう喧嘩はしないから。長いお辞儀をした。いったい誰に教えられたのかとふしぎに思うくらいの、最敬礼だったよ。


俺は卑怯者だ。あの日キヨは、「当たり屋です」と自白したも同然なのに、子供心にささやかな情をかけて、事件にすることをためらってしまった。

キヨは救けを求めていた。父の命令と死の恐怖にとまどいながら。だったらどうして、その手を力ずくで引き寄せようとはしなかったのだ。「おとうさんが、捕まるのはいやだ」という一言を、俺はまともに受け止めてしまった。

むろん、忘れていたわけじゃない。このことはありのままを上司に報告して、今度こそ真剣に考えてもらおうと思っていた。しかし、防犯の観点からは、立件されなかった過去の事件を洗い直すことなど難しい。同じ警視庁管内ならばまだしも方法はあるが、なにしろ前の事件は千葉と神奈川だ。

おまけにそのころ、所轄内で大事件がいくつも起きた。連続強盗と情痴がらみの殺人事件と、花火工場の爆発事故だ。署内はとうてい未発の事件に耳を貸す雰囲気じゃなかった。

夏休みまでには、と俺は思っていた。つまり、そう思っているうちに夏休みがきてしまったんだ。

いつ幾日《いつか》から夏休みだなどと、交番の巡査は正確に知らなかった。君たちの姿を朝夕に見かけなくなったから、夏休みに入ったんだなと思ったくらいのものだった。

言いわけはやめよう。何か大切なことを忘れている、という程度にしか俺は考えていなかった。

ゆうちゃん。君はどうだね。キヨのことをどれくらい考えていたか、やっぱり似たようなものだろう。あいつの周辺にいた人々は、学校の先生も友達も、ご近所のおばさんも商店街のみなさんも、誰もが同じだったと思う。救けて救けてと呟き続けるキヨに、手を差し延べる人はいなかった。

交番の前にじっと立っているだけで首筋に汗の伝うような、ひどく蒸し暑いたそがれどきだった。

交叉点の対角の銀行の前で、山野井とキヨが信号を待っていた。ひっきりなしに行き交う車や都電のきれぎれにも、俺ははっきりと二人を見つけ出していた。

キヨの汚れたランニングシャツの二の腕を、父親がしっかりと握っていたような気がする。尻ごみをするキヨを逃がすまいとするように。あとから考えればあの姿は、処刑場に引き立てられてゆく死刑囚と獄吏《ごくり》そのものだった。

一日のうちで一等人通りの多い時間だ。車と人と電車と工事の騒音で、十字路は煮えたぎる鍋みたいだった。俺はあらゆるものに目を光らせていなければならなかった。

信号が変わって、親子は国道を渡った。だが渡り切らずに、都電の停留所に上がった。べつに不審じゃあるまい。これから都電に乗ってどこかへ行くのだろう。

いや、そう思うほど俺は親子に注目していたわけじゃなかった。熱気と排気ガスにどんよりと曇った十字路の、あちこちに視線を移し続けていた。パチンコ屋から出てきた君とおじいさんの姿も、その視界の片隅に入っていた。

たとえおじいさんを迎えに行ったにしろ、子供がパチンコ屋に出入りするのは感心しないな、と思ったのはたしかだ。俺はいつだってそんなふうに、ご近所の住人の生活まで考えていた。

たいしたおまわりだな。古くから町に住んでいるお金持ちの子供のことは気にかけていても、近ごろどこかから流れてきた貧しい親子については、やっぱりそうは気に留めていなかったのだろう。何を偉そうに正義感を振りかざしたところで、しょせん俺はちっぽけな交番に勤務する、てめえの身の丈以上のことは何ひとつできぬおまわりに過ぎなかった。

文房具屋のおかみさんが冷えた麦茶を持ってきてくれた。

——ごくろうさま、まあ一服なさいな。

咽《のど》はいつもからからにひりついていた。空気が悪いうえに大声を出さねばならず、交番には水道もなかった。

コップを受け取って、交叉点から目を離したほんの一瞬だった。世界が時間を止めたんだ。

急ブレーキの音。サーチライトの輝き。人々の悲鳴。槌打つ響き。溢れ出る地下水。見慣れた風景が一斉に動きを止めた。

コップが足元で砕け散っても、俺は動けなかった。体が鬼の力に抱きすくめられ、半長靴は地べたに貼り付いてしまった。

ようやく吹き鳴らした警笛の音も、しどろもどろだった。俺は得体の知れぬ力を振り払って駆け出した。

おろおろとキヨの姿を探した。凍えついた人々の群の中のどこかに見つけ出そうとした。だが俺が見出《みいだ》したのは、粉々に砕けてダンプカーの車輪にまとわりついた、あいつの体だった。

運転手はハンドルに顔を伏せて、「あー」と長い唸り声を上げていた。クラクションは泣き続けていた。

おまえじゃない。犯人はおまえじゃない。俺はとっさに、呆然《ぼうぜん》と立ちつくす山野井に躍りかかった。足払いをくらわせ、拳で顔を殴りつけ、後ろ手錠にくくった。

いくどかそうやって緊急逮捕をしたことはあったが、あのときばかりは犯人を挙げたとは思えなかった。目撃者は大勢いたのだから、むろん俺の勇み足じゃない。誰から見ても正当な緊急逮捕だった。

――どうして！

と、俺は山野井の髪を摑んで揺すり立てながら、それぱかりを叫んだ。ほかの思いはとうてい声にならなかった。

――どうして！

血を分けた子供じゃないか。顔つきも体つきも、ふとしたそぶりまでうりふたつの、紛れもない親子じゃないか。どうしてその命を、パチンコ代や酒の飲みしろに替えることができるんだ。

こいつも犯人じゃない。犯人はこいつじゃない。

いや、たしかに犯人にはちがいないのだが、事件の決着をつけた手応えを俺は少しも感じなかった。

――どうして！

その答えは知れ切っていた。わきめもふらずに復興した日本が、キヨを殺したのだ。

そしてその「復興」とは、けっして国民生活の安定ではなく、国家の威信の恢復《かいふく》だった。

いったい何が起こったかもわからず、昏れゆく夏空をぼんやりと見上げているこの男は、単なる実行犯に過ぎない。そして真犯人は、東京タワーを見上げ、オリンピックに浮かれ騒ぐすべての日本国民だった。

みんなして、キヨをいじめ殺した。落ちこぼれたやつは死ぬしかないのだと、みんながキヨに言った。俺たちは共犯者だ。

車輪の下から溢れ拡がる血だまりの上に、荷台の砂利がぱらぱらと降り落ちていた。俺たちが平和だ繁栄だと信じていた世の中の正体は、しょせんそんなものだったんだ。


なあ、ゆうちゃん。

人間は、嫌なことを片っ端から忘れていかなければ、とうてい生きてはいけない。でもな、そうした人生の果ての幸福なんて、信じてはならないと俺は思う。

君はこれまでずっと、忘れてはいなかった。忘れていたふりをしていただけだ。それがいいことだとは思わないけれど、君だって生きていくためには仕様がなかったんだろう。

俺も同じだよ。あの事件のあと少し頭がおかしくなって、所轄署を変えてもらった。それから定年まで勤務して、ろくに出世もせずおまわりを辞めた。事件のことはけっして口にしなかったが、忘れてはいなかったよ。俺だって生きていくためには、それしか方法がなかったんだ。

定年になった日に、制服を返納した足であの十字路に行った。すっかり様変わりした商店街に佇んでいたら、泣けて泣けて、若い巡査に職務質問をされた。

余分なことは何も言わなかったよ。言えるもんかね。昔ここで一人息子を死なせちまいましたと嘘をついた。たぶん、一生に一ぺんきりの嘘だった。

それでいいだろ、ゆうちゃん。

忘れちまう罪は、嘘をつくより重いんだ。

4

メアリー・ジョーンズは語りおえた。

唇は青ざめ震えており、小さな顎の先からは涙がしたたり落ちていた。

いつしか庭は闇に呑まれている。

「三つ算えますので、同時に手を放して下さい」

ミセス・ジョーンズはそう言ってから、ゆっくりと厳《おごそ》かに、「ワン、ツー、スリー」と算えた。私は梓とメアリーの手をほどいた。

そのとたん、メアリーは悪夢から醒《さ》めたような金切声を上げて、テーブルに打ち伏した。ミセス・ジョーンズの枯木のような手がその背中をさすった。

しばらくの間、老いた大叔母《おおおば》はそうして何やら呪文のような言葉を、耳元に囁き続けていた。少くとも英語ではなく、たとえば正教《オーソドクス》の古い聖言か何かのように思えた。

メアリーの口から野太く流暢な日本語がいきなりこぼれ出たときは、声色を使っているのか、それともどこかにスピーカーでも隠されているのかと疑ったが、一瞬ののちにはこれが紛れもない降霊術であると信じた。

胸の底にわだかまる記憶は、梓にすら片言も洩らしてはいなかったからだった。

やがてメアリーはゆっくりと顔を起こし、ナフキンで洟《はな》をかむと、もとのいたいけな少女の相に戻った。

「今いらっしゃった方は、生きておいでですよ」

ミセス・ジョーンズは冷えた紅茶を啜《すす》ったあとでそう言った。私は怖気《おぞけ》をふるった。招かれた霊魂が、死者ではなく生者のものであることのほうが怖ろしかった。

「お心当たりはございますね」

はい、とだけ私は答えた。

「どこでどのようにお暮らしなのかはわかりませんけれど――」

そこまで言いかけて、ミセス・ジョーンズはきつく瞼《まぶた》を鎖《とざ》した。

「ああ、ずいぶんお齢をめされて、どこかの病院でお眠りになっておいでです。長い間、ずっと」

そうした状態の生霊《いきりょう》は、死者の魂と同じように招かれてしまうのだろうか。

「悔悟してらっしゃるのですね」

と、私は訊ねた。「悔悟」という単語がわかりづらかったのか、ミセス・ジョーンズは少し考えるふうをした。

「リグレット」

私は思いついた英語を添えた。

「ああ、リグレットですね。介護《ケア》かと思いました」

ミセス・ジョーンズは上品な笑い方をした。いくらか空気が和んだ。

「悔悟はしていらっしゃらないと思いますよ。ご自身の行いには納得してらっしゃる。けれど、けっして口になさらなかったことが、おつらくてならないのでしょう」

どこかの病院のベッドで眠り続けている老人の姿を想像した。私は彼に救われたのかもしれない。このままではいつか同じ苦しみを味わうはめになる私を救済するために、霊媒の体を借りて語りかけてくれたのだろうか。

そう思うと、怖気は消えた。

「さて、どういたしましょうか。もうたくさんと思われるのでしたら、このくらいでやめておきますが」

まだ続きがある、というのは意外だった。答えあぐねて梓に訊ねた。

「どうしたらいいのかな」

二人のやりとりを黙って聞いていた梓は、赤いランプシェードの灯に顔を晒すようにして私を見つめた。

「おいやなら、無理強いはしません」

「ご迷惑じゃないかな」

いいえ、とミセス・ジョーンズが微笑み返した。

私が危惧していたのは、メアリーの体にかかる負担だった。いくら霊言とはいえ、異国の言葉で語り、ときにとまどいうろたえ、泣き喚《わめ》きするのはよほど疲れるだろうと思った。

そのことを伝えると、ミセス・ジョーンズはこともなげに答えた。

「亡くなった主人は、さすがにくたびれておりましたが、メアリーは若いから」

雨が降ってきた。夜の庭に向かって張り出したアール窓を、爪跡のような滴が走った。

「もう少し雨宿りをなさったらいかが」

ミセス・ジョーンズは窓を背にしたまま言った。

いつの間に席を立ったのか、メアリーが台所からワゴンを押してきた。あらかじめ用意してあったらしいサンドイッチとフルーツの大皿が、テーブルの上に並べられた。

梓が林檎《りんご》の皮を剝《む》き始めた。林檎は熾火《おきび》のような赤と透けるような青とが、銀の皿いっぱいに積み上げられていた。

その間、老婦人と霊媒の娘は英語の雑談をかわしていた。会話の内容は今しがたの招霊についてではなく、人工降雪機を備えた近在のスキー場が、いつ、どういう順序でオープンするのかというようなものであるらしかった。その話題の通俗さかげんは、かえって薄気味悪かった。

「おたばこは？」

話が一段落したところで、ミセス・ジョーンズは細巻きのシガーを取り出して勧めた。遠慮していたわけではなく、私は煙草を喫《す》うことすら忘れていたのだった。

シガーにはどこか東洋的な、濃密で癖のある香りがあった。強い酩酊《めいてい》感に襲われて、私は椅子の背に体を預けた。繁《しげ》くなった雨音が山荘を包みこんでいた。目を閉じると、水底《みなそこ》に沈んでいるような安息を感じた。

食欲はなかったがいくらかは口に運んだ。差し向かいにメアリーと語り合う梓は、英語が堪能だった。

「では、続きを」

レモンを浮かべた水で口を濯《すす》ぎ、ミセス・ジョーンズは純白のクロスの上に両手を差し出した。梓とメアリーがその手を握った。

降霊会の輪がふたたび結ばれた。

何ものかがやってくる。音もなく形もないが、雨の庭をたどりアール窓をすり抜けて、魂の忍び寄る気配が感じられた。限りなく透き通った薄絹が、四人の輪の上にふわりと舞い降りた。

メアリー・ジョーンズの体が震え始めた。

「ここは、どこだ」

とまどいがちの男の声が、メアリーの口からこぼれ出た。先ほどの警察官とは明らかにちがう人格に思えた。メアリーはうっすらと目を開けて室内を見渡し、テーブルを囲むひとりひとりの顔を疑わしげに眺めた。

「手を放してはなりませんよ」

ミセス・ジョーンズが言った。私が左手に力をこめると、メアリーはすがるように握り返してきた。肉体はすでに見知らぬ霊魂に乗っ取られているが、そこだけは奪われていないような確かな力だった。

「どこなんだよ、ここは。おまえらは誰だ」

みずから進んでやってきたのではなく、むりやり招き寄せられた魂のように思えた。少し気を抜けば、たちまち席を蹴って消えてしまいそうだった。梓の左手は私の右手をしっかりと握っており、私たちはみな力を合わせて綱引きでもするように、おどおどとうろたえる霊魂を繋ぎ留めていた。

ミセス・ジョーンズの説得が始まった。

「よくお聞きなさい。あなたがわたくしを知らないように、わたくしもあなたを存じ上げません。でも、わたくしたちはたまたま出会ったわけではないのです。あなたと手を繋いでいる、もうひとりの方をよくごらんなさい。どこかで見覚えがありませんこと。わたくしはその方の心の傷を癒そうとしているのです。そしてそれはもちろん、あなた自身の救済でもございますのよ」

メアリーがからくりのような動きで首を捻《ね》じ曲げ、私の顔を見つめた。

「知らねえよ、こんなおっさん」

「いいえ。あなたはご存じのはずです」

「知らねえって。おまえらいったい、俺に何をさせようってんだ」

言葉づかいは野卑だが、凶暴さは感じられない。

ミセス・ジョーンズが悲しげに呟いた。

「どなたでしょうね。ずいぶん昔に亡くなられているようですが、そのことにすら気付いてらっしゃらない」

霊は抗《あらが》わなかった。肉体は喪《うしな》われたが魂は存在しているという事態を、理解できずにいる様子だった。死を受容できずにさすらい続けているのだろうか。

霊媒は扇のような睫《まつげ》を伏せて、考えこむふうをしている。ミセス・ジョーンズは続けた。

「そうですよ。あなたは亡くなられているのです。でも、まだお若かったし、思いもたくさん残してらしたので、旅立つことができずにそうしてらっしゃる。お弔いも十分ではなかったのでしょうね。だから、まさかご自分が亡くなったとは思えないの」

霊は俯いたまま、力なく呟いた。

「ほんとかよ。洒落にならねえぞ」

「ほんとうですとも。さあ、思い出してごらんなさい。落ち着いて、ひとつずつ。まず、この席にお座りになる前に、あなたはどこにいましたか」

「庭だよ。そこの」

メアリーの小さな顎が、雨粒のベールをまとった窓に向けられた。

「ああ、雨の中に立ってらしたのですね。先客があったものですから、申しわけないことをいたしました」

「そうだよ。ずいぶん長いこと待たされた。ひでえなあ、奥さん」

「それで、この庭にはどうやってお越しになられたのですか」

「どうだったっけか。そうだ、花の垣根を通り抜けてきた」

私は夜の庭に目を向けた。樅の木が列《つら》なる小径《こみち》に、ほのかな灯のともる煉瓦積みの門があって、蔓薔薇《つるばら》のアーチがかかっていた。私たちが訪れたたそがれどきには、赤と白の花がいっぱいに咲いていたが、今は夜と雨とにすっかり色をとざして、わずかに沫《しぶ》きのような白がそうと見えるだけだった。

「ようこそお越し下さいました。では、いったいどちらから」

霊は答えに苦慮した。

「わからねえ」

「お考え下さい。わたくしの家の門をくぐる前に、あなたはどこにいらしたのでしょう」

「あちこち、うろついていた。どこだかもわからねえよ。ともかく、町の中をあちこちうろついて――」

ああ、と霊はやるせない息をついた。

「探してらしたのですね」

「そうだよ。伜を探していたんだ。あいつを見つけ出して、詫びを入れなけりゃならねえだろ」

梓が嗚咽《おえつ》した。ミセス・ジョーンズはその手を引き寄せて、「しっかりなさい《チァ・アップ》」と励ました。

「わかりました。でも、それはたいそう難しい話でございましてよ。生身の人間ですら、別れた人にはなかなか会えはしません。ましてや、亡くなられた息子さんを探し出すなど――さあ、もう少し思い出して下さいな。息子さんを探しに出る前、あなたはどうしてらしたのでしょうか」

霊媒が身を震わせた。けっして思い出したくない記憶を喚起したというふうに。

「おっしゃって下さい。いったい何があったのですか」

「やめてくれ」

「いいえ。わたくしはあなたを救わねばなりません。どうかおっしゃって下さい」

「監獄で首をくくったんだ。いいだろ、そんなことどうだって」

私たちはみな息を詰めた。ミセス・ジョーンズにとっても、予期せぬ返答であったらしい。しばらく心を鎮めるように聖言をひとりごちてから、彼女はふたたび語りかけた。

「あなたは法の裁きを受けたのですね」

「そうじゃねえって。神妙に白状すれば死刑になんかならねえって、みんなが言いやがった。刑事も検事も、弁護士もだ。俺は死刑になりたかった。てめえのガキを殺しておいて、生きていられるはずはなかろう。だから、公判が始まる前に、独居房のゴザをばらして紐に縒《よ》ってよ、端を鉛筆の軸に結びつけて、ねじを巻くみてえに首を絞めた。せんにそんな手を使ってくたばった野郎がいるって、聞いていたからな」

メアリーの顔が苦痛に歪んだ。白い咽を闇に伸ばして喘ぐようなそぶりをしてから、がくりと頭を垂れ、「そうか。死んだのかよ」と、ようやく悟ったように呟いた。

「法の裁きか。ふん、笑わせるぜ。他人様《ひとさま》を手にかけたのなら、そりゃあそれで功徳もあろうがよ。考えてもみてくれ、てめえのガキだぞ。かくかくしかじかと、神妙に白状なんかできるものか。弁護士の野郎、今の法律じゃ親殺しはまず死刑か無期にちげえねえが、子殺しならばそうはならねえと吐《ぬ》かしやがった。おかしいじゃねえか。親を殺したガキは死刑で、ガキを殺した親は懲役かよ。だから俺は、てめえがそんな法律に甘えてあれこれ言い訳を始める前に、てめえでてめえを死刑にしようと思ったんだ――そうか。死んだのかよ」

霊媒の体から力が抜けていった。ともすると手をほどいてテーブルに打ち伏してしまいそうなメアリーの体を、私は吊り上げるようにして支えねばならなかった。

「しっかりなさい。あなたはもっと思い出さなくてはなりません。ご自身が納得なさらなければ、ずっとこの世をさまよい歩かなければならないのです」

ミセス・ジョーンズはふたたび聖言を唱え始めた。その声に身を委ねるように、メアリーの体は揺れ続けた。

「よろしいですね」

霊魂は肯いた。ミセス・ジョーンズは息を入れ、厳かな声で訊ねた。

「あなたと、あなたの息子さんの魂の平安のために。改めてお伺いいたします。山野井清君のおとうさまでらっしゃいますか」

霊魂は答えるかわりに、まるで毒杯でも手向けられたかと見えるような万斛《ばんこく》の涙を流した。

5

思い出したぜ。

あんた、ゆうちゃんだな。どこかで見覚えのある顔だと思ったら、おやじさんに瓜《うり》ふたつじゃねえか。

もっとも、あの時分のおやじさんよりずっと齢は上なんだろうが、昔の男は老けて見えたからな。

まったくよく似てるよ。つんと澄まして、世間をなめくさっているようなツラがそっくりだ。

あんたのおやじさんとは、何度か酒を飲んだ。嘘じゃねえよ。あの十字路からちょいと入った横丁の、行きつけの飲み屋でな。

自家用車もテレビも持ってるお屋敷の旦那さんが、わざわざ着流しで縄のれんを分けるはずもねえから、酒の勢いを借りて説教のひとつも垂れるつもりだったんだろう。だとしたら、勘のいい人だ。

だがよ、二度か三度か酒を酌みかわしたが、それらしい話はしなかった。いざとなったらあんがい、気のちっちぇえ人だったのかもしらねえ。

ひょっこり飲み屋に現れて、やあどうも、なんぞと挨拶されたときから、俺にはわかっていた。この野郎、俺に何か文句をつけにきやがったな、と。

じいさんから何やかやと聞いてたのかもしらねえが、他人に説教を垂れるようなやつは大嫌《でえきれ》えだ。だから俺は隙を見せなかった。ガキの話ははぐらかした。取りつく島がねえと知ると、面倒くさくなるのかこっちの勘定まで持って、さっさと帰って行った。

せいぜいビールを一本に燗《かん》を一合、それもあらかたは俺が飲んでいた。そんなことが二度か三度、結局はひとことも文句をつけさせねえうちに、夏休みになった。

ガキの話を抜きにしたら、よっぽど座持ちが悪いと思うだろう。なにせ大金持ちの社長さんと、流れ者のろくでなしだ。だがな、俺とおやじさんは同い齢だった。苦労話を始めりゃあ、終戦からこっちの受け目負い目なんざどうでもいいのさ。同い齢のやつらはみんなひどい目をついてきたからな。

　昭和十九年の現役っていうのが、どんな不幸なめぐり合わせか、これぱかりは同い齢の男でなけりゃわかるめえ。

　俺もおやじさんも甲種合格の現役入営、まずこれほど運のねえ兵隊もいねえだろう。ひとつちがいの俺の弟は、一年遅れで軍隊に引っ張られたが、そのころにはもう外地に出そうにも船がなかったから、本土決戦用の陣地を掘っている間に終戦になった。

──利き手がだめなもんで、左でご無礼しますよ。

　初めて酌をしたとき、おやじさんはそう言った。話がそこからぽちぽち始まった。おたがい、思い出したくもねえ悪い戦をした。他人にしゃべれば口が腐っちまうような話さ。だが、同じような苦労をしたんだから、塩豆でもねぶるみてえにぽつぽつと、酒の肴《さかな》にした。

　そんなことが二度か三度、ほんの小一時間ばかりだった。たぶんおやじさんは、こう言いたかったんだろう。

──せっかく生き延びて裸一貫から始めたんだから、頑張ろうじゃないですか。

──男なら、女房子供をきちんと養わなけりゃ嘘でしょう。

──酒や博奕《ばくち》に溺れる自堕落な生活は、何とかなさいな。

　言われなくたって百も承知さ。だから俺は、おやじさんがちょいとでも真顔になると、シベリアの話を始めた。おたがい悪い戦をしたことは同じだが、あんたのほうがだいぶましなんだぜ、という因果を含めてな。おやじさんが言えなかったというより、俺が言わせなかったんだ。

そんなことが二度三度、そうこうするうちあの日がやってきた。

なあ、ゆうちゃん。あんたはこの話を聞いて父親の偉さを見直しているんだろうが、ちょいと水をささせてもらうぜ。

うちのキヨを殺したのは、あんたのおやじだよ。

東京オリンピックのおかげで景気はうなぎ昇り、あのころ仕事にあぶれていたのはよっぽどの怠け者だ。まあ俺もそのうちのひとりにはちげえねえんだが、あの町は住みごこちがよかったし、そろそろ腰を落ち着けて堅気になろうと思っていたんだ。そんな矢先に、あんたのおやじさんが要らぬ節介をしようとした。

なあ、ゆうちゃん。勉強をしようと思い立ったとたん、親から「勉強しなさい」と言われたことがあるだろう。むやみに腹が立って、勉強なんざするもんかと思っちまう。家をおっ飛び出して遊びに行くのは当たり前の筋書きさ。

あの前の晩、うまく説教が切り出せずに帰りかけたおやじさんは、勘定と一緒に名刺を置いていきやがった。

——うちの会社も手が足りませんので、もしお暇なら直接私あてにお電話を下さい。けっして悪いようにはいたしませんから。

直接社長さんあてに、か。そりゃあ悪いようにはならねえだろうよ。

――いやァ、俺は学もねえし、今さらネクタイ締めたサラリーマンなんて柄じゃありません。

俺はやんわりと断わった。

――背広を着るのは営業の外回りだけですよ。肩の凝らない仕事はいくらもあります。

どんな会社かは知らなかったが、キヨの話によると社員が百人の上もいるらしい。近所でもお大尽で通っていた。肩の凝らねえ仕事も、倉庫番だの守衛だの掃除係だの、いくらだってあるんだろう。

――もちろん、伜には内緒にしておきます。無理強いはいたしませんが、ぜひお考えになって下さい。

俺はその翌日、職安に行くつもりだった。女房を雇っている親方からも、日当六百円でどうだと誘われていた。だが同じ現場で共働きはバツが悪いから、いっそ職安に行って六百円ぐらいの仕事を探そうと思い立ったんだ。

あんたのおやじさんの会社なら、もっといい給料をくれるんだろうよ。倉庫番だろうが守衛だろうが、けっして悪いようにはいたしませんと、社長が約束したんだ。

ありがてえお心遣いか。いいや、俺はむかっ腹が立った。こっちがさあ勉強しようと腰を上げかけたとき、「勉強しなさい」と言われたようなものさ。

そのありがてえお心遣いとやらを頂戴したとたんにな、堅気になろうとしていた俺の気分は、たちまちご破算になった。他人様《ひとさま》に食い扶持《ぶち》をめぐんでもらうぐれえなら、俺のやり方で稼がしていただくさ。

学がなかったわけじゃねえよ。

中学卒っていうのは、田舎町じゃめったに聞かねえくれえ、たいそうな学歴だった。俺はそのめったにいねえ中学卒で、軍隊に取られる前には地元の銀行に雇われていた。そうさ、背広をバリッと着て、ネクタイを締めてよ。

入営するとじきに、中学卒は将校を志願せよと命じられた。そんな資格があるくらい、中学卒は珍しかったんだ。だが俺は、いくらぶん殴られても志願はしなかった。将校になったら最後、まず生きては帰れねえぞって、あちこちから釘《くぎ》を刺されていたからな。

で、二等兵のまま満洲に持って行かれた。関東軍の精鋭が南方に転用されたあとの補充兵だ。しばらくは呑気《のんき》にやっていたが、終戦の間際にソ連が攻めてきて、ほんの何日かの戦争で皆殺しにされた。俺が救かったのは、中学卒で読み書きも達者だから、部隊長の従兵を命じられていたおかげさ。

その部隊も孤立無援のままあらかた全滅して、いよいよ軍旗を焼いて玉砕だというところに停戦命令がきた。戦争は何日も前に終わっていたんだ。

俺たちが黒竜江《こくりゅうこう》の近くの陣地から這い出したそのころ、あんたのおやじさんもルソン島の山の中から、白旗を掲げて降りてきたんだろう。おたがい戦を生き延びて、裸一貫から始まったのはたしかだった。

だが、おやじさんが降参したのはアメリカで、俺たちを武装解除したのはソ連だった。同じような悪い戦はしたが、似た者どうしの大ちがいはそこだった。

俺はシベリアの収容所で丸三年も強制労働をさせられた。兵隊を一年半、戦争を十日、捕虜が三年だ。中には、終戦の間際に召集されて、兵隊が三日、捕虜が三年という笑えねえやつもいた。

戦争で生き残ったのに、飢えとチフスと肺炎で大勢が死んだ。思い出したくもねえさ。あんたのおやじさんは裸一貫から始めたかもしらねえが、俺はその裸一貫の下から歩き出さにゃならなかった。

戦が終われば兵隊は故郷に帰る。勝ち戦ならば華々しい凱旋だが、負け戦はみじめな復員だった。

歓呼の声で送り出してくれた銀行は、俺を雇い直してくれるだろうと思っていた。だが、財閥解体とやらで銀行の看板は掛け替えられていて、働いている行員たちも知らないやつらばかりだった。

ようやく顔見知りを見つけて、ともかく支店長を呼んでくれと言った。だが、応接室で一時間も待たされたあげくに現れたのは、私服刑事と進駐軍のＭＰだった。

戦争に負けておめおめと帰ってきたんだから、良くしてくれなくたっていいさ。だけどよ、シベリア帰りは共産主義に洗脳されてるって、そりゃあなかろう。

ちっぽけな町の話だ。シベリア帰りの噂はすぐに拡がって、銀行どころか港の荷役にも雇っちゃもらえなかった。しまいには兄貴と兄嫁までが、出て行けと吐《ぬ》かしやがった。俺は仕方なく、一緒に復員したシベリア帰りと二人して、東京に出ることにしたんだ。苦労を共にした仲間。そっくり同じ荷物をしょわされちまった幼なじみ。ひとりよりもよほど心強かろうと思ったんだが、どっこいそうじゃなかった。汽車に乗ったとたん、この野郎とは一分一秒でも早くおさらばしてえと思った。向こうも同じ気持ちだったろうぜ。ともかくこいつと一緒のうちは、悪い記憶をずっと引きずっていなけりゃならねえし、東京に出たところで目を持つはずもねえって気がした。

上野の改札で、達者でなと手を振って別れたきりさ。そのあと野郎がどうなったかは知らねえが、まあ乙甲《おっかつ》の人生だろうぜ。

これで少しはわかったかい。

あんたのおやじさんの節介に、俺が腹を立てたわけがよ。

おありがとうございい、とおめぐみを頂戴するのは簡単だが、それができるくれえなら、はなっから乞食をやってるさ。

いいかい、ゆうちゃん。どいつもこいつも勘ちがいをしている。

キヨは俺の子供だ。まちがったって御国《おくに》の子供なんかじゃねえぞ。

何の伝《つて》もねえ東京に出て、俺はがむしゃらに働いた。

あんたのおやじさんは闇市で一山当てた口だと言っていたが、俺は目を持たなかった。まあ、あのどさくさでの当たりはずれは、博奕の勝ち負けみてえなものだろう。

闇屋の仲買いをしながら、俺は何度もサツに挙げられた。もともと要領が悪いのと、運がなかったせいさ。だが、懲役をくらったためしはなかった。闇屋や博奕をいちいちお裁きしていた日にァ、刑務所なんていくつあったって間に合わねえ時代の話だ。せいぜい金品の没収と科料、一晩か二晩ブタバコに入れられて釈放《パイ》だった。

そうこうするうち朝鮮動乱の特需で景気がよくなった。商売仲間はあんたのおやじさんみてえに目を持って、やばい闇屋から次々と足を洗っていった。キヨやあんたの生まれたころの話だな。

俺はさっぱりだった。女房子供のその日の食い物を、狐《きつね》か烏《からす》みてえに持って帰るのが精一杯だった。景気ってやつは妙なもんで、悪けりゃ悪いでカスリが転がっているんだが、ちょいとよくなるとかえって世の中がまとまっちまって、どさくさまぎれの銭が入らなくなるんだ。たぶん悪い時代よりもいくらか上向きになったあのころの水が、俺の性分には合わなかったんだろう。

千葉の市川に住んでいたときのことだ。俺はもう、食うや食わずのアップアップアップで、泥棒やかっぱらいをしねえてめえが、律義者だと思っていたくらいだった。

キヨを連れて夕涼みに出た。駅前で賭将棋の見物をしていたら、ひょいと目を離したすきにキヨがオート三輪に撥《は》ねられた。

なに、交通事故ってほどのものじゃねえよ。オート三輪が曲がろうとした拍子に、いくらか張り出した荷台の角がキヨの頭にぶつかっただけだ。

キヨの野郎は生まれつきの泣き虫だから、大げさに騒ぎやがった。それで交番のおまわりが気を揉んで救急車を呼んだから、話はいよいよ大げさになった。

初めはこっちを怒鳴りつけていた運転手も、野次馬に囲まれたら青くなった。

病院には雇主が駆けつけてきた。あたりでは名の知れた運送会社の社長だった。商売がらどっちがいい悪いではなく、ことを穏便にすませたかったのだろう、「さしあたってのお詫び」と言いながら差し出した封筒には、手の切れるような千円札が十枚も入っていた。

かけそばが三十円かそこいら、百五十円で封切映画が観《み》られた時代の話だぜ。一万円といやァ、月給なみの金だった。

俺は社長の目の前で封筒の中味を確かめてから、名刺と一緒に叩き返した。

——銭金でどうにかなる話じゃなかろう。

腹っぺらしにァ、度胸の要る啖呵《たんか》だったぜ。うめえ話が水になるかもしらねえんだからな。だが俺は、「さしあたってのお詫び」という一言を聞き逃さなかった。さしあたっての銭をほくほくと受け取ったんじゃ、その先が続くめえ。

キヨの野郎には頭が痛えの尻が痛えのと嘘をつかせて、長いこと病院に通わせた。そのつど医者に診断書を書かせて、運送会社を強請《ゆす》った。

その年の暮れに、これ以上続けば訴えるとまで言って社長がよこした十万円は、世の中に出たばかりの一万円札だったぜ。

嬶《かか》ァは知っているよな。

二つ齢上の姉さん女房だが、金のわらじじゃなかった。

くすぶった男が女のおかげで目を持つなんて話があるものか。くすぶりにァくすぶりがお似合いなんだ。

笑わせるぜ。上野駅に着いてくすぶりの相棒と別れたあと、十《とお》も算えねえうちに声をかけてきたのが嬶ァだった。「にいさん、遊ぼうよ」ってな。

東京に出たのは初めてだったし、餞別《せんべつ》の銭も持っていたから、俺ァ景気づけのつもりでその立ちんぼを買った。

やっぱりあの相棒がくすぶりだったんだ、別れたとたんにこの果報だ、と思ったぜ。そうじゃねえよな。ようやくくすぶりと手を切ったと思いきや、次のくすぶりが待ち伏せていただけさ。

同じ体を売るにしたって、気の利いた女なら進駐軍のオンリーになってる。米兵《へいたい》相手のパンパンだってずっとましだろう。上野駅でおのぼりに声をかけるなんてのは、下の下だ。それも、のちのち考えてみれば、だがな。

あばたもえくぼってやつさ。なにせ俺は三年も女ッ気のねえシベリア帰りだった。

その晩は鶯谷《うぐいすだに》の木賃宿《きちんやど》にしけこんで、翌日は東京案内をさせて、そしたら宿代がもったいねえからってわけで、てめえの家《ヤサ》に俺を連れていった。こんな男のどこが気に入ったんだか、二晩目の銭は要らねえっていうんだ。そのかわり、一緒に逃げてくれと言った。

のろけても始まらねえな。ともかくそんないきさつで、俺はくすぶりを抱えこんじまった。男と縁を切るのは簡単だが、女は厄介なもんだ。こいつと暮らしているうちは浮かばれねえとはわかっていても、それはそれで居心地がいいからな。

嬶ァは不器量でのろまで、無口な女だ。だが体は丈夫だったから闇屋を手伝わせた。物が出回り始めてからはヨイトマケさ。そのうち、キヨが生まれた。

てめえの腹を痛めたガキを殺されたんだ。さぞかし俺を憎んでいるだろうと思ったんだが、留置場にも拘置所にも面会にきた。金網の向こうでぐずぐず泣いてるばかりだったがな。

しまいにはこっちが頭にきて、怒鳴りつけた。

――言いてえことがあるんならはっきり言え。

そしたら嬶ァは、泣く泣く妙なことを言いやがった。

――あんたは悪くない。

何だよ、それ。俺が悪くなけりゃ、いってえ誰が悪者なんだ。どう考えたって、嬶ァにも落度はなかろう。

――あんたは悪くない。

いくども、そればかりを言いやがった。十ぺんも、二十ぺんも、まるでぶっこわれた蓄音機みてえに。

拘置所の毛布の中でてめえの首を絞めるとき、ちょっと嬶ァのことを考えた。俺がこんなふうにしてくたばったら、あいつはたぶん一日も生きちゃいけねえだろうって。だとすると俺は、てめえのガキを殺したうえに、女房まで殺すんだな、って。

知ったことかよ。悪い時代を生き延びたなんてのは、うまくいったやつらの台詞《せりふ》さ。俺たちは生き延びたんじゃねえ。死に損ねたんだ。だったらどこでどうくたばろうが勝手じゃねえか。

俺はひどい戦とシベリアで死に損ね、嬶ァは親兄弟が皆殺しの目に遭った空襲で死に損ねた。くすぶりは一生くすぶるに決まっているんだ。

キヨは、そんな俺と嬶ァの子供だった。

市川の運送屋からせしめた金で、俺たちは川崎に引越した。

汗水流してねえ銭なんて、身につくものかよ。それどころか、汗水流して働く気までなくなっちまった。

しょせん人生の浮き沈みなんてものは、運不運なんだなと思った。一所懸命に働いていたって、サツにパクられりゃ元も子もなくなる。ぶらぶらしていたって、銭を積んだ車が向こうからぶつかってくることだってあるんだ。

あるとき、パチンコ玉をはじきながら考えた。ぶつかってこねえんなら、こっちからぶつかったらどうだ、ってな。

名案だぜ。この世はたしかに運不運だが、じっと待ってるだけじゃだめだろう。運を捉《つか》まえにいくのは利口だ。

初めは、てめえの体で当たろうと思った。肚《はら》を括って四ツ角に立ったこともある。だが、大の大人がそれをやるにゃ、あんがい按配《あんばい》が難しかった。ちょいとぶつかったくらいじゃ、「ばかやろう」と怒鳴られてしまいだ。仮にうまく行ったところで、あとの始末は誰がつける。当たった本人が四の五の言ったんじゃ、話はまとまるめえ。

こうだと決めてかかったわけじゃねえよ。キヨの手を引いて信号待ちをしていたとき、とっさに思いついたんだ。てめえがぶつかるより、こいつをぶつけたほうがよかろう、とな。銭を巻き上げるにしたって、親の口から言うほうがいいに決まってる。

俺はキヨに言って聞かせた。何を？　まさか銭金のためにぶつかれとは言わねえよ。

——なあ、キヨ。海水浴に連れてってやろう。

エッ、とキヨは俺を見上げた。夏休みに入るとじきに、小学校で江の島に行くことになっていたんだが、会費が五百円だなんてばかを言うからやめさせた。観光バスを仕立てて浜茶屋を一日借り切りゃ、まあそういう勘定になるんだろうが、給食代だってまともに払えねえ貧乏人の子だっているんだから、ずいぶん乱暴な話だぜ。

キヨは海を知らなかった。あいつが海だと信じているのは、千葉や川崎の埋立地だけだった。

——いつ？

——すぐには連れてけねえが、この夏のうちだ。

わあい、と万歳をしやがった。まるでグリコの箱みてえにな、こう、足踏みをしながら両手を挙げてよ。俺は荷物を積んだトラックに狙い定めて、キヨの背中を押した。うまくいった。トラックは急ブレーキを踏んだが、間に合わずにキヨを撥ねとばした。市川のときよりちょいと派手なくらいだ。

いや、うまくいったと思ったんだが、キヨの野郎はチビだから、猫みてえに宙を飛んで歩道の角に頭をぶつけちまった。おかげでそこからは俺も本気になった。なにせキヨは気を喪っちまって、坊主頭のてっぺんがぱっくり割れていた。抱き起こして傷を押さえるそばから、手拭がぐずぐずになるくらい血が噴き出た。

それからどうなったのか、よくは覚えてねえ。やっちまった、キヨを殺しちまったと思って、何が何だかわからなくなった。

妙なもんだぜ。俺の頭の中じゃ、車に撥ねられたキヨと満洲の悪い戦で死んだ戦友が、一緒くたになっている。

どっちも夏の盛りだ。お天道《てんと》様が知らん顔でじりじりと照ってやがった。ついさっきまでしゃべったり煙草を喫ってたりしたやつが、いきなりがつんとくらってへこたれる。

やられたと思ったら、すぐに傷を押さえてやるんだが、血が止まらなけりゃお陀仏だ。

　俺も左の肩の付け根に一発くらった。運のいいことに、西部劇のジョン・ウェインがきまってやられる場所さ。大して血が出なくて、平気の平左だった。復員して映画を観たとき、さすがにアメ公はよく知ってやがると思ったものだった。

　だが、キヨの出血は止まらなかったから、もうだめだと思った。あとさきは何も考えなかった。

　救急車で病院に担ぎこまれて、輸血をした。俺の血だ。じきに嬶ァが駆けつけてきて、あたしの血も採ってくれろと泣いたが、血液型が合わなかった。へえ、そういうものか、と思ったよ。腹を痛めた嬶ァの血は合わなくても、俺の血はキヨと同じなんだ。

　まったく危ねえところだったが、キヨは救かった。そうとなりゃあ、俺の出番さ。


　肝を冷やしたぜ。

　キヨを撥ねたのは鶴見の魚河岸《うおがし》のトラックだった。その時分は町の魚屋が自家用の車なんて持っていなかったから、魚屋も荷も河岸の車に乗り合いだった。相手が魚河岸ならば銭は毟《むし》れると俺は読んだ。

　若い運転手は神妙なものだったが、助手席に乗っていた魚屋のおやじが唸り始めたんだ。

　——子供が飛び出したんじゃねえ。あんたが突き飛ばした。俺ァはっきり見たぞ。

切ねえことを言ってくれるじゃねえか。よしんばはっきり見たとしても、キヨがくたばったとしたらそれが言えるか。救かったと聞いたとたんに、その言いぐさはなかろう。どっちにしろ痛え思いをしたキヨに、ここは黙ってご報謝下さるのが大人ってものじゃねえのか。

まさかそうとは言えねえが、ここで腹を立てなけりゃ怪しまれると思ってな、俺は魚屋に摑みかかったよ。

――野郎、盗《ぬす》ッ人《と》たけだけしいとはこのこった。他人様《ひとさま》の伜を殺し損ねて、何を言い出しやがる。

仲に割って入った交通課の巡査は、疑ってかかるのが商売だ。俺を見る目の色が変わってやがった。

何日かして、二人連れの私服刑事が家に訪ねてきた。

――山野井さん。あんた、去年の夏にも市川で事故を起こしてるね。

ひやりとしたが、顔に出るほどの善人じゃねえさ。

――ついてねえんですよ。

と、俺は白《しら》を切った。ほかに答えようがあるか。

年かさの刑事は扇子を使いながら笑っていた。だが物を言わねえ若いほうは、俺を当たり屋だと決めつけたみてえに、ずっと睨み続けてやがった。

――警察は弱い者の味方じゃねえんですかね。相手は何やかやと因縁をつけて、金を出したくねえだけなんだ。どうしてそんな当たり前の筋書きがわからねんだよ。

警察がどんな裏を取ったかはしらねえが、道理はこっちさ。なにせ俺の子供が他人の車に撥ねられたんだ。一歩でも退《ひ》いたら負けだと俺は思った。

――おう。それとも何か、魚河岸はあんたらに袖の下でもくれてやがるのか。大事な一人息子に死ぬ思いをさせておいて、今さら悪いのはそっちだなんぞと、よくも言えたもんだ。

なにをっ、といきり立つ若い刑事を、年かさが宥《なだ》めながら言った。

――まあまあ、そうとんがりなさんな。しょせん銭金は民事だから、警察が口を出す話じゃないよ。しかしあんたにはそういう疑いもかかっているんだってことを、胸に括っておきなさい。

俺をどうこうしようってえつもりは、はなからなかったんだと思う。やつらは釘を刺しにきたんだ。強請ったら勘弁しねえぞ、ってな。

だが、話はあんがいあっさりと片が付いた。その翌る日に魚市場の理事だとかいうじいが、弁護士と、もうひとりそのあたりの顔役らしい貫禄たっぷりの親分を連れて、病院にやってきた。

面倒なことはひとつも言わなかった。通り一遍の詫びを入れて、見舞金を置いて帰っただけだ。五万円はうまい落としどころだな。

――もし何かご不満があれば、私の事務所にご連絡下さい。

と、弁護士は自信たっぷりに言った。

——俺の顔を潰さんでくれよ。あんたに二度会いたくはない。

親分のその一言は効いた。

ガキってのは元気なもんだ。

頭のてっぺんを八針も縫って、頭蓋骨までべっこりとへこんじまったのに、十日もすれば退院した。

実入りは思ったほどじゃなかったが、働いてくれたんだから給金ははずまにゃなるめえ。

それで、まだ頭に包帯を巻いたまんまのキヨを連れて江の島に行った。盆も過ぎた夏も終わりのころだったと思う。浜辺には人影もまばらで、浜茶屋もなかば店じまいしていた。

婢ァのやつ、キヨの頭を油紙でくるんで、俺の麦藁《むぎわら》帽子を冠せてな、まるで化けそこなった小狸《こだぬき》みたいだってげらげら笑った。

おへそまでだよ、いいね、と言い聞かせると、キヨはハイと返事をして、生まれて初めて見る本物の海に向かって駆け出した。波が高いからハラハラした。殺し損ねたガキに気を揉むてめえが、ふしぎでならなかった。

婢ァのこしらえた握り飯はうまかったな。育ちが育ちだから気の利いた料理は作れなかったのに、握り飯と香香《こうこ》だけは上手だった。

　俺と嬶ァは浜茶屋の縁台でビールを飲みながら、ときどきキヨに声をかけ、手を振った。はたから見れば、幸福な家族に見えただろうな。

――ねえ、あんた。

　ふいに嬶ァが、改まった声で言った。何を言おうとしているのかがわかった。ぞおっと鳥肌が立ったぜ。

――何だよ。言いかけたことは言え。

　嬶ァが俺に面と向かって物を言ったのは、どう算えても三べんしかねえんだ。

　一ぺんは「あたしを連れて逃げてよ」。

　一ぺんは「あんたは悪くない」。

　そしてもう一ぺんは、そのときだった。

――キヨちゃん、交通事故だよね。

　俺は答えずに、灼《や》けた砂の上を歩き出した。嬶ァに嘘はつけねえよ。不器量でのろまで無口で、とびっきりのくすぶり女は、俺と似た者じゃなくって、もうひとりの俺だったから。

――おとうさあん、こっち、こっち。

　化けそこねの小狸みてえなキヨが、波の中から俺を呼んだ。俺は進むことも戻ることもできなくなって、膝を抱えこんだ。お天道様は知らん顔だ。

満洲の鉄の嵐や、シベリアの吹雪が、こんなところまで続いているとは思わなかった。

いよいよあの日のことを思い出さにゃならねえか。

いやだな。気が進まねえ。俺は取調べのときも、ずっとだんまりを決めていたんだ。罰を怖れていたわけじゃねえよ。この手でてめえの子供を殺しましたなんて言おうものなら、口が腐っちまうだろ。嘘をついてもそれは同じだから、黙っているほかはなかったんだ。

今さら腐る体もねえんだし、あの日のことをありのままにしゃべれば楽になれるんかな。

暑い日だったぜ。空地に建つバラックには窓もなくって、屋根はトタン板を重ねただけだから、お天道様が昇りゃあたちまち鍋の中さ。

バラックから少し離れたところに、大きな鈴懸《すずかけ》の木があった。どうせならその木蔭《こかげ》に建ててくれりゃよかったんだが、もともとは終戦直後に雨露を凌ぐためだけだったんだから、文句をつけても始まるめえ。

嬶ァは朝早くからヨイトマケだ。無慈悲なお天道様に叩き起こされた俺は、バラックから出て鈴懸の根方に腰をおろした。

昭和三十五年。お国はすっかり元通りになったが、誰のものだかもわからねえ空地は東京のあちこちに残っていた。

市川から川崎に越したのは、工場の仕事があったからだ。それに、市川の運送屋からはしこたま搾り取ったから、後腐れがあるんじゃねえかと思っていた。警察が所轄ちがいの事件にかかわらねえってことも、闇屋の時分に知っていた。

工員は続かなかった。食いつめて当たり屋を思いついた。するとやっぱり引越しをしなけりゃなるめえ。千葉と神奈川でやったから、次は東京さ。

いや、もういっぺん東京でやらかそうなんて思っちゃいなかった。今度こそ真ッ当に生きようとした。川崎に居続けたらこのさき何かの拍子に、話を蒸し返されそうな気がしたんだ。

いつだって真ッ当に生きようとは思っていたよ。世間のせいになんぞするもんか。だが、俺は腐っていたんだ。ちょいと臭いがするくらいなら、煮るなり焼くなりして食うこともできようが、正体もわからねえくらいぐずぐずに腐り切っていたら、どうしようもなかろう。

夏になると空地には雑草が茂って、バラックを被い隠した。鈴懸の幹にもたれてうとしていると、平和なころの東満《とうまん》の陣地にいるような気がした。満洲の夏は涼しくて乾いていて、とても過ごしやすい。何もかもが夢だったらいいと思った。うまいところで戦争が終わって日本に帰れたなら、きっと俺は何ごともなかったように故郷に戻って、昔のままの銀行員になっていたのだろう。

女学校出の器量よしを嫁にして、庭先に垣根の回った一軒家に住んで、ガキの宿題くらい見てやっているさ。

——おとうさん。

キヨに呼びかけられて、俺は夢から覚めた。やっぱり銀行員の息子じゃなくって、着たきりのシャツにつぎの当たった半ズボンをはいた、俺のガキだった。

差し出された新聞紙には、大きな塩むすびと沢庵《たくあん》がくるまれていた。嬶ァは毎朝、七輪で飯を炊いて、てめえの弁当のほかに二人分の飯を置いていった。俺とキヨは木蔭に座って握り飯を食った。

——おめえ、学校は。

——夏休みじゃないか。

鬱陶しい話だ、と俺は思った。言われてみればこの何日か、キヨの野郎は学校に行かずに俺のまわりをうろついてやがった。

パチンコ屋で拾い玉をして店員に叱られ、飲み屋の路地に蠟石《ろうせき》で派手な絵を描いて、また近所の人に叱られた。俺は日に何度も頭を下げにゃならなかった。

——ゆうちゃんと遊ばねえんか。

——おかあさんのお里に行くんだって。仕度があるから遊べないの。

——田舎のあるやつはいいな。親も助かる。

——どうして僕のおかあさんにはお里がないのさ。

——空襲で焼けちまった。皆殺しだ。

――じゃあ、おとうさんの田舎は？

――それも焼けちまったようなもんだ。

ふうん、とキヨは納得したふうをした。あいつは馬鹿じゃなかった。「どうして」は二度言わなかった。親が答えられないと察すれば、「ふうん」と言った。

それでもガキは鬱陶しかった。いや、そんなガキだからこそ、だ。

また夏休みがやってきやがった。俺は嬶ァの塩むすびを頬張りながら、悪魔と話し始めた。べつだん悩むまでもなく、答えはじきに出た。

――なあ、キヨ。江の島の海は楽しかったか。

うん、とキヨは体じゅうで肯いた。

――今年はも少し足を延ばして、伊豆にでも行くか。おとうさんは海で泳ぐよりも、温泉につかりたいよ。

――いつ行くの？

――そうだなあ。いつ行こうにも、まず一稼ぎしなけりゃ。

塩むすびをかじろうとしたキヨの動きが止まった。まったく頭のいいやつだ。

俺は口を滑らせたわけじゃなかった。キヨに水を向けたんだ。あいつは頭がいいから、そこまで言えばわかるだろうと思った。

――どうした。食えよ。

わかりゃいいんだ、わかりゃ。俺はまかりまちがえば今生《こんじょう》の食いおさめになるかもしらねえおふくろの朝飯をキヨに勧めた。

一口だけ食べてキヨは立ち上がった。それから、降参して捕虜になった兵隊みたいに、うなだれて歩き出した。

バラックの軒下には、耳の大きな赤犬が仔犬に乳を飲ませていた。どこかから流れてきて勝手に子供を五匹も産んだそいつに、キヨは「ラッシー」という名前を付けて可愛がっていた。仔犬の名は考えている最中だった。

俺はくわえ煙草で、鈴懸の木の下から見ていた。

キヨがラッシーにてめえの朝飯を食わせちまうさまを。かげろうの向こうで、赤やブチの仔犬を一匹ずつ抱き上げ、頬ずりをして何やら語りかけるさまを。

あいつは、死ぬつもりだったんかな。だからもう食い物なんざいらねえと思って、犬にくれてやったんかな。

名なしの仔犬にサイナラを言ったんか。だとするとわからんでもねえ。サイナラを言わずに死ぬことの心残りは、俺だってよく知っていたからな。満洲の戦場でもシベリアの収容所でも、命はとうに見限っていたけれど、くたばるときには誰かにサイナラを言いたかったんだ。

キヨを連れ出して十字路に立ったのは、その日の夕方だった。

そうだよ。あの四ツ角にツンとお澄まし顔で立っている、鎧戸《よろいど》を下ろしたあとも玄関のまわりがひんやりとしている銀行の前さ。

車や都電はひっきりなしに行き交っていて、あたりは排気ガスとコールタールの臭いでいっぱいだった。後にも先にも、あんな薄汚ねえ世の中はなかった。何かを作ろうとしているんじゃなくって、膿《うみ》を絞り出していた。そうすれば腫れが引いてすっきりするだろう、そのうちきれいになるだろう、ってな。

さしずめ俺たちは、コンプレッサーが地下から吸い出す泥水みたいなものだった。国道の端をどろどろと流れていって、どこに溜まろうがしみこもうが知ったこっちゃねえのさ。

俺とキヨはずっと手を繋いでいた。そのときばかりじゃなくって、外に出るときはいつもそうだった。だから、俺はキヨが逃げ出さねえようにしていたわけじゃねえのさ。あいつだって、俺にすがりついていたわけじゃねえよ。

のちのちふと考えたことがある。もしかしたら俺が、キヨの手にすがっていたんじゃねえか。腰が引けて逃げ出さねえように、あいつが俺の手をしっかりと握っていたんじゃねえか、って。

道路の真ん中に都電の停留所があった。あれは危ねえんだ。乗り遅れまいとして赤信号をつっ切るやつもいるし、降りたとたんに勢いで歩き出すやつもいるからな。

車だってわがもの顔の時代だ。歩行者優先なんて標語はお題目で、人間様より車のほうがずっと偉かった。

銀行の前で涼むふりをしながら、信号を何度もやり過ごした。決心がつかなかったわけじゃねえよ。ときおり見かける知った顔が気にかかってならなかった。女房どもは商店街の買い物に出るし、勤め人は都電やバスから降りてくる時間だった。

とりわけ十字路の斜向《はすか》いの交番に立つ、若い巡査は気になった。そいつは妙にまめな野郎で、たびたび俺のバラックを訪ねてきやがった。

何か変わったことはありませんか。電気も水道もないんじゃ、ご不自由でしょう。いろいろご事情もおありなんでしょうけど、何なりと相談して下さい。きっと力になりますから。

今さらお上に相談して始まるもんかよ。そのお上の言いつけでこんな不自由な人生になったんじゃねえか。生活保護という手があるだと。他人の生活をむちゃくちゃにしておいて、どの口が言いやがる。今さら銭をめぐんでもらって、おありがとうございますと言うほど、俺ァ恥知らずじゃねえさ。

もしやこのおまわりは、俺のやったことを知ってるんじゃねえかと疑った。だが、どうもそうじゃなさそうなんだ。あいつは心から、公用地のバラックに住むほかはねえ俺たちを、気遣ってくれているようだった。

きょうのきょうって日に、何でまたあいつが立っているんだと思った。ほかの巡査ならいざ知らず、仕事熱心なあいつは俺たちに気付いているだろうし、だとすると目も離さねえだろう。

幸い国道は広いし、人や車の往来は激しいし、おまけに交番は西向きだ。そうはっきりとはわかるめえ。

それでも、ここにぐずぐずしているわけにはいかねえと思って、都電の停留所に渡った。交番はいくらか近くなったから、いよいよぐずぐずしているわけにはいかなくなった。

キヨと手を繫いでそこに立っていたのは、ほんの何十秒か、せいぜい一分くらいだったと思う。だが、なかなか踏ん切りがつかずに半日もそうしていたような気がする。時間の感覚なんて、いいかげんなものさ。あんたらにはわからねえだろうが、悪い戦をしたやつはみんな知っている。一分が半日に思えたり、一瞬が永遠に続くように思えることがしょっちゅうだった。

平和に置き去りにされた俺は、まだ戦時中の時間を生きていたんだ。


なあ、ゆうちゃん。

どうしてあんたは、キヨに声をかけてくれなかったんだ。

国道の向こう岸で、あんたとじいさんが信号待ちをしていた。気付かなかったはずはねえよな。でも、見えているのに見えねえふりをした。

キヨはたぶん、心の中であんたに救けを求めていた。もう遊んでくれなくたっていい。でも、町なかで出会って知らん顔はねえだろう。俺の口から言うのも妙な話だが、もしあのとき一声かけて手を振ってくれれば、キヨは死なずにすんだ。

ああ——てめえのしでかしたことを、はたのせいにするのはよそう。だが、少しはわかってほしいんだ。俺は追いつめられていた。広い世間を追われ追われて、とうとうあの夏の夕昏れどきの都電の停留所に、追いつめられた。

キヨは俺の二の腕をたぐって、甘えるように頬を寄せた。

——おとうさん。僕、お願いがあるんだけど。

命乞《ご》いか。それを怖れていた俺は、総身《そうみ》に鳥肌を立てた。俺の魂は悪魔に乗っ取られていたが、体のあちこちにはまだ良心がいくらか残っていた。俺は棒杭のようにつっ立って、震えながらキヨを見おろした。

どうしてキヨはあのとき、命乞いをしなかったんだろう。どんな言い方でもいいから、いやだと口にしてくれさえすれば、たちまち悪魔は退散しただろうに。

そうさ。命乞いじゃなかったんだ。

——仔犬に、名前を付けてあげて。そしたらもう、捨てちゃってもいいから。

とたんに悪魔の手が、キヨの背中を押した。殺すくらいならなぜ捨てないのかと、良心の声が叫ぶ前に。

わからねえ。俺にはわからねえ。

どうしてキヨを捨てなかったのか。またどうして、キヨが俺を捨てなかったのか。

俺たちはいつだって、手を繋いで歩いていた。あのとき初めて振りほどいた手で、キヨの背中を押したような気がする。いや、もしかしたら、俺が押すまでもなくキヨがダンプカーめがけて飛びこんだようにも思えるんだ。

キヨはひとたまりもなく、大きな車輪に呑みこまれた。悲鳴のひとつすら上げなかった。砲弾に吹き飛ばされたり、戦車に踏み潰された兵隊と同じだった。鋼鉄の嵐が通り過ぎたあと、残った壕《ごう》からおそるおそる顔を出したときのように、俺は何も考えず何もできず、ただぼんやりと戦場のありさまを見つめていた。

警笛を吹き鳴らしながら、交番の巡査が走ってきた。俺はたちまち投げ倒され、後ろ手錠にくくられて、顔をぶん殴られた。

——どうして！

巡査は俺の髪を両手で摑み、そう叫びながら揺すり立てた。こいつはいいやつだったんだと知った。てめえひとりの儲《もう》けやおしきせの仕事ばかりじゃなくって、他人の身の上を本気で考えてくれているやつだったんだ。

あいつは兵隊に取られた齢じゃなかったが、どうしたわけかひとりで戦場に立ってやがった。俺をふん縛ったあと、巡査はおろおろと停留所を這い下りて、キヨの肉や骨のかけらをかき集めてくれた。

——ごめんなあ、キヨちゃん、ごめんなあ。

と、大声でくり返しながら。

わからねえ。やっぱし、わからねえんだ。

名前まで教えた交番の巡査に、どうしてキヨは何も言わなかったんだろう。けっして馬鹿じゃねえのに、こんな父親の言いなりになって知れ切った往生をしたわけが、俺にはわからねえ。

それが聞きたくて、ずっとあいつを探しているんだがな。

6

メアリー・ジョーンズは額をテーブルに押し当てて慟哭《どうこく》した。泣き声には十七歳の娘と荒々しい男が綯《な》いまぜになっていた。

「まだ手を放してはなりません」

ミセス・ジョーンズが命じた。じっとりと汗ばんだメアリーの手を、私は握り直した。

「招き寄せたからには、慰めなければ。霊は私たちに救いを求めています」

迷える霊魂に対して、生者のできることなどあるのだろうか。しかしミセス・ジョーンズは聖言を唱えながら、魂を救済する方法を考えているように見えた。

雨が激しくなった。庭に青い閃光が瞬き、ややあって森の奥深くから、鼓《つづみ》を打つような雷鳴が聞こえた。この降霊会の輪に、雷が近付かぬよう私は希《ねが》った。

「山野井さんにお訊ねします」

何か方法を思いついたのだろうか。ミセス・ジョーンズはメアリーの手を軽く引いた。

「あなたはもしや、息子さんにご自身の苦労を語りませんでしたか」

メアリーは額を伏せたまま、しばらく物思うように押し黙った。

「よくお考えになって下さい。親というものはふつう、よいことばかりを子供に語り聞かせるものです。夢を傷つけてはならないから。人生は明るく楽しく、希望に満ちているものだと思ってほしいから。でも、あなたはそうではなかった。つらかったこと苦しかったことを、息子さんに伝えてしまった。ちがいますか？」

メアリー・ジョーンズはゆっくりと顔を起こした。何か反論しようとして口ごもり、いくどかそれをくり返すうちに、唇が朽ちゆく花のようにねじくれた。

「おまえさんの知ったこっちゃなかろう」

ミセス・ジョーンズは怯まなかった。霊の怒りをほほえみで受け止め、静かな説諭を始めた。

「たしかに、キヨちゃんはあなたのお子さんです。他人がどうこう口を挟めるものではございません。でも、今晩のこの出会いは、わたくしたちが求めたわけではありませんのよ。あなたがわたくしたちを求めてここにやってきました。あなたはみずから望んでここにきた」

「ああ、おっしゃる通りさ。だがよ、奥さん。俺が伜に何をしゃべったところで、悪い人生に変わりはあるめえ。関係のねえことまで訊くのはやめてくれ」

「いいえ、関係があるからお訊ねしているのです。お答え下さい、山野井さん。あなたはいまわしい戦争の記憶を、息子さんに話したのではないですか」

メアリーの唇は歪んだまま噤《つぐ》まれた。重い沈黙の間に、私の胸は不穏に轟き始めた。ミセス・ジョーンズの質問の意図を察したからだった。

私の父はみずからの戦争体験を何ひとつ語らなかった。戦場を舞台にしたテレビドラマも見ようとはせず、とりわけ夏になると競って放映されるドキュメンタリー番組は、あからさまに拒否した。

だから私は、利き腕の自由を奪われた傷の由来さえ知らなかった。もし山野井の霊が語った通りだとするなら、フィリピン戦線に送りこまれた父は、終戦までルソン島の山の中で戦っていたはずなのだが、武勇伝も苦労譚《たん》も、何ひとつ本人の口から聞いたためしはなかった。

戦争の惨禍は語り継ぐべきであろう。だが、みずからの体験をわが子に語り継ぐべきかどうか、その判断は難しい。ミセス・ジョーンズが言った通り、子供の夢を傷つけまい、人生の悲劇など信じさせまいとするのは、親心だからである。あるいは、思いがけぬ過去の披瀝《ひれき》によって、親としての尊厳が損われることを怖れるというのも、また人情にちがいない。

平和な時代に育った同輩の多くは、戦争を真向に体験した父親を持っていたはずなのに、生々しい戦場の話を知らなかった。

戦争は社会が記憶すべきであり、血脈の中で語り継ぐべきではないと、おそらくどこの親も考えたのであろう。いや、考えたというよりむしろ、自存の本能がそう命じた。おかげで私たちの世代は、必要な闘争心を失わずにすんだ。戦争を記憶する社会は平和であったけれど、それぞれの個人は抗いながら争いながら生きるという理想郷で育った。

しかし、もし仮にそうした自存の本能に従わぬ親があって、わが子におのれの体験した戦場の有様をことごとく語り伝えたとしたらどうであろう。

なかば他人事である社会の記憶を、明らかな血脈の体験として聞かされたとしたら、おそらくその子供は罪障《ざいしょう》の重みに堪え切れず、人生を捻じ曲げてしまうにちがいない。社会に語り伝えられている戦争の真実――無差別の殺戮《さつりく》。集団自決。特攻隊。孤島の飢餓。それらが客観ではなく、親の体験としてのしかかってきたとしたら、その子供は永遠に、夢や希望を抱くことができなくなるのではあるまいか。

キヨが友人たちに毛嫌いされた理由は、その身なりの悪さや小さな体や、無知や貧困ではなかった。そんな子供は、ほかにも当たり前にいる時代だった。夢だの希望だのという、等しい子供の財産をキヨは持っていなかったのだ。

メアリーの沈黙は長く続いた。その間に私は、霊魂たちが語ったキヨの言葉のうちの

Bunshun
Bunko

文藝春秋

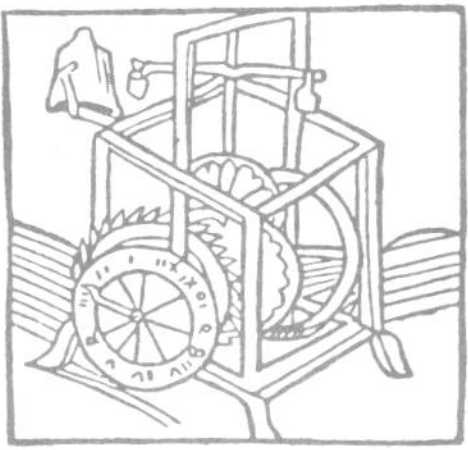

文春文庫

たったひとことを、まるで口の中に障る魚の骨のように選《え》り出した。

どうしても咀嚼《そしゃく》できない言葉だった。

――おとうさんが、捕まるのはいやだ。

警察に行ってすべてを話せと勧めた巡査に向かって、キヨはそう言った。

私はミセス・ジョーンズを見つめた。純白のテーブルクロスの反照《はんしょう》で、石膏《せっこう》のように白く硬く見える顔が、「わかりましたか」とでもいうようにひとつ諾《うべな》った。

「キヨの野郎に愚痴をこぼしたのは、まずかった」

霊はようやく語り始めた。

「考えてみりゃ、奥さん、あんたのおっしゃる通りだよ。俺は納得のいかねえことを何から何まで、お伽話《とぎばなし》のかわりに語って聞かせちまった。あいつにはな、桃太郎も金太郎もなかったんだ。兵隊に取られていじめ抜かれたこと、ソ連兵が地平線を真黒に染めて押し寄せてきたこと、蛸壺《たこつぼ》で死んだふりをしている兵隊も、片ッ端からごていねいに撃ち殺されたこと。俺はそんな寝物語を、夜ごとあいつに聞かせていた」

「何ということを――」

ミセス・ジョーンズの声が詰まった。

「そうさ。そんな話を聞かされて育った子供なんだ、夢も希望もあるめえ。けどよ、奥さん。無事に復員して、元の鞘《さや》に納まった兵隊ならばなかったことにもできようが、俺みてえに呑み下せねえ毒を口に入れたまんま、吐いちゃならねえってのは無理な相談だぜ」

「いいえ、それはちがう。あなたはまちがっている」

きっぱりとミセス・ジョーンズは言った。

「ふん。何様みてえな口を利きやがる。しょせん俺の気持ちなんざ、誰にもわからねえよ。わかってくれとも思わねえ。せめて血を分けた伜には、親の苦労をわかってほしかっただけだ」

そういう理屈もあるだろう。自存の本能が形を変えただけなのかもしれない。みずからの体験を語り聞かせて、父親は不幸の原因が血の中にあるのではなく、強いられた運命だったと諭したのではあるまいか。

霊は嘆くように唸り続けていた。ふいに梓が、小柄な体をわななかせて叱りつけるように言った。

「あなた、シベリアの話をしたでしょう。戦争のことばかりじゃなくって、もっとつらかった話をキヨちゃんにしたでしょう」

私は思わず目をつむった。父親の魂はその失策に気付いてはいない。キヨの内なる悲劇が、その体験に根ざしていたことに。

「何だと?」

メアリーは顔をしかめた。

「キヨちゃんは交番のお巡りさんに言ったのよ。おとうさんが捕まるのはいやだ、って」

たちまちメアリーの肩から力が抜けた。怨嗟《えんさ》の唸り声も絶え、握り合った掌を通して骨の軋みが伝わってきた。

父が夜ごと語った虜囚《りょしゅう》の苦しみは、キヨを支配してしまった。強いられた死におののきながらも、心やさしいキヨは父がふたたび科人《とがにん》として囚《とら》われることを怖れた。おそらくキヨが想像する刑務所は、氷雪に鎖《とざ》され飢えと病にあえぐ、シベリアの収容所だったのだろう。父をその地獄に送り返すくらいなら、父から分かち与えられた体を潰してしまったほうがいいと、キヨは考えた。

力なくうなだれたまま、父親の霊が呟いた。

「俺ァどうあっても、あいつを探し出さなきゃならねえ。今さら合わす顔もねえが、詫びのひとつも言わなけりゃ死に切れねえんだ」

ミセス・ジョーンズが溜息をつきながら答えた。

「それはとても難しいわ。息子さんはあなたを心から慕っていた。でもね、命と引き替えにあなたを愛した分だけ、今はあなたを恨んでいると思います。あなたが会いたいとおっしゃるのは、息子さんにしてみればずいぶん勝手な話でしてよ」

ミセス・ジョーンズの表情には憤りが感じられた。罪を覚えて自殺し、息子の魂を求めて漂泊していたにしても、女には赦《ゆる》し難いのだろう。梓も厳しいまなざしをメアリーに据えていた。

「もう帰ってよ。あなたなんかとこれ以上話したくはない」

梓は吐き棄《す》てるように言った。霊は抗わなかった。

「よろしいですか」

ミセス・ジョーンズが私に同意を求めた。

「はい。かまいません」

「では、お引き取り願いましょうか」

念入りに聖言を唱えたあとで、ミセス・ジョーンズは招霊の輪を解いた。荒ぶる魂はいともあっけなく消えた。

稲妻がアール窓を輝かせると、間を置かずに激しい雷鳴が轟いた。梓が私の腕を引き寄せて怖気をふるった。メアリー・ジョーンズも我に返った。

「いやはや、今宵《こよい》は大変なお客様がお見えですこと」

冷えた紅茶を啜《すす》りながら、ミセス・ジョーンズが言った。

「いえ、あなたのことではなくってよ。悩みごとは誰にもございます。あなたのフィーリングに呼ばれてお越しになられるスピリットが、大変なお客様。でも、少しおかしいですわね。あなたが念じられたのは、あの方々ではないはずなのに」

水を向けられたと思った。次々に現れた霊は招かれざる客で、肝心の主客はまだ到着していない、と。

老いた額に指先を当てて支えるようにしながら、ミセス・ジョーンズは言葉を選んだ。

「男の身勝手は肚《はら》に据えかねますね。亡くなった主人もずいぶん勝手をいたしましたが、まさかあれほどではなかった。ですから、願いごとは聞かずにお帰りいただきましたの。さて、どういたしましょう」

このすぐれた霊能力者の務めは、おそらく招霊だけではない。さまよえる魂を鎮め、依頼人の告解を聞いて罪障を滅す。そうした古風な儀式から、神を排して人と霊魂を結びつければ、降霊会という形になるのではあるまいか。

「さきほどは、少しこらしめてやりましたのよ。でも、このままではいけませんね。ミスター・ヤマノイも、やさしいポリスマンも、もちろんあなたご自身も納得できませんでしょう。改めて、あなたのご依頼を」

私は迷うことなく頭を下げて、「お願いします」と言った。心に念じていたのは、ほかの誰でもなかった。

ミセス・ジョーンズは両手をテーブルの上にかざして、一同に食事を勧めた。メアリーは疲れた様子もなく、サンドイッチを上品なしぐさでつまみながら、例によって降霊術とはまるでかかわりのない話を始めた。

雷はさほど怖いと思わないが、火山の爆発と地震は耐えられない。もうこんなところはたくさん、と帰り仕度を始めて、大叔母にこっぴどく叱られたそうだ。

おばさまは何よりも怖い、とメアリーは少女らしく笑った。

雑談をかわすうちに雷は遠ざかった。もしかしたらミセス・ジョーンズはそのときを待っていたのかもしれない。雷鳴は霊の声を遮ってしまうし、梓は怯《おび》えきっていた。

雨の夜の黙《しじま》が戻ってきた。

「そろそろ始めましょうか」

ミセス・ジョーンズに促されて、梓はあまり気が進まぬふうに両手を差し出した。ふたたび降霊術の輪が結ばれた。

「これまでの対話で、あなたがお会いしたい人の姿かたちははっきりとしたはずです。ありありと思いうかべて下さい。イメージではなくて、はっきりと」

キヨ。山野井清。遥かな夏の日に、私の目の前でダンプカーに轢かれて死んだ少年。鼠《ねずみ》のように貧相で無邪気な顔が甦った。何をするにつけてもおどおどとうろたえていたキヨは、きっと魂になっても私の呼びかけにとまどっているのだろう。

ミセス・ジョーンズが聖言を唱え始めた。夜の庭には風が巻いて、濡れ朽葉をガラス窓に踊らせた。

楢《なら》や栗の硬い葉は、こつんと音を立てて当たるだけだが、柔らかな楓《かえで》などは形のままに貼り付いた。黄色や緋赤が見る間にちりばめられてゆくそれらの中に、白い小さな子供の掌があった。

「お入りなさいまし」

ミセス・ジョーンズが窓を背にしたまま魂を誘《いざな》った。わずかな風がテーブルの上を渡った。

梓の左手に力がこもった。思いがけぬことに、霊はメアリーに降りず梓に憑《かか》った。

「このまま続けましょう」

ミセス・ジョーンズは静かな声で言った。瞑目《めいもく》した梓の体がゆっくりと弧を描くように揺れ始めた。

キヨが来た。

7

ゆうちゃん。

会いたかったよ、とっても。

すっかりおじさんになっちゃったけど、やっぱり昔のまんまのゆうちゃんだ。

きみは勉強ができて、ソフトボールは学年の選手で、家がお金持ちだった。三年生のときは学級委員だったよね。

きみの前の席になったのは、ぼくがちっちゃかったからじゃないと思う。先生はきっと、ゆうちゃんならぼくの面倒を見てくれると思ったんだ。きみの親友ならば、誰もいじめるはずはないもの。

きみは背が伸びたんだね。ううん、立たなくてもいいよ、わかるから。

二人きりになると、きみは口ぐせみたいに言ってた。どうすれば背が高くなるんだろう、って。おとうさんは大きいけれどおかあさんは小さいから、もしかしたらずっとチビなんだろうかって本気でなやんでいた。

学校の帰りに公園で道草を食って、高い鉄棒にぶら下がったね。毎日そうしていれば背骨が伸びるからって。

ぼくはいつもきみの踏み台だった。あ、ちがうちがう、そんな顔はしないで。「はい、チェンジ」と言って四つんばいになったきみの背中に、ぼくが乗ろうとしなかっただけ。

「どうして」って、きみはきいた。

「ゆうちゃんみたいにうまくできないよ」

「できるかできないかは、やってみないとわからないじゃないか」

きみはときどきむずかしいことを言った。やってみないとわからない？　――そんなの、わかってるじゃないか。きみみたいにぶら下がったまま百までかぞえるなんて、ぼくにはむりにきまってる。せいぜい十か二十。背骨も伸びずにつらい思いだけして、あとは咳《せき》が出るだけさ。

むだな努力はないって、先生もおっしゃってた。でも、ぼくにはわからなかったんだ。勉強をすることも体力をつけることも、何もかもがむだな努力だと思ってた。

ゆうちゃん。ぼくね、きみといっしょにいるときが、一番楽しかった。

やっとこさできた友だち。初めての友だち。きみにとっては迷惑だったかもしれないけど。

　パチンコ屋さんで玉を拾っていたら、きみのおじいさんに叱られた。

「みっともないまねはするんじゃあないよ」って。

　どうしてかな。ひとさまの物をくすねるのはいけないことだけど、落ちている物を拾うのは悪くないよね。

　ぼくはわけがわからずに、べそをかいちゃった。やさしいおじいさんのこわい顔は、ほんとにこわかった。するとおじいさんは、知らん顔で玉をはじいているぼくのおとうさんのところへ行って、「ちょいとお借りしますよ」と言った。たくさん出ていた玉も、そっくりおとうさんに上げちゃった。

「やあ、すんませんねえ」と、おとうさんは頭を下げた。それから、ぼくを見おろしてひどいことを言ったんだ。

「まったく手のかかるガキでして。煮るなと焼くなと勝手になすって下さい」

　大人たちはみんな笑ってたけど、ぼくには冗談に聞こえなかった。それで、きみのおじいさんに手を引かれてパチンコ屋から出ると、がまんができなくなって泣き出したの。

「わかったわかった。もう叱らないから、泣くのはやめな」

　そうじゃないよ、おじいさん。ぼくは叱られたから泣いてるんじゃないんだ。ぼくのことを煮るなと焼くなと勝手にするのは、ぼくの大好きなおとうさんだけだよ。ほかの人じゃいやなんだ。

そういう気持ちがうまく言葉にならず、ぼくは国道のアーケードの下を泣きながら歩いた。

でも、しばらくすると悲しくなくなった。何だかそうして手を引かれて歩いているぼくが、ゆうちゃんみたいな気がしてきたんだ。

ずっとこのままならいいと思った。童話みたいに、きみとぼくの暮らしをとっかえたいとは思わなかったけれど、もしゆうちゃんとひとつになれるのなら、ぼくはこの世から消えてなくなってもいいと思ったんだ。

おじいさんは着物の尻をはしょって、真白いステテコをはいていて、ポマードの臭いのする頭にカンカン帽をかぶってた。右手で扇子を使いながら、左手でぼくの手を引いてくれた。あのときのぼくは、すっかりゆうちゃんになりきってたんだ。

ミルクホールで氷水をごちそうになった。お説教をされるか、それとも家のことをきかれるのかとひやひやしてたんだけど、おじいさんはずっと黙りこくって新聞を読んでた。

「つべてえものはゆっくり食わねえと、腹を下すぞ」

おじいさんは熱いコーヒーを飲みながら、ときどきタバコをすった。

「そうガツガツしなさんな。誰も取りゃしねえよ」

学校の給食の時間に、ぼくは先生から同じことを言われてたよね。

「ここ、おとうさんとよくくるんだよ」

と、ぼくは嘘をついた。ミルクホールのおばさんはキョトンとしてた。嘘が必ずばれることは知ってたけど、それでも嘘はつかなきゃならないんだよ。だって、黙ってたらおとうさんの恥になるだろ。

もしきみのおじいさんが、ぼくの家のことやおとうさんのことを、あれこれきいてきたらどうしようと思った。ぼくだって、できれば嘘をつきたくなかったんだ。

でも、おじいさんは何ひとつたずねなかった。お勘定を払ってミルクホールを出ると、おじいさんはぼくの目の高さにかがんで、でこぼこの頭をなでてくれた。

「氷水が食いたくなったら、じいちゃんに言え」

せっかくひっこんだ涙が、またこぼれそうになった。痛くもくやしくもないのに。

もしあのとき、おじいさんの胸にすがりついて、何から何までぶちまけたなら、ぼくは死なずにすんだのかな。おとうさんにも、罪を作らせずにすんだのかな。おかあさんを悲しませずにすんだのかな。

でも、ぼくにはできなかった。それはぼくに残された最後の何日かの出来事だった。きっと神様は、逆転ホームランのチャンスを与えてくれたんだね。ぼくにはむりだよ。やっぱり三振だって。

ゆうちゃんはおじいさんに似てる。そうやってぼくを見つめる顔が、そっくりだ。

おとうさんは毎晩のようにうなされた。はじめはぶつぶつと寝言を言ってるだけなんだけど、そのうち苦しそうにうなり出すんだ。だんだん声が大きくなって、まるで馬乗りになった悪魔に首をしめられてるみたいになる。ぼくはもう、こわくてこわくて、おとうさんをゆり起こすこともできなかった。

目がさめれば、おとうさんは苦しみから救われるってわかってたのに、そんなことをすると悪魔がぼくにおそいかかってくるような気がしたんだ。だからぼくはいつもふとんをかぶって、おかあさんがおとうさんをゆり起こすのを待ってた。

おとうさんがどんな夢を見ているのか、ぼくは知ってたんだ。せっかく戦争で生き残った人たちが、ひとりひとり棒きれみたいになってこごえ死んでいく、静かな森の夢さ。ぼくは毎晩、苦しむおとうさんをほっぽらかしにした。目をきつくつむり、耳をふさいで。卑怯者だよね。

悪魔のしわざなんかじゃないのに。おとうさんは悪い記憶にさいなまれているだけなのに。ぼくは親不孝だった。

入学式のとき、転校生のぼくは一年生と並んで校長先生のお話を聞いた。

きみたちの体は、おとうさんとおかあさんからさずかった大切なものなのだから、けっして傷つけてはなりません。毎日毎日、おおぜいの子供が自動車にはねられて、大けがをしたり亡くなったりしています。その原因のあらかたは子供たちの不注意によるものです。だからきみたちも十分に気をつけて、おとうさんやおかあさんを悲しませることのないようにして下さい。

　きっと校長先生は、ぼくが弱虫で卑怯者で、親不孝をしていることを知っていたんだ。市川や川崎の小学校から手紙か何かが届いていたんだと思う。山野井清は弱虫で卑怯者で、親不孝者だから気をつけなさい、って。

　それでもぼくは、おとうさんをあの氷の森から連れ出そうとはしなかった。ゆり起こすだけでよかったのに。手をふれるのがこわければ、けとばすだけでもよかったのに。

　大好きなおとうさんを毎晩、あのシベリアの森に置き去りにしていたんだ。


「ねえ、キヨちゃん。おかあさんと二人きりで暮らそうか」

　どぶ川にかかった橋の上で、おかあさんは言った。酔っぱらったおとうさんが、おかあさんに暴力をふるった夜のことだった。家から逃げ出したおかあさんを追いかけて、橋の上でつかまえた。

「やだよ、そんなの」

　ぼくはおかあさんにしがみついて泣いた。どこの学校にも親のない子がいた。離婚してたり、死んじゃってたり。そんな子供にくらべれば、ぼくは幸せだった。

　おかあさんといっしょに、まんまるのお月さまを見た。

「また三人で江の島に行こうよ。おかあさんと二人きりじゃいやだよ。だから仲なおりしてよ」

ぼくは心からお願いしたのに、おかあさんは泣いちゃった。はじめはシクシク。でもぼくがなぐさめようとすればするほど、ホイホイと声を上げて。

もしかしたらこのまま川に身投げしちゃうんじゃないかと思って、ぼくはずっとおかあさんをつかまえていた。

大きくなったらいっしょけんめい働いて、おとうさんとおかあさんを楽にさせてやろう――ねえ、ゆうちゃん。きみならきっとそう考えただろう。でもね、ぼくにはそんなよゆうがなかったんだ。今のちっちゃなぼくに、できることは何なんだろうって、そればかり考えた。おとうさんもおかあさんも、もう精いっぱいのぎりぎりだって、わかっていたから。

商店街のおとうふ屋さんにお願いをしにいったのは、その次の日だったと思う。そうだよ。あのいつもにこにこして、おとうふみたいな顔をしたおじさんがやっているお店。ぼくにだけは経木《きょうぎ》にくるんだおからを、どっさりおまけしてくれるの。だからおつかいはぼくの役目だった。

納豆売りをやらせてって、おじさんにたのんだんだ。

ほら、五年生か六年生くらいの子供が、朝早くに納豆を売り歩いてたじゃないか。「なっとー、なっとなっとォー」って声を張り上げて。ラッパを吹きながらおとうふを売るのは中学生だけど、納豆売りの子はずっと小さかった。がんばればぼくにもできると思ったんだよ。

おじさんは笑うのをやめて、「うーん、そいつはむりな相談だなあ」と言った。ぼくはがっかりした。ぼくにできることなんて、ほかに思いつかなかったから。

「やっぱりパチンコ玉を拾うしかないんだ。きみのおじいさんは、「みっともないまねをするんじゃあないよ」って、ぼくを叱った。どうしてかな。おとうさんのために、自分のできるだけのことをするのが、どうしてみっともないのかな。

おじいさんは、あのどぶ川の橋の上に出ていた、まんまるのお月さまと同じだった。けっしてお日さまじゃなかった。ただやさしく見守ってくれているだけ。みんなそうだった。学校の先生も、おとうふ屋のおじさんも、ゆうちゃん、きみもだよ。

ごめんね。ぼくがほしかったのは、お月さまじゃなかった。


四ツ角の銀行の前できみとけんかをしたね。仲なおりをさせてくれたのは、交番の若いおまわりさんだった。あの人は、だいだい色の夕日を背中にしょって歩いてきた。

「コラコラ、けんかなんかしちゃだめだぞ」って言いながら。

ぼくは、とうとうお日さまを見つけた。おまわりさんはぼくの太陽だったんだ。

でも、お日さまを見たためしのなかったぼくは、とっさに信じることができなかった。

「これから警察に行こう」って、おまわりさんは言った。ぼくはふるえ上がった。自動車にわざとぶつかったことがばれた。うっかりよけいな話をしちゃった。

おとうさんが捕まる。手錠をかけられて、刑務所に送られる。網走《あばしり》の監獄は、シベリアよりももっと寒くって、もっとつらいところかもしれない。

ぼくのおとうさん。大好きなおとうさん。けっして傷つけてはならない体を、ぼくにさずけてくれたおとうさん。戦争でたいへんな苦労をして、シベリアの森にとじこめられていた、ぼくのおとうさん。

だのにぼくは、悪い夢からおとうさんを連れ戻そうともせずに、毎晩苦しめ続けたあげく、また氷の森に追い返そうとした。

「おとうさんが、捕まるのはいやだ」

ぼくはやっとの思いで言った。おまわりさんにお願いをしたんだ。そう言ったときには、あのやさしいおまわりさんが、ぼくのたったひとつの太陽だって、はっきりわかっていたんだけど。

泣かないで、ゆうちゃん。

悪いのはきみじゃない。お日さまから顔をそむけたのはぼくなんだ。おとうさんを不幸にするお日さまなら、ぼくはいらない。

でも、お日さまならば子供の願いごとのひとつぐらいは聞いてくれると思った。だから心をこめて、おまわりさんに頭を下げた。学校で教わった「気を付け」なんかじゃなくって、おとうさんが酔っぱらうとおどけて見せる、兵隊さんのしぐさで。

こう、指の先までピンと伸ばして、背中に板をかついだみたいに、腰を曲げるんだよ。

おまわりさんは、ぼくの気持ちをわかってくれた。もう何も言わずに、帽子のひさしに指をきちんとそえて、敬礼を返してくれたんだ。

おかげでぼくは、卑怯者にならずにすんだ。とんでもない親不孝を、しなくてすんだ。

8

そこまで語りおえると、梓は両手を繋いだまま俯いて泣き始めた。

抑揚のない、高調子のかすれた声だった。たとえば雨戸ごしに唸り続ける夜の凩《こがらし》のような。あるいは指使いもわからずに吹き鳴らした、リコーダーの音色のような。

「無理に話さなくていいのよ。あなたの身に何が起こったのか、みなさんご存じですから」

ミセス・ジョーンズがやさしげに語りかけ、梓は少年の顔で肯いた。

キヨの泣き声が子供らに気味悪がられ、それもまた弱い者いじめの種になっていたことを私は思い出した。

幽霊みたいだ、と誰かが言った。たしかにそうとも聞こえたから、キヨが泣いても慰める子供はいなかった。

夢も希望も持ち合わせぬキヨは、その存在のすべてが異物だったのだ。子供らには悪意も差別感情もなく、ただ本能の命ずるままに異物を忌避したのだろう。

「どうぞ声をかけてあげて下さい。この子はあなたに会いたかったのですから」

ミセス・ジョーンズに促されて、私は梓の手を引き寄せた。

「ごめんな、キヨ。すまなかった」

思いのたけをこめて詫びると、梓は私の顔を正視できぬかのように俯いたまま、いくども肯いた。キヨが許してくれた。

いや、恨みや憎しみの感情を知らずに死んだキヨは、私が詫びる理由もよくはわからないのだろう。

「さて、どういたしましょう。お帰りいただいてよろしゅうございますか」

ノー、ノー、とメアリーが英語で抗った。たぶん、「このままではかわいそうだ」というようなことを言っていた。

ミセス・ジョーンズとメアリーは、しばらく穏やかに言い争った。「もう私たちにできることはない。魂は慰められた」と大叔母は言い、メアリーはしきりに首を振って「救済《サルベーション》」を求め続けた。

死者の霊魂はたしかに存在する。だが、彼らがいったいどのように暮らしているのか、この世をさまよい続けているのか、それとも別の安住の場所があるのかはわからなかった。

敬虔《けいけん》なクリスチャンであるはずの二人の対話にも、神だの天国だのという単語はなかった。つまり、私と同様に霊魂の境遇は知らないのだろう。

やがてミセス・ジョーンズは、言い負かされたように溜息をついた。

「他人がこれ以上に立ち入るのは、どうかと思いますけど」

ミセス・ジョーンズはそう言って、肩ごしにアール窓を振り返った。一面に貼り付いた朽葉の向こうに、風の残る夜更けの庭があった。

「ミスター・ヤマノイは、まだそこにおいでですから」


ふいに強いめまいを覚えて、椅子の背もたれに沈みこんだ。

「手を放してはなりません」

遠くからミセス・ジョーンズの声が聞こえた。梓とメアリーの手を、すがるようにして握り直した。

瞼《まぶた》の裏にふしぎな風景が映った。昏《く》れ残る櫓の上に、一羽の鳥が止まっている。まるで風見鶏《かざみどり》のように動かない。

私は丸太に腰を下ろして、羞いもなく胸をくつろげ、手拭で乳房の汗を拭った。

きょうはキヨを連れて銭湯に行こうか。このごろ女湯を嫌がるようになったけれど。

いつもとどこも変わらぬ一日だった。少くとも、作業の終わったそのときまでは。

——まったく、機械を使やわけもないのにねえ。

――何言ってんの。そしたらあたしら、おまんまの食い上げじゃあないか。

終業の笛が鳴っても、女たちはすぐに帰ろうとはしなかった。突貫工事のエンヤコラで、足腰も立たないくらいへたりきっていた。

家に帰ればすぐに夕食の仕度にかからねばならないから、この十分か十五分が貴重な休み時間なのだ。

――子供がね、親の顔見りゃ海に連れてけって、うるさくてしょうがない。

――そりゃまあ、一夏にいっぺんくらいはねえ。

――いっぺんって言ったってあんた、十《とお》を頭《かしら》に四人《よったり》だよ。山野井さんとこみたいに聞き分けのいい子供がひとりなら、そう面倒もないんだけど。ねえ、山野井さん。キヨちゃんはいい子なんだから、稼いでばかりいないで海ぐらい連れてってておやり。

私は答えずに、ええ、とだけ呟いた。

四人の子供を抱えながら、この人はどうしてこんなにも元気がいいのだろう。いつも一等重い尻縄を握って、掛け声だって誰よりも大きい。私がキヨ坊ひとりを連れて海に行くより、この人が四人を引き連れて出かけるほうが、たぶん面倒はないだろうと思った。

海になんか、行きたくない。

国道を行き交う車の騒音の合間に、「山野井さあん」と呼ぶ声を聞いたように思った。二度聞いて振り返った。班長さんがぬかるみに長靴を取られながら走ってきた。

――伜がえらいこった、すぐ行ってやれ。

工事現場がどよめいた。

――行くって、どこへ。

――警察だよ。今しがた事務所に電話があった。

班長さんは詳しいことを何も言わなかった。それで私は、けっして悪い話ではないと思い直した。行先が病院ではなくて、警察署だったから。

心配してくれる仲間たちの手前、私は工事現場から駆け出した。警察署は同じ国道ぞいだった。しばらく走ってから、昏れかかる並木道を歩き始めた。

何があったのかはわからないけれど、警察官に問い詰められて、シラを切り続けるあの人の姿が胸にうかんだ。

キヨ坊はたぶん、何を訊かれても泣くばかりだろう。病院ではないのだから、怪我もないはずだ。

きょうというきょうは、私の口からすべてを白状しようと思った。あの人がどうなるかはわからないが、厳しいお裁きを受ければきっと真人間になる。

キヨ坊と一緒に、あの人の帰りを待とうと思った。

商店街の都電の停留所に、何やら人だかりがあった。もしかしたらかかわりのあることかもしれないと思い、知らんぷりを決めて先を急いだ。お豆腐屋さんの前を通り過ぎるとき、「あー、奥さん」と切ない声を上げながら、おじさんが出てきた。

——キヨちゃんがよォ、納豆を売らせてくれねえかって。あー、俺ァ情けねえ。

意味がわからなかった。でも、ご近所のみなさんにまで心配をかけたのはたしかだから、「あいすいません」と頭を下げた。

声をかけてくれたのは、お豆腐屋さんだけだった。ほかの人はみな、私に気付いても顔をそむけた。

よそよそしい雰囲気の商店街をそうして歩いているうちに、だんだん不安になってきた。

たぶんこうだと思っていても、何だってそうはならないことぐらい知っていた。思った通りになったためしなんて、いっぺんもなかったから。

だとすると、何が起こったのだろうと考えても、ほかの答えはなかった。警察署が近付くほどに足が速くなり、夕陽に倒された長い影を追うようにして走り出した。

誰も怪我なんかしてない。病院じゃなくって警察なんだ。

息を切らせて警察署に駆けこんだ。おまわりさんたちが一斉に私を見た。

——山野井です。ご迷惑をおかけします。

やさしそうな年かさのおまわりさんを呼び止めた。その人はちょっと言葉に詰まって、おどおどとしたように見えた。

——あの、主人は。

――二階で取調べ中だが、接見禁止だ。

ぶっきらぼうに答えてから、「それよりも、息子さん」と言った。

悪い予感がした。何が起きたかはまだわからなかった。考えることが怖くてならなかった。

長い廊下を歩くと、パトカーや白バイが何台も止まっている中庭に出た。そこを横切る渡り廊下の先に何があるのかは見当がついた。

夢にちがいないと思った。きっと私は、街娼《がいしょう》の一斉検挙で捕まったのだ。留置場に勾留されたまま、ずっと夢を見ているにちがいない。目が覚めれば上野署の取調室で、顔見知りの刑事さんが大笑いをしながら、この長く切ない夢の話を聞いてくれるのだろう。

（へえ、そうかい。しかしおめえもよくよく救いようのねえ女だな。ナニナニ、惚《ほ》れた亭主は当たり屋稼業で、あげくの果てに腹を痛めた一人息子はダンプに轢かれて即死か。ふつう夢ってえのは、現《うつつ》よりマシなもんだけどなあ）

霊安室の前で、私は膝を抱えて座りこんだ。体が石みたいにかちかちになってしまった。もし夢でないのなら、ほかに考えようはなかった。

声をかけてくれたのは、四ツ角の交番の若いおまわりさんだった。年かさの先輩の手を振り払って、その人は私の前に膝を揃えて座った。帽子を脱ぎ、汗みずくの制服の背を丸めて、「申しわけありません」といくども言ってくれた。

――おつらいでしょうけれど、親御さんに見ていただかなければなりません。

鋼鉄のドアが開いた。大きな扇風機が唸りを上げて、線香の煙を天窓から押し出していた。赤十字の徽章《きしょう》を付けた看護婦さんが、ぼんやりと立っているきりで、お医者さんもお坊さんもいなかった。

看護婦さんが黒いゴムの被いをめくった。小さなキヨ坊はもっと小さくなって、私を待っていた。

――まちがいないです。

と、私は言った。自分の子供なのだから、塩辛みたいでもまちがいなかった。

二人のおまわりさんに頭を下げて、お願いをした。

――あの人を勘弁してあげて下さい。

若いおまわりさんは私の両肩を揺すって、「どうして!」と言った。

私にはわからない。誰がキヨをこんな目に遭わせたのか。でも、あの人は悪くないと思った。

たとえあの人がどんなに立派な人格者であったとしても、同じ人生をたどれば同じ結果になったはずだと思ったから。

あの人は裁きを待たずに、拘置所の独居房で死んだ。私はそれから一年、二人のお骨と一緒に暮らしてから、大きくなった仔犬たちに看取《みと》られて、原っぱの鈴懸の木に吊る下がった。

それくらいは生きなければならず、それ以上生きてはならないと思った。

そのとき、この夕焼け空のどこかをさすらっているあの人の魂にお願いした。今度こそ、私を拐《さら》ってどこか遠くに逃げて、と。見知らぬ風景の中に見知らぬ人の住む、何もかもが仕立ておろしの着物みたいにまっさらな、知らない土地へ。そこで、あなたとキヨ坊と暮らしていけるのなら、貧乏は同しでもかまわない。

きっと保健所に連れて行かれる仔犬たちに「ごめんね」と言って、私はりんご箱を蹴った。

どこにいるの？

あれからずっと探しているのに——。

「よくお聞きなさい、ミセス・ヤマノイ」

私は我に返った。体は重く、繋いだ両手は震え続けていた。

霊魂はまだ私の体に宿っているらしい。目に見えるもの、耳に聴く音のすべてが、二通りの意味を持っていた。

「あなたのお子さんはここにいる」

ミセス・ジョーンズが命ずるようにそう言ったとき、私の心の半分は思いもかけぬ歓喜にうち慄《ふる》え、残りの半分は安堵《あんど》した。

梓の手が私の腕を絡め取った。その口を借りて、キヨの魂が叫んだ。

「おかあさん！」

私は梓を抱きしめようとしたが、メアリーが強い力で引き戻した。

「みなさん、まだ手を放してはなりません」

ミセス・ジョーンズは降霊会の輪を固く結びながら、母子の魂を諭した。

「落ち着いて、よくお聞きなさい。あなた方は救われました。よろしゅうございますか。あなた方のご主人であり父である山野井さんは、幸いまだどこにも行かずに、この家の庭にいらっしゃいます。ほら、そこの薔薇垣の蔭にうずくまって泣いておられます。三人で遠いところにおいでなさい。わたくしたちはあなた方を心から祝福します。さあ、お帰りなさい」

私の中の歓喜と安堵はたちまち風のように混じり合って、そのまま空高く浮き上がるほどの幸福に満たされた。

「お帰りなさい、さあ」

もういちど微笑みながらくり返して、ミセス・ジョーンズは降霊会の神籬《ひもろぎ》を解いた。長く静かな聖言が唱えられ、テーブルクロスの裾をはためかせて風が吹き過ぎた。体が軽くなった。

ミセス・ジョーンズとメアリーは祈り続け、私と梓は席を立って窓辺に倚《よ》った。

オレンジ色の門灯がほのかな影を落とす蔓薔薇のアーチには、赤と白と黄の花が咲いていた。夜風が樅の枝を揺らして、宝石のように輝く雫《しずく》を撒き散らした。

霊魂には声も姿もないが、夜光の薔薇の花かげには見えざる家族の姿があり、聞こえざる歓《よろこ》びの声があった。

私は憔悴《しょうすい》したミセス・ジョーンズの、前のめりに曲がった背中を労《ねぎら》った。

「大変なお客様ですこと」

ミセス・ジョーンズは日本人の笑顔で振り返り、乾いた両掌で私の手をくるみこんだ。感謝の言葉は思いつかなかった。

「さすがにきょうはくたびれてしまいました。もしよろしかったら、明日の晩またお越し下さい。お待ちしておりましてよ」

思いがけぬ誘いに私はとまどった。

9

帰り道は懐中電灯の光だけが頼りだった。

古い時代に拓《ひら》かれた西の森は広く深く、疎《まば》らな別荘もこの季節にはみな鎖《とざ》されていた。それらのうちの少からずは、世代がわりがうまく運ばずに廃屋となっているのかもしれない。

街灯は森の中の岐《わか》れ路《みち》に、ぽつぽつと灯《とも》るだけである。本来かくあるべき夜の威のうちにくるまれて歩いていると、案外なことに闇を畏《おそ》れる気持ちはなく、むしろ心は安らいだ。

「いかがでしたか」

私の照らす足元を確かめるようにして歩みながら、梓が訊ねた。答えずに街灯の下まで歩いて、私はミセス・ジョーンズの山荘を振り返った。樅の並木の先に、オレンジ色の門灯が見え隠れしていた。

「びっくりしたよ」

ほかに言いようはあるまい。もっとも、私が驚いたのは超科学的な現象ではなく、私のうちに燻《くすぶ》り続けていた悔悟や罪悪感が、きれいさっぱり拭われたことについてだった。

このうえめったな感想など口にしようものなら、ミセス・ジョーンズがもたらせてくれた安息を、台なしにしてしまうような気がした。

「明日の晩はどうなさいますか」

街灯の光の中に白い息を吐きながら梓は言った。

「話の続きがあるとは思えないんだが」

「そうですね。たぶん、別件だろうと思います」

私はとまどった。別件、という冷ややかな言い方は怖かった。

「前にもこういうケースはあったのかな」

いいえ、と梓は小さく顎を振った。

「知り合いをいくどかお連れしたことはありますけど、ミセス・ジョーンズがあんなふうに心をこめたのは初めてです。あなたがお気に召したみたい」

「よほど罪深いってことかな」

「さあ、それはどうでしょう。人間の罪深さなんて、誰しも似たようなものだと思います。とりわけ悪人でもない限り」

それから梓は、岐れ路の先を指さして「私の家はこっち」と言った。

ひとりで家に帰れば、「別件」についてあれこれと考えねばなるまい。それに、懐中電灯はひとつきりだった。

梓の山荘は西の森の奥深くにあった。

浅間石を床下に積み上げて湿気を避け、広いテラスが居間から張り出す、このあたりではいかにも伝統的なたたずまいである。

庭の木々は枝が払われて、真砂《まさご》を撒いたような星空が明るかった。

玄関の厚い扉を開けると、梓は電灯をひとつずつともしながら家の奥へと入っていった。古い屋敷が次第にその胎内を明らかにした。

「祖父の時代のまんま。使い勝手が悪くって」

招き入れられた居間はこのうえなく清浄で、家族の気配はおろか、人の訪れた様子もなかった。

梓の祖父が魂の口寄せをしたという話を思い出した。

「ジョーンズ夫妻をこの土地にお招きしたのも、祖父ですのよ」

梓は暖炉の火を入れながら、まるで吹き抜けの梁《はり》に腰をおろす祖父の霊を見上げるように、小さな顔をもたげた。

「すると、ジョーンズ夫妻とは宗教的なご関係があったのかな」

「それがですねえ」と、梓はあどけなく微笑んだ。

「祖父はもともと神主だったので、クリスチャンのジョーンズ夫妻とは何のかかわりもないんです。私もよくは知りませんけれど、いわば同業者の誼《よしみ》でしょうか。祖父母とジョーンズ夫妻は、とても仲がよかったの」

同業者、というのは、宗教家という意味ではあるまい。降霊術は宗教を超越した、特殊な技術なのだろう。

私は梓が少しだけ語った、その名前の由来を思い出した。

老いた神官は神憑るとき、梓弓の弦を引く。梓の名はその儀式にちなむのである。

「おじいさんはあなたを跡継ぎにしようとなさった」

なるべく冗談めかして、私は言った。

「そうなんです。祖父母は大まじめだったんですよ。ほんの小さなころの話ですから、よくは覚えてませんけど、このリビングに真白な晒木綿《さらしもめん》を敷きつめてね、注連縄《しめなわ》を張りめぐらして、巫女の格好をした私をそこに座らせるの。それで、祖父が梓弓を引き鳴らしながら、祝詞《のりと》を上げるんです」

古い山荘で執り行われる神道の儀式が想像できずに、私は居間を見渡した。腰の高さまで石が組まれ、その上は漆喰《しっくい》の白壁で、吹き抜けの天井に何本もの丸太の梁が渡っている。畳を敷きつめれば二十畳の上はありそうな広さである。西洋風の別荘建築の典型だが、見ようによっては古式の秘事にふさわしく、神さびているようにも思えた。

一面に白布を敷きつめ、注連縄を渡して結界とし、正装の神官が招霊の儀式を行う。足を踏み入れたときに感じたふしぎな清らかさは、その気のなごりなのだろうか。

「で、おじいさんはどうしてこの土地に」

暖炉の前の時代がかったソファに腰をおろして、私は梓に訊ねた。

「先祖はずっと京都にいて、こういう仕事を司《つかさど》っていたんです。明治になって東京に引越してきても、もうそんな時代じゃないから、そのうちこのあたりに別荘を構え始めたみなさんとご一緒して、祖父の代には居ついてしまったんです」

梓は一族の歴史を、うまく縮めてそう言った。答えをしばらくためらっていたのは、口に出したくない話の手順を考えていたのだろう。

「でも、仕事をしていなかったわけじゃないんですよ。戦前には、まだ大切な国事をそうしたことに頼る習慣が残っていて、しばしば偉い人がお忍びで訪ねてらしたそうです」

「へえ。つまり、西郷隆盛や坂本龍馬の霊を呼び出して、お伺いを立てたということかな」

「さあ、どうなんでしょうね。私は知りません」

暖炉の火を熾《おこ》しながら、梓は悲しげに視線を伏せた。

家伝の技は祖父を限りに絶えても、梓の血の中には絶えざる力がいくらか残っているのだろう。

「余計なことでしたか」

「いや。感謝している」

「こういうことがお好きじゃないって、わかってはいたんですけど。お役に立てたのなら幸いです」

梓は炉端からすっくりと立ち上がって、奥の扉の向こうに消えた。水を使う音が聞こえてきた。

「どうかお構いなく」

そう声をかけて、暖炉に凍えた掌をかざした。古いソファは体をくるみこむようにここちよく、乾いた松の炎はたちまち体をぬくめた。

別件――そう言われたところで、思い当たるふしはなかった。

いや、正しくは悔悟することが多すぎて、いったい何を指しているのかがわからなかった。

とりたてて私が業《ごう》の深い人間であるとは思えない。つまり梓は私の背負った業を見かねて降霊会に誘ったのではなく、雷鳴から救い出したお礼に、誰もが担っている悔悟を私の背から下ろしてやろうと考えたのだろう。

その善意に報いるためにも、私は「別件」について考えねばならなかった。

むろん明日の晩には明らかになるのだが、心の用意がなくて降霊会の輪を繋ぐのは怖ろしかった。

人肌に温めたワインと、皿に盛ったチーズが届けられた。梓は私のかたわらに寄り添って座った。

夜更けの山荘に男女が二人きりというのは、よほどのっぴきならぬ話であろうに、梓は昨晩と同様、肉体のありかをまったく感じさせなかった。私たちを繞《めぐ》る闇はあまりに広くて、たがいの居場所を定めようとすれば、自然に肩の触れ合うほどの隔たりになった。

「ところで、ご家族は」

他人の痕跡が何ひとつない居間を見渡して、私は答えの知れきった質問をした。

「犬だけ」

梓はちらりと暖炉の脇に目を向けて言った。そこには古毛布が敷かれているだけだった。大きな犬だったのだろう。

老いた犬の魂は今もそこにあって、私たちを見つめているのだろうか。

これから家族を持てぬ齢ではなかろうに、梓にはそうした意思がまるで感じられなかった。むしろ、衰弱した旧《ふる》い血脈の絶えることを、彼女自身が思い定めているように思えた。

「酒はあまり飲めないんだが」

私はワインの香りを嗅ぎながら言った。

「だったら酔って眠ればいいわ」

マグカップを合わせ、勧められるまま口に含むと、じきに静かな夜の向こうから唐松の森の軋りが迫ってきた。

心に満ちてくる記憶の潮《うしお》に身を委ねて、私は目をつむった。

10

「私、ゆうちゃんに一口」

カウンターで金勘定をしている私の肩に、真澄《ますみ》が腕を絡めてきた。

「それどころじゃねえんだよ。おまえ、いくら足が出たと思ってるんだ」

赤坂のディスコを借り切ったパーティも今がたけなわで、おたがい耳元で叫ばなければ声が届かない。私は真澄の顔を引き寄せてもういちど言った。

「大赤字なんだよ。ショバ代でいっぱい、バンドのギャラが払えねえ」

「そんなの毎度同じじゃないの。ともかく、ゆうちゃんに一口。がんばってよ」

会場の準備をしているときに、時間をまちがえてやってきた客がいた。誰の知り合いでもなく、誰もチケットを売った覚えがなかった。しかし真澄の言葉を借りれば、「あのダサさとかわいさは、きっと映画女優のタマゴ」だそうだ。言い得て妙だと思った。

そこで冗談半分に、仲間の誰がその女を落とすか、という話になった。

「一口って、いくら賭けたんだよ」

「一口千円。胴元は梶《かじ》君」

私は舌打ちをして、フラッシュライトの中で群れ踊る若者たちの中に梶の姿を探した。高校時代はレスリング部のキャプテンだった梶は、パーティの用心棒だった。揉《も》めごとの火消し役にはもってこいだが、平和なときにはきまって揉めごとの火種になる厄介なやつだった。

私と目が合うと、梶は踊りながら黒人ばりの強面《こわもて》を綻《ほころ》ばせ、派手なアロハシャツの胸から札束を取り出して、これ見よがしに振った。

「冗談だろ。俺はそれどころじゃねえって」

「まあまあ、バンドのギャラぐらいはみんなで何とかするわよ」

真澄は私の手元からチケットの残りと売上金をかき集めると、ドレスの首から吊るしたポシェットに押しこんだ。

パーティの決算はだいたい似たようなものだった。そもそも金儲けが目的ではないから、よほどチケットが売れない限りは赤字になった。そんなときには、仲間の誰かが不足分をいったん立て替え、後日すこぶるいいかげんな割り振りを請求する習いになっていた。

つまり、いつもよりだいぶ大きい今回の赤字分は、真澄が引き受けたのである。仲間うちでもとりわけお嬢様の真澄が立て替えれば、いいかげんな割り振りをされるどころか、丸呑みにしてくれるかもしれなかった。

「悪いな、真澄」

私はポニーテールの頭を撫《な》でて、音と光の渦に紛れこんだ。


付属高校からそっくり持ち上がったはよいものの、大学は私たちとは無縁の学園闘争中で、ほんの何日か顔を出したきりめでたくロックアウトとなった。

後にも先にも、あれほど時間を持て余したためしはない。私たちは高校時代の放課後と同じように、気の合った仲間たちが六本木の交叉点に近いコーヒー・ショップに集まり、閑暇《かんか》と怠惰のせいで体が腐るんじゃないかと不安になるくらい、毎日をごろごろと過ごしていた。

学生運動は都会育ちの私たちにはなじめなかったし、フーテン族はなおさらだった。

高度経済成長の申し子たちは、誰もが同じ閑暇と怠惰を共有していて、そうした中に私たちのような遊び人の集団があっても、何の不自然もなかった。

ただ、ゲバ棒を握って権力と戦ったり、太陽に瘦《や》せこけた裸を晒《さら》して無為に時を過ごす連中より、私たちのほうがいくらか現実味があり、多少は社会性も持ち合わせていたというだけの話だ。あるいは、あらまし似たような都市型中産階級の家庭に育ち、生まれついて東京人の道徳を備えていた分だけ、ほかの十八歳よりもいくらかは大人びていたのかもしれない。

少なくとも私たちは、自由奔放な高校生のころから、自分たちの行為を不良だとも非行だとも思ってはいなかった。

「何だかつまんなそうだね」

私は壁まわりの席にぼんやりと座っている女に、飲みさしのジンライムを勧めた。近くで見ると、なるほどこのダサさとかわいさは、きっと映画女優のタマゴだろうと思った。

私は自己紹介をし、このパーティの主催者であることと、二千円のチケット代の分だけは楽しんでもらわなければならないという誠実な理屈を、持ち前の笑顔にこめて語った。

名前を訊《たず》ねると、私の耳に口を近付けるのをためらって、ナフキンに「小田桐《おだぎり》です」

と書いた。

「そうじゃなくって、名前のほう」

するとと女は、やはりためらいがちに「百合子《ゆりこ》」と書き添えた。

「芸名みたいだね。君、もしかして――」

とんでもない、というふうに、百合子はそれだけでも美人にちがいない細くて白い手を振った。


思えばあの山野井清の死から、たった十年しか経《た》っていないころの話だ。

肉体が成長しているときの時間は、細胞の増殖に歩調を合わせてゆっくりと過ぎるのだろうか。

しかも私たちの場合は、その十年のちょうど中間に東京オリンピックというエポック・メイキングがあった。ふるさとは様変わりし、東京都民の少なからずがごっそりと入れ替わった。むろん生活の中身も変容した。だからオリンピックを挟んだ過去の出来事は、風景も印象も異なる他国での体験か、どうかすると夢であったような気がした。

たとえばかつて貴顕《きけん》社会の象徴とされていた自家用車も、珍しくはなくなっていた。私は高校生のうちに軽自動車免許を取り、卒業した春休みに普通免許に書き換えて、さまざまの条件付きで親に買ってもらった流行のスポーツ・セダンを、条件などすべて忘れて乗り回していた。友人たちもみな似たものだった。

しかし、このいずれ劣らぬ道楽息子や放蕩《ほうとう》娘らは、揃いも揃って妙に江戸前の、伝統的な矜恃《きょうじ》を持ち合わせていた。

誰が定めたわけでもないが、仲間うちの暴力沙汰と色恋沙汰は禁忌だった。そうした十八歳の自然な欲望は、必ず外に向けねばならなかった。

また、夜の街にくり出すときには、男はまるで制服のようにコンテンポラリイのスーツを着て細いネクタイを締め、女は大人びたドレスにハイヒールをはいた。たまに学校やバイト先から着替えもせずに合流する者があると、誰であろうが仲間はずれにされた。

徒党を組んでいたわけではない。そもそも改まったお定めごとをしたり、資格を問うたり、リーダーがいたりすることが野暮だった。

私たちには何の意識もなかったが、おそらく江戸の昔からずっと、姿形は変わっても同じ道徳を提《ひっさ》げて同じ数だけ存在する、東京の若者たちだった。

パーティはいつも六時に始まり、十一時のチークタイムで終わった。

深夜営業を取締る法律のようなものがあったのかどうか、いやそんなことはともかく、未成年者がそうした大がかりなパーティを催すこと自体が違法にはちがいないから、参加者の帰宅時間を考慮した慣例だったのだろう。

当時の盛り場は今と同じ不夜城になっていたが、健全な時間割で成長した私たちには、午後十一時が深夜であるという感覚がまだ残っていた。

小田桐百合子はひとりでパーティに来ていた。職場の友人から、二千円のチケットを千円で売りつけられたそうだ。

何もかもがいいかげんなもので、チケットは定員の倍くらいを刷り、しかも記載された定価で売る数などは知れていた。あらかたは一枚千円でまとめて卸《おろ》し、その仲介人がいくらで売ろうがかまわなかった。強面の梶などは通りすがりの若者を捉《つか》まえて恐喝まがいに押しつけたうえ、その半分はポケットに入れていた。

そうしたあこぎなやりくちがやくざ者の目に留まれば、たちまちパーティを潰しにくるのだが、それをわずかな金で追い払うのも梶の役目だから、私たちも文句のつけようはなかった。

だいたいからして、「チケット」などという上品な呼び名はなかった。「パー券」だ。当日ともなれば会場のまわりの路上で、誰彼かまわず五百円で売った。

そんな素性の悪いパー券がめぐりめぐって、行き着く先など知ったことではなかった。つまり百合子は、職場の義理でそうしたパー券を買い、ひとりで時間をまちがえてやってきて私たちの賭けの対象にされ、そんなことは露知らずに、声をかけてきた私に気を許してチークダンスまで踊ったというわけである。

抱き寄せてもけっして胸を合わせようとはせず、掌は汗ばんでいた。そして闇の中でときおり白い手首を返して、時計を見た。

「門限があるんだけど」

「へえ。親がやかましいんだ」

「そうじゃなくって、寮ずまいだから」

「何時だよ、門限」

「十二時。去年までは十時だったの。それじゃあんまりだからって、今年から」

「十二時だってあんまりだけどな。送ってくよ」

見知らぬ男と抱き合いながら真澄が寄ってきて、私の脇腹を肘《ひじ》で押した。

「彼女を送ってくから、あと頼むな」

「ハーイ、おまかせ。ご苦労さま」

他人から見れば恋人同士のように仲のよい私と真澄の、阿吽《あうん》の呼吸である。

たった一言のやりとりで、百合子は寮まで送るという私の申し出を拒めなくなり、真澄はパーティの後片付けを理由にして、ちっとも好みではない男の手をすり抜けた。

「すごくきれいな人」

と、百合子は闇に紛れる真澄を目で追いながら、しみじみと言った。

高校の三年間をともに過ごして、せわしなく入れ替わる恋人の顔もひとり残らず知っている私たちは、客観的な目でたがいを見たことがなかった。だから百合子のその感想は意外に聞こえたのだが、もし大人になってゆく過程を知らずに今の真澄と出会ったなら、そう見えるのかもしれないと思った。

フリーセックスだのウーマンリブだのと、掛け声がさかんな時代だった。そのくせ世の男どもはまだ処女性を信奉していた。

アバンギャルドに見えて実はたいそう伝統的な東京の若者である私たちは、だから一夜の遊び相手が処女であることを警戒した。

忘れがたい最初の男になるなどまっぴらごめんだったし、そうとなれば当分の間は恋人のふりをするくらいの覚悟をしなければならないからだ。

百合子は寡黙な女だった。車の助手席に乗ってからも、私の質問に対して不愛想なくらい端的に答えるだけだった。

しかし、けっして機嫌が悪いわけではなく、初めて覗《のぞ》き見たパーティやおそるおそる抱き寄せられたチークタイムが、まだ気分を高揚させているように見えた。口数が少ないのは、わずかな言葉のはしばしにも刺《とげ》のように残る訛《なま》りのせいかもしれなかった。

「十八にもなって、門限はせつねえよな」

「どうしてもってわけじゃないけど」

こうなったら覚悟を決めようかとも思ったが、ミニスカートの膝に置かれたおままごとのようなラタンのバスケットが許しがたくて、まっすぐ東中野の寮とやらに送ることにした。

ショート・カットのよく似合うめっぽうな美人である。だが仲間たちの手前、こいつを恋人だと公言するためには、相当の手間と金をかけねばならない。そんなことをしようものなら、好いた惚れたはともかく腐れ縁になることはわかりきっていて、あげくの果てに「ゆうちゃんもヤキが回った」と蔭口《かげぐち》を叩《たた》かれるに決まっていた。

車に乗せてさっさと逃げたとたんに、梶が胴を持った賭けの結果は出ているのである。いつものように第三京浜に乗って、港の見えるモーテルに行こうが行くまいが、私の勝手だった。

無口な女もいいものだな、と思った。

たまたま紛れこんできた異邦人ではあるけれど、ひとめで遊び仲間の賭けの対象になったくらいだから、その美しさは普遍で絶対だった。無口な女はいい、というより、美人は無口のほうがいいと思った。

百合子という名前は、もし芸名でないのなら親が未来の姿を予見して名付けたとしか思えぬくらい、彼女の容姿にふさわしかった。チークダンスで体を合わせたとき、思いがけなく小さかったのは、座っていても背筋が矜《ほこ》らしく伸びていたからだった。

それに、少しも媚《こ》びを感じさせぬ甘い香りがした。

外苑の森を抜けて明治通りの信号待ちをしていると、雨が降り始めた。

黙りこくっていた百合子がふいに言った。

「海が見たいの」

私はひどくとまどって、ウインカーをどちらに出そうか迷ったあげく、

「今度な」

と、すげない返事をした。まさか尻ごみしたわけではない。あれこれ考える間がなかっただけの話だった。

あの泥川も、今は暗渠《あんきょ》になってしまっただろうか。

都心からさほど遠くはなく、年ごとに増える新宿の摩天楼を間近に見るそのあたりは、オリンピックのもたらした変容も免れて、古い東京のおもかげを過ぎにし日のままに残していた。

夜の雨に瓦を輝かせ、寄する波のようにみっしりと詰んだ廂間《ひあわい》。そのただなかを蛇行して流れる、深くて暗い泥の川。

成就しなかった欲望の代償ではなく、妙にロマンチックな気分になって百合子の唇を盗んだ。

拒みこそしなかったが、百合子にしてみればさぞかし不本意な舞台だったろう。なにしろ彼女の住まう寮と泥川を挟んだ路上の、湿気った車の中だった。

ところが私はそんな場所で、いたたまれぬくらいロマンチックな気分になったのだ。

ワイパーが翻るたびに映し出される夜の風景は、めくるめく繁栄の向こう岸に置き去ってきた、私のふるさとの景色だった。同い齢の少女が、何の因果か緑なす森や清らかな川を捨てて、そこに暮らしていた。

長い口づけのあと、私たちはふうと溜息をついたなり、手も繋がずに黙りこくって夜を見つめた。門限の時刻は迫っていた。

煙草をつけて窓を開けると、ここちよい糠雨《ぬかあめ》に混じって甘い香りが流れこんできた。それは媚びを感じさせぬ百合子の体臭でもなく、嗅ぎなれぬ香水の匂いでもなかった。

「チョコレート」

と、百合子は窓ガラスに人差指をあてて言った。

川向こうにはコンクリート塀に囲まれた工場があって、中央線の高架橋から見える角度に、製菓会社の大きな看板が掲げられていた。私がフロントガラスからそれを見上げている間に、百合子はまるで用意していたような身の上を語った。

「定時制高校に通わせてもらってるの。だからまだ高校生。きょうから夏休みなの」

たったそれだけの告白なのに、百合子のすべてを知ったような気がした。彼女のきのうまでの人生と、きょうの一日を。

もしこの告白が先にあったのなら、私たちはまかりまちがっても唇を重ねることはなかったと思う。欲望のほかに何ら他意がなかったにしても、それはたがいの名誉にかかわる誤解を招きかねないからだ。

「行かなきゃ」

百合子は白い手首を返して時計を見た。

「待てよ」

車のトランクには、こうしたときのためにいつも雨傘が用意してあった。だが、きょうのこのときのためにあるような気がした。

ドアを開けて傘をさしかけると、男のそうしたふるまいにはよほど不慣れと見えて、百合子は驚いた顔をした。

「誰かが見てると困るから、ここでいいです」

少し先に人と自転車しか渡れぬ細い鉄橋が架かっていた。どういう趣味なのか明るい水色に塗られたその橋の向こう袂《たもと》に、いかにも工場の独身寮と見える三階建てがあった。窓の灯りはまだいくつも点《とも》っていた。

「じゃあ、ここで」

私は傘の柄を托《たく》した。

「返さなくちゃ」

「いいよ、ボロだから」

「でも、返さなくちゃ」

「いいって」

「やっぱり返さなくちゃ。電話番号、教えて下さい」

一夜のロマンスはこれで完結したと信じていた私は、拒む理由を思いつかずに、早口で自宅の電話番号を口にした。

百合子はラタンのバスケットを開けてあわただしくメモを取った。その間の悪さのおかげで、私は水溜りにこぼれ落ちた口紅やら眉墨やらを拾い集めねばならなかった。

「約束は？」

え、と私は答えに窮した。何の約束をした覚えもなかった。

「今度、海を見に行こうって」

明治通りの信号待ちのときに、「今度な」とはぐらかした。むろん約束ではなく、拒否したつもりだったのだが。

「ああ、今度な」

と、私はぞんざいに言い返した。

一昔前の青春映画でもあるまいに、こんな恋のなれそめなどあるはずはなく、またけっしてあってはならなかった。

「送ってくれてありがとう」

百合子は運転席の窓ごしに言った。口ぶりに未練はなかった。初めて笑顔を見たような気もした。それから百合子は雨の中を少し歩いて、水色の橋の袂で振り返り、何もそうまでというくらいの深いお辞儀をした。

私はヘッドライトを消して、ワイパーの隙間から百合子を見送った。

何となく影の薄い少女だった。ラタンのバスケットを雨からかばって、骨箱のように胸前に抱きながら、百合子はしめやかな足どりで橋を渡って行った。見送る私などまるで気付かぬように、二度と振り返らなかった。

身の上を多く語らなかった百合子には、私が想像する以上の不幸な過去があるのではないか、とふと思った。たとえば、親の骨箱を抱いてふるさとの橋を、あんなふうに渡ったのではないか、などと。

生まれてこの方、ほとんど東京しか知らずに育った私にとって、百合子の里についての想像はそれくらい無限で自由だった。

橋を渡り切ると、百合子はやはり振り向きもせず、愛想も何もない三階建ての寮の玄関に、すっと吸いこまれるように消えてしまった。

あの雨の夜の別れのときほど、時間がゆっくりと小刻みに流れていったためしはなかった。


「あの子、ゆうちゃんには似合わない」

かたわらのデッキチェアに仰向いたまま、眠っているのかと思った真澄が呟《つぶや》いた。

「寝言か」

「ちがうわよ」

「おまえがどうこう言う筋合いじゃねえだろ」

「ひとりごとよ」

私は体を起こして陽ざかりの海を見た。渚《なぎさ》では百合子が仲間たちに混じって砂の城をこしらえていた。

「フリルの付いた水着って、久しぶりに見たわ」

　サングラスを少しかしげて真澄は言った。

「出かける前に水着を見せろとは言えねえだろ」

「あら、ひとりごとよ」

　真澄は黒いビキニを着た体にオイルを塗りたくり、私の背中にも塗った。遠い波打ち際からときおり向けられる百合子の視線が気になった。

「あの子、真白ね」

「陽に当たらない仕事だからな」

　夜間高校に、と口に出しかけてやめた。私たちには差別意識などなかった。そのかわり、すこぶる排他的だった。「似合わない」というのはそういう意味だ。

「東北美人ね。もともと紫外線が足りないのよ」

「さあな」

「さあなって、生まれ育ちも知らないの？」

「知らねえよ。いちいち訊《き》くか」

　真澄はデッキチェアの背もたれを倒し、掌を返しながら「ターン・オーバー」と言った。ニューヨーク育ちの真澄の「R」は、誰も真似《まね》ができなかった。

　私たちは俯《うつぶ》せに背中を並べた。

「ところで、ジミヘンはどうした」

「誰よ、それ」

「ジミ・ヘンドリックスみてえな野郎だよ。一日じゅう口でギター弾いてるやつ」

真澄は笑いかけて真顔になった。

「とっくにおさらばしたわよ」

「へえ。どうして」

「どうしてって、それこそあなたにどうこう言われる筋合いじゃないわ」

真澄は重ねた掌の上で、くるりと顔をそむけてしまった。それから、拍子抜けしたところにぽつりと言った。

「似合わなかったからよ。ゆうちゃんもそう思ってたでしょ」

何だか追いつめられたような気分になって、私はあいまいに「ああ」とだけ答えた。


夏の根城は葉山の一色海岸に近い、岬の別荘だった。

家が金持ちというほかに何の取柄もない卓也《たくや》は、このおあつらえむきの別荘のおかげで、みんなから一目置かれていた。

高校一年の夏に初めて招かれたときには、うっとうしいくらい世話焼きの母親と、出来の悪い弟をあからさまに軽蔑している東大生の兄がいたのだが、どういうわけか以来いちども家族を見かけたためしはなかった。そのかわり、夏休みに入ればいつ何どきひょっこり訪ねても、何人かの仲間たちがわがもの顔で住みついていた。

海岸からぶらぶら歩いてもほんの十五分ばかり、車の入れぬ雑木林の山道を登りつめると、白いペンキで塗られた平屋建ての別荘があった。鍵はいつもポストの中に入っていた。

広いテラスからは海が一望だった。リビングルームの左右に二間の座敷が振り分けられていて、誰が決めたわけでもないが男女はきちんと住み分けた。

高校を卒業して大人の気分にもなったし、使い始めて四年目の夏ともなれば、その別荘が実は他人の善意の賜物《たまもの》だなどとは誰も思わなくなっていた。まさか自分のものではないにしろ、高度経済成長の恩沢《おんたく》を慈雨《じう》のごとく浴び続けて成長した私たちは、与えられた幸福に対する感謝の念を、徹底して欠いていた。

自分たちが地球上のほかのどこにも、あるいは歴史上のほかのどこにも存在しないくらい稀有《けう》な人種であることに、あのころの私たちは少しも気付いていなかった。

卓也の口から、家が破産して両親は離婚調停中という意外な発表があったのは、その晩のことだった。

「まあ、そんなわけで、この別荘も今年でおしまい」

卓也はまるで他人事のようにあっけらかんと、ブルジョアジーの家庭が崩壊するに至った経緯を説明した。

「そんで、おまえはどうするんだよ」

聞かずもがなの話を聞かされたとでもいうふうに、ビールを一息に呷《あお》って梶が訊ねた。

「べつにどうってことねえよ。俺が高校を卒業するのを待って話を進めたんだ、文句のつけようはねえだろ」

「まだ未成年なんだから、親権だの何だの、面倒なことがあるんじゃねえのか」

「知るかよ。もうガキじゃねえんだし、これでも法学部の学生だしな。三日しか行ってねえけど」

それをしおに、気まずい話題はキャンパス情報にすり替わった。

ゲバルト学生たちが机や椅子を積み上げて校舎をロックアウトし、機動隊が排除する。すると授業再開の告知が新聞に載るのだが、三日も経たぬうちにまた学生たちが暴れ始めて、学園は封鎖された。そうしたいたちごっこがくり返されたあげく夏休みを迎えた私たちには、大学生になったという実感がまるでなかった。

「この夏で決着はつくと思うぜ」

卓也の説によると、ゲバルト学生たちもあらましは夏休みに帰郷するそうだ。するとロックアウトも手薄になるから、今度こそ徹底的に排除されて、秋には平和が訪れるという。

こんなことがいつまでも続けば大学の存亡にかかわるし、帰郷した学生たちは親からこんこんと説教をされる。頭数が減れば学園闘争も終わりである。

卓也の兄は東大安田講堂に籠城していたという話だから、その受け売りだと思えば説得力があった。前年ついに受験が中止となった東大も、このごろは平和になったらしい。

「平和かよ。参ったなあ、それっておまえ、俺たちみんなまともに卒業できねえってことだろ」

赤むくれになった日灼け顔をしかめて、堀井《ほりい》が口を挟んだ。

「あんたみたいなバカと一緒くたにしないでよ」

と、たしかに遊び仲間の中ではいくらか出来のいい邦子《くにこ》が言い返した。

付属高校から無試験でそっくり持ち上がった私たちの学力が、ほかの学生に較《くら》べて劣っていたのはたしかだった。ロックアウトが続く限りは取得単位も糞もなく、レポート提出だけで進級できるらしいが、平和なキャンパスが戻ってくればそうもいくまい。

少くとも、その夜に居合わせた七人か八人の同級生の顔ぶれを見る限り、平和を望んでいるやつはひとりもいなかったはずだ。私たちはそれからしばらく、秋に訪れるかもしれない平和の弊害について、贅沢《ぜいたく》で無邪気な議論をかわした。

「あの、ちょっといいですか」

それまで黙りこくって私たちの話に耳を傾けていた百合子が、ふいに口を利いた。

妙な話だが、私は百合子がずっとそこにいたことを忘れていた。たとえば、私が携えてきた物言わぬ花が、花瓶に生けられもせぬまま仲間たちの輪の中に、置き忘れられているようなものだった。

百合子は襟元にごてごてとレース飾りのついた、プリント柄のワンピースを着ていた。その身なりだけでも、Tシャツとジーンズを洒脱《しゃだつ》に着こなした私たちの中では異物だった。たとえば、置き忘れられている花束が、場ちがいで意味不明のラッピングを施されているようなものだった。

百合子は酒も飲まず煙草も喫《す》わずに、羞《はじら》うような微笑をたたえたまま座っていた。だが、初めて口を利いたその表情からはほほえみが消えていた。

静かな声で百合子は語り始めた。


話に水を差すみたいで、ごめんなさい。

私、みなさんの言っていることがよくわからないの。

ゆうちゃんから聞いていると思うけど、私は東中野のチョコレート工場で働いてます。いなかの中学を出て、セーラー服を着たまま夜行列車で上京しました。修学旅行の積み立てもしていなかったから、初めての東京だったの。

仕事が終わったあと、定時制の高校に通ってます。中卒で就職したっていうより、高校に進学する方法はそれしかなかったんです。だから今でも気持ちは、社会人じゃなくて高校生。仕事のあとに学校に通ってるというより、学校に行く前に仕事をしている気分ですね。

今、四年生です。ダブリじゃないのよ。定時制は四年間。来年は大学に進もうと思ってます。きょう一日、みなさんによくしていただいて、同じ大学に行きたいと思いました。

二部しか行けないけど、どこかですれちがうこともあるでしょうし、みなさんの帰ったあとの同じ教室の、もしかしたら同じ机で勉強できるのかと思うと、想像しただけでわくわくします。

でも、みなさんの言っていることがよくわからないの。

大学がロックアウトされて、入学金も授業料も払っているのに勉強ができないなんて、そんな理不尽な話はないと思うんだけど。

お金、返してくれないいんですよね。どうしてみなさんがその要求をしないのか、まずそれがわからない。お金を返せとも言わず、授業が始まらないほうがいいっていうのも、まるでわからない。四年間ずっと授業がなくって、レポートの提出だけで卒業するほうがいいっていう意味でしょうか。

定時制の高校には、高卒の肩書ほしさのために通っている人なんていません。みんな勉強がしたいから。人並みの学力を身につけたいから。もし授業がなくて、レポートの提出だけだなんて言われたら、みんなで文句をつけます。だって、それじゃ詐欺でしょうに。

もうひとつ、わからないことがあります。

ロックアウトをしている学生たちは、入学金も授業料も納めているんですよね。除籍になっていないんだから、お金は払っていることになります。だったら、何が気に入らなくたって、どんな主義主張があったって、勉強をしなければ損だと思うんだけど。

何もかもわからないことだらけ。

でも、結論はひとつきり。あんまり考えたくないけど、たぶん正解だと思う。キャンパスを封鎖する学生も、それを幸いだとする学生も、入学金や授業料を自分で払っていない。おまけに、勉強もしたくはない。

ごめんなさい。生意気なこと言って。

どうしよう、私。何だかとんでもないこと言ってる――。


私は呆気《あっけ》にとられた。

別荘の空気は沈鬱《ちんうつ》になった。誰もが私の立場を気遣って、言い返そうとはしなかった。

「ちょっと、ゆうちゃん」

真澄が顎を振って、私をテラスの闇に誘った。

造りものめいた満月が沖合の空高くに懸かっており、凪《な》いだ海の上に光の道が敷かれていた。

煙草の煙とともに真澄はどうしようもない溜息をついた。

「ゆうちゃん。あなた、あの子と何もないんでしょ」

あるといえばあるが、ないといえばない。私と百合子はあの雨の晩に唇を重ね合っただけだった。

「そんなこと、関係ねえだろ」

「そうかな」と、真澄は肩をすくめた。

「あなたの女ならば、私たちにあんな説教なんてするわけないわよ。わあ、信じらんない。ゆうちゃんがプラトニック・ラブだって、みんなに言いふらしてやろうか」

「関係ねえだろ。第一、あいつの言ってることはごもっともじゃねえか」

「ああ、ごもっともですとも。でもね、面と向かって言うのはおかしいわよ。まるで原理主義者か宗教家だわ」

真澄はテラスの手すりに肘を置いたまま、私の首を抱き寄せた。

「私らマブダチでしょ。関係ないはないいんじゃないの。らしくないよう、ゆうちゃん。みんなが気付く前に、さっさとどこかに連れて行って決めてきな」

私の唇に喫いさしの煙草をくわえさせて、真澄は立ち去った。

しばらく海を見下ろしながら考えた。百合子を愛し始めているのかいないのか、私にはわからなかった。週末に海に行こうと誘ったのも、べつだん下心があったからではなかった。

百合子を恋人にするのか、それとも海を見に行く約束を果たすだけで終わるのか、自分が岐路に立っているのはたしかだった。彼女の類い稀《まれ》な美貌と穢《けが》れなき肢体は、その二つ以外の選択を許さなかった。

らしくないよう、という真澄の言葉は効いた。私が百合子を扱いかねていると察知して、惚れた腫れたではなくそういう迷いが私らしくない、と真澄は言ったのだ。

私たちはいつも潔く、見映えがよく、粋がっていなければならなかった。そうしたふるまいはあらゆる道徳に優先して、少しでも欠けようものなら「ダサい」の一言で蔑《さげす》まれた。躊躇《ちゅうちょ》や逡巡《しゅんじゅん》は禁忌だった。

リビングの空気は腐っていた。私は身仕度を斉《ととの》えて、「行くぞ、百合子」と言った。初めて名前を呼び捨てられた百合子は、はね起きるようにソファから立ち上がった。腕を握って、まるで拐《かどわか》すように別荘を後にした。月明りの木立の奥から、口笛と嬌声《きょうせい》が追ってきた。

「まさか門限なんて言うなよ」

「うん」と、百合子は答えた。

それから車に乗って海ぞいの道をひた走る間、百合子は何も言わず男の横顔を窺《うかが》おうともせず、翻る夜をじっと見つめていた。

私はその夜、葉山からは遠く離れた渚のホテルで、堅い蕾《つぼみ》を握り潰した。

百合子には何の抗《あらが》いもなく、かと言って覚悟めいたものも感じられなかった。たとえば面倒な儀式をようやくすますように、厄介な大荷物でも下ろすように、私には見えた。

あたりでは名の通ったホテルの海向きの部屋は、入ってみるとあんがい侘《わ》びしくて、これみよがしのライトアップが潮に汚れた窓ガラスの紋様を、醜い瘡《かさ》のように壁一面に描き出していた。抱き合う私たちのシルエットまでが、その斑《まだら》の上にいちいちくっきりと描かれた。

百合子にとっては生涯忘れがたい一夜になるのだろうと思えば、記憶に詳しくとどまりそうもないラブホテルのほうが、よほどましだった。

けっして感情の貧しい女ではなかったはずだ。淡々と服従しているように見えたのは、溢れ出る感情を制御していたのだと思う。つまりそれまで生きてきた姿勢を崩さずに、百合子は初めて男に抱かれた。

すべてをおえたあとも、しどけなく甘えたりはしなかった。どんなに手強《てごわ》い相手でも、そのとたんから自分のものになると信じていた私にとって、少しも印象を変えぬ百合子は意外だった。

そこで、私は訊ねた。

「何だか、俺じゃなくてもよかったみたいだな」

すると百合子は私の腕をすり抜けて起き上がり、ベッドの端に座ってしばらく海を見た。何を考えていたのだろうか、そのうちふと思い屈したように俯《うつむ》いてしまった。

「そうかもしれない」

私は傷ついた。百合子の揮《ふる》った刃物が、皮膚も肉も貫いて骨の髄にまで届いたような気がした。

緩慢に移ろってゆく十九歳の一夏、私は百合子に溺れた。

浅薄《せんぱく》でいいかげんな恋愛しか知らない自分が、まさかこれほどの純情の持ち主だとは思ってもいなかった。

真澄の「似合わない」という忠告は、百合子を指していたのではなく、こんなふうに思いつめる私を予見していたのかもしれなかった。そう思うと、遊び仲間たちとも次第に間遠《まどお》になった。

江戸ッ子が人情に厚いというのは落語の中の話で、実はこれほど情に淡白な人種はない。他者のプライバシーに介入することは、「要らぬ節介」として忌避される。だから私の身の上に何が起きていようと彼らは知らんぷりで、いや何が起きているかあらまし知っているからこそ、私が六本木の溜り場に姿を現さなくなっても、自宅に電話一本かかってくるわけではなかった。

定時制高校も短い夏休みに入って、デートの時間に不自由はなくなった。

東中野の泥川の向こう岸に車を止め、終業のサイレンが鳴るのを待っていると、やがて白いペンキを塗り重ねた工場の門から、誰よりも早く百合子が駆け出てきた。寮には立ち寄らず、そのまま細い鉄橋の上を弾むように走って私の車に転げこみ、「早く早く」とせかした。

それほど傍目《はため》を気にする立場でも年齢でもなかろうが、「男がいる」という事実そのものに、いまだ道徳が問われるような時代だった。

喫茶店で語らい、知った顔に出会いそうもない盛り場をさまよい、それから郊外のモーテルに行って、十二時の門限には寮まで送った。百合子はいつも楽しげで、夜が更けるほどに白い手首を返してしきりに時計を見た。泥川のほとりで別れるときには、決まって涙ぐんだ。

しかし百合子は、そうした時間を週に二日だけと制約した。なぜかと訊ねると、明快な理由が返ってきた。ひとつは、寮の夕食を食べなければ賄《まかない》のみなさんに申しわけない。もうひとつは、大学進学の奨学金を得るために勉強をしなくてはならない。

それらが本心であったかどうかはわからないが、百合子は恋愛によって自分が変質することを怖れており、私とともに過ごす時間が楽しければ楽しいほど、自堕落になると信じているのはたしかだった。

語らううちに少しずつ瞭《あきら》かになった彼女の境遇を考えれば、無理強いをしてはならなかった。詳しくは語ろうとせず、感情もまじえなかったが、要するに幼いころに離婚した父母は、ともに行方が知れなかった。祖父母も亡くなって帰る家はないから、夏の休暇も残業扱いで出勤し、学費にするのだと言った。

まるで他人事のような口ぶりだった。自分のことは語らぬかわりに、百合子は私の境遇を知りたがった。他意は何もない。幸福という異界の有様を、百合子は嫉《ねた》みそねみのかけらすらなく、まるで夢物語でも聞くように瞳を輝かせて聞いた。

求められるままに語りながら、気付いたことがある。

生まれてこのかた私が享受してきた完全な幸福は、語り聞かせるにはあまりにも貧しかった。いくらせがまれたところで、幸福のかたちには変わったエピソードなどなく、筋立てて語ることはできなかった。「貧しい」などと言えば贅沢だろうけれど、他人に聞かせるような劇性が何もないのだ。

そうした話にならぬ話をせがみ続ける百合子のうちには、語りたくないというより語りつくせぬドラマが詰まっているのだと思えば、私の口はいよいよ重くなった。

面白くもおかしくもない幸福な王子の話を聞きながら、百合子は眠ってしまった。シャワーを浴びても消えることのない甘い香りが、短い髪から立ち昇っていた。

だから髪が伸ばせないの、と百合子は恥じるように言ったが、その端整な顔だちを際立たせる髪形は、ほかに考えられなかった。

百合子は言葉にも色にも表さないが疲れ果てた体を、巣の中の小鳥のようにつかのま休ませて、私が唇でつつき起こすまで目覚めなかった。

週に二度と誓った逢瀬《おうせ》を、私は心待ちにしていた。

逸《はや》る気持ちを押さえきれずに、まだ陽の高いうちから迎えに行ったことがあった。いつもの場所に車を止めたものの、暇を持て余してしまった。それで、泥川に架かった鉄橋を渡り、ぶらぶらと工場の塀ぞいを歩いた。川ひとつを隔てただけなのに、あたりにはチョコレートの甘い香りが濃かった。寮を横目で覗き、百合子の部屋の窓を見上げた。三階の端から二つ目の窓だ。

別れのときにそこから手を振るようなことはなかったが、窓に灯がともるまで、私は川向こうに止めた車の中から百合子を見送っていた。だから部屋の目星はついていた。

百合子が十五の齢から住み続けているその部屋の中を、私はしばしば想像した。私の知る無節操な女たちの部屋とはちがうはずだった。人形やぬいぐるみや、意味のない装飾は何ひとつなくて、清潔な小さいベッドと勉強机があるきりなのだろう。そうした慎ましい尼僧のような暮らしぶりのほかには、思いつく風景がなかった。

川ぞいの道を歩いて、下手の橋から車に戻ろうと思った。工場の白い塀はずっと続いていた。

門からは思いがけなく広い敷地が見通せた。段ボール箱を積んだフォークリフトが行きかうだけで、人影はなかった。門の脇の守衛室では、暇そうな老人が高校野球のテレビ中継を見ていた。

そのとき私はふと、白いペンキを塗り重ねた門柱に掲げられた看板に目を奪われた。

就業中面会謝絶。

息が詰まったような気がして、私は踵《きびす》を返した。

どんなに愛しても、百合子は私の手の届かぬ塀の中の囚《とら》われ人だった。看板の冷ややかな文言を目にするまで、私はその厳《おごそ》かな事実を理解していなかった。

歩きながら、それまでの百合子の言動の逐一を思い返した。新鮮な魅力を感じていたそれらには、私の思い及ばなかった意味が隠されているような気がした。

たとえば、初めて会った雨の夜に唇を重ね合ったのは、私に好意を持ったからではなく、欲望にかられたわけでもなくて、見知らぬ世界の空気を私の唇から吸い取っただけなのではなかったのだろうか。

だとすると、初めて抱き合った夜の不可解な印象も説明がついた。

俺じゃなくてもよかったみたいだな、という私の無調法な言葉は、勘どころとしては正しかった。

そうかもしれない、という百合子の答えも率直だったことになる。

その夜、私はコーヒーも飲まず食事もせず、狂おしく百合子を抱いた。愛すれば愛するほど百合子が遠のいて行くように思え、私の情熱に応える百合子の愛の言葉も、口にするそばから風にちぎれてしまうような気がした。

その夏は一瞬を刻むように、ゆっくりと過ぎた。


そうしたさなか、真澄と二人で大学のキャンパスに行った。

べつに目的があったわけではない。大学生活から置き去りにされている不安があって、新聞の告知などは見落としているかもしれないから、ときどきは「行くだけ行ってみる」のだった。

付属高校からは毎年二百人以上が進学していたから、周辺をぶらぶらしているだけで見知った顔に行き会った。キャンパスに近い喫茶店でアルバイトをしている友人は、新聞の告知よりも正確な情報源だった。パチンコ屋や麻雀《マージャン》荘には、私たちにもましてノン・ポリティカルな連中が屯《たむ》ろしていた。

驚いたことに、強固なロックアウトは夏休みにもかかわらず、砦《とりで》のような有様になっていた。学生たちは帰郷するどころか、いよいよ過激になって、どうやら夏休みを取っているのは大学側と機動隊であるらしかった。

私と真澄はゲバルト学生に議論を吹っかけられぬ程度の距離をとって、街路樹の幹に背中をもたせながらソフトクリームを食べた。

わけのわからぬアジ演説は、いやでも耳に入ってきた。

資本主義的階級主義の打破。もしかしたらあいつらは、あんがい真理を唱えているのかもしれないと思った。しかしいつだか百合子が言った通り、帰郷もせずアルバイトもせずに立てこもっている彼らこそが、資本主義的階級主義の権化にはちがいないのだが。

「どう、うまく行ってる？」

背中合わせにソフトクリームを舐《な》めながら、真澄が訊ねた。

「何が」

「何がって、彼女と」

「ああ、おかげさんで」

「おかげさんかァ」

「おまえが似合わねえなんて言うから、意地になったんだ」

プラタナスの並木道には、涼やかな風が渡っていた。葉蔭に膝を抱えていると、眠くなりそうな午後だった。ポニーテールの毛先がときどき私の首筋に触れた。

真澄は最も居心地のいい友人だった。男同士のように競い合う理由が何もない分だけ、気を遣わずにすんだ。

「ねえ、ゆうちゃん」

妙に改まった声で真澄が何かを言いかけた。

「やっぱ、やめとく」

「何だよ、説教なら聞くだけ聞くぜ」

「そうじゃない。折入ってのお願い」

それからしばらく、真澄はサングラスごしに夏空を見上げながら、ビートルズの古いバラードを口ずさんだ。

ニューヨーク育ちの真澄は、「クローズ・ユア・アイズ」などとは歌わない。「コージョーライズ」である。

そして歌うようにさりげなく、ひやりとするようなことを言った。

「子供できちゃったから、ダディになってよ」

私は言葉を返す前に、どういう意味なのかと考えた。答えはいくつも思いうかんだが、どれが正解かはわからなかった。

とりあえずはっきりさせておかねばならないことがあった。真澄の中にある命が、私とまったくかかわりのないことだけはたしかだった。

「ジミヘンの子。ゆうちゃんの大嫌いな、一日じゅう口でギターを弾いてるバカ」

「そのジミヘンのガキが、どうして俺の子供になるんだよ」

「連絡がつかなくなったの」

私はようやく振り返って、真澄に肩を並べた。話は尋常を欠いている。

「だからって、父親になってくれはねえだろ」

「話は最後まで聞いてよ。子供は堕《お》ろすから、一緒に病院に行って同意書にサインして」

「それはちがうだろう。俺がジミヘンのバカ野郎を探し出してやる」

「いいって、ゆうちゃん。どうせ知らんぷりするに決まってるんだから」

お願いよゆうちゃん、ともういちど言うと、真澄はジーンズの膝を抱いて俯《うつぶ》してしまった。私は恋人のように、真澄の肩を抱き寄せた。

百合子よりも儚《はかな》げな体に思えた。真澄はようやく毒を吐きおえたように、私の胸にしなだれかかった。

「おまえ、誰かに言ったか」

ううん、と真澄は頸を振った。口に出したのはゆうちゃんが初めて、と言った。それは肝心なところだった。真澄の名誉のためには友人の誰にも知られてはならなかったし、私は真澄にとっての一番の親友でありたかった。

「ダディになるから、誰にも言うなよ」

真澄は私の胸の中で肯《うなず》き、物を言うかわりに私の腰を力いっぱい抱き寄せた。

それから私たちは、あたりが茜《あかね》色に染まるまで、ずっとそうしていた。

暇で無目的な若者たちが、さしあたってすることの何もないまま、街に溢れていた時代の話だ。道行く人の目に留まるほど、珍しい風景ではなかった。

男にはまるでわからぬ苦悩がいくらかでも癒されるまで、私は親友の背中をさすり続けた。

一度だけ、小田桐百合子を家に連れて行ったことがある。

まさか私が言い出したわけではなく、また百合子が私との交際の手順として、親に会いたいと言ったわけでもなかった。

軍隊から裸一貫で復員したのちに、新宿の闇市から始まった父の事業は、そのころには大手メーカーの下請けに収まっていよいよ安定していた。東京オリンピックの年には、生家とさほど遠くない丘の上の様子のいい住宅地に、いかにも時代を象徴するような、広い芝生の庭がある鉄筋コンクリートの家を建てて移り住んでいた。

つまり百合子は、私が寝物語に聞かせた幸福の具体を見たいと考え、私は父が二言目にはぼやく「ろくでなしども」のほかにも、母が言う「やんちゃなお友だち」のほかにも、祖父が断言する「不良ども」のほかにも、こういう青春映画のヒロインのような友人がいることを彼らに知らせたかったのだ。

祖母は何年か前に他界していたが、家族は贅沢な屋敷に移り住んでもどこが変わったわけではなかった。

父は左手に持ったフォークで食事をし、母は慎ましく、祖父は「ちょいと涼みに行ってくる」とパチンコに出かけた。困難な時代を生きてきた彼らは、成功者であることを恥じていた。

家移りについても、家族は反対したように思う。ご近所の手前があるのだから、家を建てるならどこかちがう土地のほうがいい、というのが祖父と母と、亡くなった祖母の総意だった。しかし傍目はともかく、家族の具体的な幸福にこだわる父は、私を唯一の味方に引き入れて計画を実現させた。

のちに父から聞いたのだが、その丘の上の土地は商売上の債権がらみであったから、新居を建てて住むことが最も有利な運用方法だったらしい。民主的な父がその件に限って強引であったのは、そうした理由を口にすれば家族はいっそう反対すると考えたからだった。祖父はきっと、「おめえはいつから金貸しになったんだ」と逆上したにちがいない。

私の家族はそんなふうに、いつも他者に対して引け目を感じながら、貧しかった時代を忘れずに生きていた。

その日は土曜か日曜の夕方で、家族は何も来客を待ち受けていたわけではなかったが、たまたま顔を揃えていた。

私の友人といえば、他人様の家と自分の家との見分けがつかぬ無礼者ばかりだと信じていた家族にとって、突然の百合子の訪問は椿事《ちんじ》だった。

白い半袖ブラウスに膝頭が見える程度のスカート、真黒な短い髪に薄化粧をした百合子は、私の恋人であるかどうかはともかく、ただならぬ人物に見えたのはたしかである。そこでかつてありえぬことには、芝生の庭に日除《ひよ》けのパラソルと籐椅子《とういす》が据えられ、百合子を家族ぐるみで歓待する運びとなった。

祖父はためつすがめつ品定めでもするように百合子を見つめて、「べっぴんだ、べっぴんだ」と百回も言った。父は食器の上げ下げを手伝う百合子の姿を見送って、「まさか嫁さんには早かろうが、よく気の付く子だなあ」と感心した。台所でいったい何を話したのかは知らないが、戻ってきた母の表情は綻《ほころ》んでいた。

家族のそうした反応は意外だった。私の友人が家族からほめられたためしなど、誰に限らず一度もなかった。だから私は、百合子もやはりおしきせの挨拶をかわしたあとは、空気のように扱われるとばかり思っていた。

祖父も父も母も、なかなか立ち去ろうとはしなかった。のみならずまるで嫁の品定めでもするように、あれこれと質問を浴びせ始めた。

百合子の受け答えは聡明《そうめい》だった。自分自身がみじめに思われるようなことや、家族の同情を買いそうなことは口にしなかった。

どうしても東京で暮らしたかったので、働きながら定時制高校に通うという方法を選んだんです。そんなの無理だって言われると、よけい意地になるんです。へそまがりですから。

そういう言い方をさらりとされてしまえば、当然その背景にある家庭的な、もしくは経済的な事由に私の家族が踏みこめるはずもなかった。そして聞かずもがな、そうした殊勝な青春を送っている百合子は、ドラ息子にとって願ってもない友人であると、おそらく家族の誰もが考えた。

私は百合子を家に連れてきた浅慮を後悔した。私のすべての友人に対してまるで無関心であった家族が、まさか庭先で一時間も膝をまじえ、対話を求めようとは思ってもいなかった。

百合子の境遇など何も知らぬうちから、家族は明らかに興味を示していた。その類い稀なる美貌や伸びやかな肢体や、新木《あらき》のような清潔感にたちまち魅了されたとしか思えなかった。友人たちはそうした百合子を、むしろ異物として拒否したのだが、大人の目から見れば剝き出しの魅力だったのだろう。

黙って会話を聞いているうちに、いたたまれぬ気分になった。私は嫉妬していた。私しか知らない百合子の体を、私の家族が肉親の権利だと言わんばかりに撫で回しているような気がしたのである。

それで、執拗《しつよう》な夕食の誘いは私が拒んだ。

「たまの休みなんだから、無理強いするなよ」

と、割って入るように言った。うまい言い方だった。

その日の家族のふるまいは、何から何まで意外だった。もしや誰かが百合子に小遣でも渡しやしないかと、気を揉んだほどだった。帰り際には家族どころか使用人たちまでが、門まで見送りに出た。

百合子は父母に対してよりも、使用人たちに深く頭を下げた。言葉にこそ出さなかったが、仕度にかかっていた夕食を遠慮したことについて詫《わ》びているとわかった。

いつだったか百合子は、賄のみなさんに申しわけないからそうそう外食はできない、というようなことを言っていた。同じ見識から百合子は詫びたのだった。

私が百合子に対して、愛情にまさる敬意を抱いたのは、そのときが初めてだったと思う。

むろん大人たちが、百合子のその一瞬のしぐさを見逃したはずはない。使用人たちは気の毒なくらいに恐縮し、もし私の思い過ごしでなければ、祖父も父母もとどめを刺されたような顔をした。

門続きのガレージから車を出そうとすると、祖父が後を追ってきて窓ごしに小遣をよこした。

「鰻《うなぎ》でも食え」

何枚かの千円札は小さく畳まれ、汗ばんでいた。いかにも私に手渡す機会を探しあぐねていたようだった。

その夜、百合子と何を食べたかは記憶にないが、十九歳の二人がまさか鰻でもなかったろうと思う。

い説教をした。

母親と同じ齢ごろの医師は、私ひとりを診察室の椅子に据えて、宗教家のようなくど
あなたは、あなた自身がどれくらい周囲に祝福されて生まれたかを、よく考えなければいけない。そして、本来は祝福されるべき生命が、あなた自身の意志で消え去る罪を、生涯背負い続けなければならない。

これから私が行う手術は、優生保護法に基づく正当な医療行為ではあるけれども、私自身はその法律が正しいものであるとは思っていない。なぜならば――。

「この部分をよく読んで下さい」

女医はそう言って診察室から出て行ってしまった。

私は托された法律書の、赤線で囲まれた条文を読んだ。

優生保護法とは、優生上の見地から不良な子孫の出生を防止するとともに、母性の生命健康を保護するための法律であるらしい。「不良な子孫」というところに傍点が振ってあった。

この法律が不具合であることくらい、何日かしか大学に行っていない私にもわかった。真澄の体内に宿っている命は、「不良な子孫」と決めつけられて殺される。不良はそんなことをする親のほうである。

古い医院の診察室に冷房はなく、天井から吊り下がる扇風機の大きな翼が、ゆったり

と回っているだけだった。開け放たれた窓の外は常緑樹の厚い繁《しげ》みで、風のかわりに油《あぶら》蟬《ぜみ》の声が吹きこんでいた。それらの耐えがたいものすべてが、私に反省を促しているように思えた。

「優生」という言葉には、真澄のこれからの人生、という意味も含まれるのだろうか。もしそういう解釈だとするなら、あらゆる法律は、あらゆる悪意によって援用することが可能だと思った。

あれこれ思い悩んでいるうちに、医師が戻ってきた。べつだん何の用事があったわけでもなく、この若い不良の父親に物を考える時間を与えたのだろう。

「わかりましたね」

医師は眼鏡の奥の目を、きっかりと私に据えた。

「はい、わかりました」

なるたけ神妙に答えた。医院を訪れたときから、肚《はら》を括《くく》って真澄の恋人になったつもりでいたのだが、ことここに至っては無実の罪の理不尽を声高に叫びたかった。

同意する旨を重ねて訊ねられたあと、書類に判を捺《お》した。家族の姓をこんなふうに使うのは、ずいぶん不孝な話だと思った。なにしろ不孝な事実に、虚偽の上塗りをしているのだ。友情と男気の大安売りだった。

真澄は二階の病室に入っていた。もっと簡単にすむと思っていたのに、ことはどんどん重みを増していった。

むごいことに、病室にはすでに祝福をされたか、ほどなく祝福をされる母親が何人も寝ていた。彼女らは胡乱《うろん》な目付きで私を見た。

「ごめんね、ゆうちゃん」

真澄は声をひそめて詫びた。いつもの小生意気な、鼻持ちならぬプライドのかけらもなかった。まるで別人のように小さく見えた。

カーテンを引いて母親たちの視線を遮り、ベッドに並んで座った。常緑の木々は二階の窓まで葉を拡げていて、油蟬の声は診察室よりも近かった。

「葉山で二泊三日」

私は犯罪計画を確かめでもするように言った。真澄の家はやかましいわけではなかったが、何日も家を空けるからには相応のアリバイ工作が必要だった。

私はその朝、車で真澄を迎えに行き、娘とうりふたつの母親に愛嬌をふりまいて、葉山には行かずに産婦人科の医院に来たのだった。

「ごめんね、ゆうちゃん」

真澄はもういちど詫びた。聞きたくもなかったうえに、涙声が思いがけなく大きかった。私は真澄の唇を掌で塞《ふさ》いだ。すると真澄は、いきなり私の首にかじりつくようにしてベッドに押し倒した。

「どうせなら、キスしてよ」

耳元でたしかにそう言った。私たちはあたりを憚《はばか》りながらつかのま唇を重ねた。ほんの一瞬、のしかかった真澄の体の中にある命を感じた。たとえ誰の子供であれ、どのような経緯があったにせよ、たった三ヵ月の生命が不良であるはずはなかった。

もし真澄が、子供を殺すための仮の父親ではなく、ともに生きるダディになってほしいと懇願したならば、私はどう答えただろう。とうていありえぬ話ではあるけれど、私はそののち長い間、折に触れてそんなことを考えた。

長い夏が終わっても、私たちの生活には変わりがなかった。

学園闘争は明らかに終熄《しゅうそく》に向かっていたが、機動隊を導入してロックアウトを強制排除した他校から敗残兵が流れてきて、私たちの大学を最後の牙城にしているという話だった。言われてみればたしかに、ロックアウトは以前にもまして強固になっているように見えた。

このままの状態がしばらく続けば、うちの大学の卒業生だけがまともな就職をできなくなる、という噂《うわさ》が実《まこと》しやかに流れた。あらかたの大学で授業が再開されているのだから、その噂には現実的な信憑性《しんぴょうせい》があった。

そこでようやく、学生同士の対話集会なるものが開かれた。法や権力に頼らず、話し合いで事態が収拾できたなら、大学は自治を全うしたと評価される。集会は世間の注目を集め、経過はまるで緩慢なスポーツのように、連日新聞に掲載された。

そうした報道は大学側に有利だった。一般学生が事態の当事者として集まるからである。対話集会に参加することを拒む権威は、さすがに誰も持ち合わせず、やがて中庭の集会など余所事《よそごと》のように、校内のあちこちで授業やゼミが始められた。

そんな秋の日の夕まぐれ、真澄と絵画館前の並木道を歩いた。あの輝かしい黄金色には程遠かったが、銀杏《いちょう》の葉はほんのりと染まっていたように思う。

秋になればいくどとなくその道を歩くのが、高校生のころからの二人のならわしだった。恋人でもないのに、私と真澄にはいつも目的がなかった。

「ニューヨークに帰るわ」

真澄は唐突に言った。「帰る」という言い方が気に入らず、私は聞き返した。それでも真澄は、「帰るわ」と言い切った。

父親が年内に単身赴任する。こっちの大学も先が見えないから、とりあえず休学して、できれば向こうの大学に行きたいと思う。

「ま、そりゃそれでかまわねえけどな」

私はベンチに座って煙草をつけ、真澄はペーブメントに屈《かが》みこんで、気の早い落葉をつまんだ。

枝から散り落ちても、けっして朽葉色《くちばいろ》に錆《さ》びたりしない銀杏の葉は、私たちの東京にふさわしかった。ここがふるさとだと言い張れる場所は、もう青山の絵画館前のそこしか残っていないような気がした。

真澄はそのひとひらを胸に抱いたきり、忽然《こつぜん》と姿をくらましてしまった。


「よう、生きてたか」

学生食堂の隅の席で食事をしていると、向かいに体育会の学生服が座ってトレイをぶつけてきた。

とっさには誰だかわからなかった。高校の先輩の勧誘ではなく、レスリングに身を入れ始めた梶だとわかって、ほっと胸を撫でおろした。

「何だ、おまえ」

と、私は友人の変わりように目を瞠《みは》った。

「おまえこそ、何だよ」

梶はテーブルに拡げられた教科書とノートを、呆《あき》れ顔で見つめた。

真澄がいなくなると、私たちはちりぢりになってしまった。いや、真澄のせいではあるまい。ロックアウトが解除され、授業が再開されると、それまで何者かわからなかった私たちはようやく大学生になったのだった。

「部活はシカトするって言ってたじゃねえか」

「しょうがねえだろ。レスリングを続けるって条件で推薦をもらったんだ」

「聞いてねえな」

「言わなくたってわかるだろ。俺よりもバカだな、おまえ」

梶は胸前に左腕を吊って、学生服を羽織っていた。髪は高校時代と同じくりくりの坊主頭に刈られており、頸《くび》はひと回り太くなったように見えた。

「大学が始まったと思ったら、監督と先輩が家まで迎えに来やんの」

梶は大盛のカレーライスを猫のように食いながら言った。片手で扱いかねている牛乳瓶の蓋を開けてやった。

「噂には聞いてたけど、信じられねえぞ。こないだなんて、コーヒー牛乳を飲んでたらぶん殴られた。白を飲め、だとよ。コーヒー牛乳は牛乳のカスで作るから栄養がねえって、そんな小学生みてえな理屈で後輩を殴るか」

「それもかよ」

と、私は箸の先を梶の腕に向けた。

「いや、これはゲバ棒でやられた。名誉の負傷だ。そんなことより、ギプスを嵌《は》めたまんまブリッジやらせるって、そっちのほうがよっぽど参るぜ」

久しぶりに会ったとたん愚痴をこぼすのは、よほどしごかれているのだろう。再開された半地下の学生食堂はひどく混雑していた。

「学ラン、何とかならねえんか」

「おまわりの制服みたいなもんだ。迷惑かよ」

「迷惑だね。おまえらの仲間だと思われたら、俺が追っかけ回されるかもしれねえ」

「つれねえこと言うなよ、ゆうちゃん。俺たちがあいつらを追い出して、バリケードまで片付けたんだぜ。そのおかげでおまえも、こうやって飯食いながら勉強してられるんじゃねえか」

「誰も頼んでねえよ」

梶はムッと顔をしかめたが、じきに彼らしく穏やかな口調で説明を加えた。高校時代にはインターハイの常連だった梶は、性格が大ざっぱなわりにはどこか大人びていて、人あしらいがうまかった。

もうじき始まる入試にも、体育会は総動員されるらしい。けっして大学側の要請ではなく、自主的に秩序の回復をめざしているのだと梶は力説した。ノンポリ学生としては有難い話だが、梶が自己主張をすればするほど、胡散《うさん》くさく思えてきた。

「おまえ、右翼かよ」

「右も左もねえだろ。体育会ってのは昔からそんなもんだ。大学の看板で試合をやってるんだから」

「たしかに右も左もねえよな。おまえの話はアジ演説と同じに聞こえる」

それ以上の議論にはならなかった。へたに言い争えば、高校時代からの親友をまたひとり失うからだった。

いったいにあのころの若者たちは、親和のために言を翻したり、頭を下げたりはしなかった。「ごめんね」は禁句だった。だからほんのささいな行きちがいから、友人を失うことがしばしばだった。

半地下の窓辺に片肘をついて、小さく切り取られた冬空を見上げた。この食堂から出れば、私たちは二度と再び言葉をかわさないだろうと思った。キャンパスの平和は付属高校から持ち上がったお気楽な仲間たちを、思いがけなくばらばらにしてしまっていた。

私と梶はしばらくの間、友人たちの消息について、たがいが知る限りを伝え合った。

家が破産したり、恋人ができたり、アルバイトに精を出したりと道はそれぞれだったが、誰もがいくらか大人になって新たな世界に踏み出していた。学園闘争の終焉《しゅうえん》は私たちにとって、実にそうしたものだったのだ。

「そう言やァ、こないだ真澄と会ったぜ」

ふと思いついたように梶は言った。

「へえ。正月休みで帰ってきたんか」

「いや、そうじゃなくって――まあいいやな、どうでも」

口に出しておきながら、梶は話題をはぐらかそうとした。

「何で電話の一本もよこさねえんだろう。水くせえやつだな」

「まあ、聞かなかったことにしてくれ。こっちから電話するなよ」

「どうして」

梶は失言を悔いるように舌打ちをした。

真澄のやつ、「ゆうちゃん元気?」って何度も訊《き》いてたぜ。

ふつうに話をしながら、思いついたみてえに「ゆうちゃん、元気？」っていちいち訊くから、そのうち気が付いたんだ。こいつ、おかしくなったな、って。

腕をやられたとき、何日か入院した。やかましい病院でよ、消灯後に煙草が喫いたくなったら、いちいち一階の喫煙所まで行かなきゃならねえ。そこでバッタリ真澄に出くわしたんだ。

まさかと思ったぜ。パジャマの上から赤い毛布を着てな、自動販売機の灯りのかげんで長い髪が真白に見えたから、婆さんの幽霊じゃねえかと思ってぞっとした。こう、背中を丸めて、スパスパとせわしなく煙草を吹かしてるんだ。

俺が少し離れた場所に座ったら、こっちを向いて、べつだん驚くでもなくニヤッと笑った。婆さんの幽霊のほうがまだしもマシだぜ。

「おまえ、どうしたの」と訊いたら、「うん、ちょっとね」と答えた。何の病気かは知らねえけど、ちょっとやそっとのことじゃねえことぐらいは一目でわかったよ。だから俺は、自分の怪我《けが》のことや大学の様子や、ともかく当たり障りのない話をした。でも、真澄のやつ、まるで上の空なんだ。煙草をたて続けに何本も喫って、「ゆうちゃん、元気？」って十回も訊いた。

どう考えたって頭が変になるようなやつじゃねえよな。たぶんアメリカで、覚醒剤だか妙なドラッグだかに嵌まったんじゃねえんか。

そのときは俺もあんまりビックリしたもんだから、わけがわからなかった。ただ、真澄が壊れちまったと思っただけさ。

　喫煙所は寒くって、俺たちはずっと震えていた。けど、真澄のチェーン・スモークは止まらねえんだ。まさかほっぽらかして病室に戻るわけにもいかねえしな。

　まるで骨と皮だぜ。いったい何をすりゃあ、人間があんなふうに様変わりするんだろう。友だちがいがないかも知れねえけど、俺は何も訊かなかった。正直言って、かかわりあいになりたくなかった。

　そんな顔するなよ。おまえだってあの場所に居合わせたら、同じことを考えたと思うぜ。

　そうこうするうちに、看護婦が探しにきた。高校のクラスメートだと言うと、看護婦は俺の顔をしげしげと見つめて、「面会はできませんからね」と、釘《くぎ》を刺すみたいに言った。

　意味がよくわからなかった。面会も何も、同じ病棟の六階と三階に入院していて、喫煙所で出くわしただけじゃねえの。

　あとになって気付いたんだけどな、看護婦はきっと、「お友だちには言いっこなしよ」と言ったつもりだったんだと思う。

　一緒にエレベーターに乗った。三階の精神科病棟は、ボタンを押しても止まらないようになっているんだ。看護婦は鍵を差し込んで三階のランプをつけた。

「六階ですね」

と、看護婦は俺のギプスをちらりと見て、ボタンを押してくれた。夜の十時か十一時か、ともかく病院は寝静まっていた。

ふだんは止まることがない三階のドアが開いたとき、俺はギョッとした。エレベーターの外に、蛇腹の柵が付いていたんだ。ほら、昔のデパートのエレベーターみたいな、鉄の扉がよ。

看護婦が「すいませーん」と呼ぶと、ナースステーションからべつの看護婦が出てきて、その蛇腹の柵を外側から開けた。

「梶くん――」

真澄は振り返って言った。

「ゆうちゃんに会いたいよ」

二人の看護婦は俺を見つめて、示し合わせたみたいに顎を振った。

「お願いよ、梶くん。ゆうちゃんに会いたいよ」

俺は看護婦に目配せを返してから、「わかったよ」と答えた。真澄が同じことばかり言って、おふくろや看護婦たちを困らせていると思ったからだ。

どうする、おまえ。

これればかりは黙っていようと思ったんだけど、話の流れでしゃべっちまった。もっとも、俺はああせえこうせえ言う筋合いじゃねえよな。あとはおまえが考えることさ。

俺たちはみんなうすうす勘づいていたんだ。何だかんだ言いながら、真澄はおまえに惚れてるんじゃねえかって。そのおまえが、あの百合子って女にぞっこんなもんだから、アメリカに行っちまったんじゃねえかって。

もし正解だとしたら、切ねえ話だよな。おまえのことが忘れられずに、薬に溺れて、くっせえ外人の悪ガキどもにぶっ壊されて――。


「もうやめろよ」

私は半地下の冬空をぼんやりと見上げながら、梶の声を封じた。

「あっちで何があったかは知らねえけど、俺のせいじゃねえだろ」

もし体が不自由でさえなかったら、梶は私の胸ぐらを摑《つか》み上げていたと思う。かわりに梶は、いかにも見損なったというふうな蔑みのこもった声で、「つめてえな、ゆうちゃん」と言った。

四角い空から雪が舞い下りてきた。

「法学部の入試当日は、きまって雪が降るんだとよ。知ってっか」

私が話頭を転じると、梶はトレイを片手で持って席を立った。

「知らねえよ」

冷ややかに答えて、梶は行ってしまった。


ほどなく百合子と別れた。

もしかしたら梶と会ったその晩か、翌日の晩だったかもしれない。

夕方から降り始めた大雪のせいで国電のダイヤがひどく乱れ、東中野の駅に着いたのは門限に近い時刻だった。

新宿からはわずか二駅なのに、プラットホームは一本きりで、いつも閑散としていた。まるで東京のめくるめく繁栄から、そこだけ取り残されたような駅だった。副都心の高層ビルはまぼろしのように雪に煙っていた。

最後の一夜は、いつに変わりなく過ぎた。だから百合子は、私がいきなり別れの文句を口にしたとき、しばらくは冗談だと思って笑っていた。

半年を共に過ごしても、愛情が錆びたわけではなかった。ただ、私にはかつてそれほど長続きした恋愛はなく、このままもうしばらく時が経てば、結婚までは漕《こ》ぎつけぬにせよ、何かしら未知の制約が課せられるように思えた。

早い話が、そろそろ潮時だった。

人生を踏みたがえるほど私を愛したかもしれない真澄に対して、まさか責任を感じたわけではない。そのこととまんざら無関係ではあるまいが、百合子とのがんじがらめの恋愛に終止符を打つ、きっかけになったのはたしかだった。

百合子はおよそ考えうる限りの、完全な女だった。昭和四十五年という華やかな時代から、ちょうど十年も時計を巻き戻してもしたかのような彼女の環境とその容姿と性格は、それゆえに完全だった。つまり、そのわずかな歴史の向こうに、私たちが置き去ってきた美徳のすべてを、百合子は持っていた。

私の家族が気に入るのも当たり前だ。百合子を褒めちぎる家族に嫉妬していた私は、次第に百合子そのものに嫉妬するようになっていた。愛情とはべつに、その完全さを嫉妬していた。そうなると、ちょっとした考え方の齟齬《そご》が、まったく我慢のならないものに思えてきた。

百合子は落ち着いていた。ひとけのないプラットホームの、湿った木製のベンチに腰をおろして、私たちは黙りこくった。

別れる理由について百合子はあれこれと思いめぐらしたのだろうが、けっして「どうして」とは言わなかった。

しかし、訊ねないからといって何も言わないわけにはいかない。そこで私は自分から、「世界観がちがうんだ」というようなことを言った。

「分不相応っていうことですか」

それならそれでいいと思った。当たらずとも外れてはいない。ただし分不相応なのは百合子ではなく、私のほうだった。百合子の完全さは、私の手に余っていた。

雪の帳《とばり》の向こう側を、オレンジ色の快速電車が過ぎて行った。

百合子は深く俯いたまま、汗のような涙を膝頭にぽとぽとと落とした。声はなく、なぜか顔を被おうともせず、瞼《まぶた》を拭おうともしなかった。

それからふと、刃物でも抜くように言った。

「私、死ぬわ」

ひやりとして思わず腕を摑んだ。ちょうど下りの電車がホームに入ってきたところだった。

百合子は私の指をやさしくほどき、ミトンの手袋を嵌めた手首を返して時計を見た。門限はいくらか回っていた。

私は下りの電車に乗った。ドアのほとりで、百合子は私の首を抱き寄せた。

「ありがとう、ゆうちゃん」

囁きながら、唇が耳朶《じだ》を噛んだ。短い髪は雪を吸って、工場の甘い香りを立ち昇らせていた。

百合子は泣くでも微笑《ほほえ》むでもなく、じっとドアの向こうに佇《たたず》んで電車を見送った。その姿が流れ去る一瞬、私は怖気《おぞけ》をふるった。

あいつは、けっして嘘をつかない。

11

闇の中で目覚めた。

小鳥の囀《さえず》りは朝を告げているのに、厚いカーテンか閉《た》てきった雨戸かが、壁のように光を拒んでいた。寝室にはほかの小灯りもなかった。

黒く温かな水の上を、行方も知れずに漂っているような気がした。

柔らかな枕にも、羽根蒲団にも女の匂いが沁《し》みついていた。暖炉端で慣れぬ酒に酔い、記憶の淵《ふち》に引きずりこまれた。それからのことは覚えていなかった。

百合子を抱く夢を見た。あれから多くの恋をし、多くの女を知ったが、夢の中で求める体は百合子だけだった。

酒が残っているのか、それとも昨夜の降霊術がよほど身に応えたのか、目が覚めてからも手足に力が戻らず、長いこと死人のように闇に浮かんでいた。

潮時、という身勝手この上ない理由で、私は百合子を捨てた。けっして愛情が冷めたわけではなかったが、十九歳の私には獰猛《どうもう》な漁色《りょうしょく》の本能があって、ひとりの女にこれほど心奪われる自分を怖れていた。

むろん百合子には何の罪もなく、何の落度もなかった。すべては私が考え、私が決めたことだった。いや、実のところは大して考えもせず、決心というほどの覚悟もなかった。愛情のもたらす精神と肉体の不自由に耐えがたくなった私は、あの晩まるで反吐《へど》でも吐くように、別れの言葉を口にしたのだった。

不実で、贅沢な話だ。幸福を享受していながら、その状態がほかの幸福を獲得する権利を放棄することだと考えて、私は百合子を捨てた。

戦後復興のエネルギーは驚異的な経済成長に引き継がれ、私たちは天から降り落ちてくる幸福を、まるで自然の陽光か慈雨のように浴びて育った。むろん中には、山野井清や小田桐百合子のように不幸な境遇の子らもいたが、あの時代の彼らは格別のマイノリティーだった。

多くの若者たちは、職場を望めば選ぶほど与えられ、学歴を望めば努力次第でやはり公平に与えられ、しかも国家が復興したわりには復活しなかった道徳観のおかげで、すこぶる自由だった。学生運動家もノンポリもフーテン族も、そうした時代を背景とした、人類史上最も幸福な若者たちだった。

だからあのころの私は、恋愛という幸福をみずから捨てることが、不実だとも贅沢だとも思ってはいなかった。その幸福を甘受することでほかの可能性を失いたくはなかった。

「潮時」という非情な言葉にあえて説明を加えれば、そんなところだろうか。

少しも目が慣れぬ真の闇の中を、私は眠るでも覚めるでもなく漂い続けた。やがて鳥の囀りは間引かれるように減って、かわりに屋根の上を枯葉の転がる音が聞こえ始めた。梓のベッドは温《ぬく》もっているが、外は寒いのだろう。

――私、死ぬわ。

雪のプラットホームで、百合子はきっぱりと言った。恋人の翻心《ほんしん》を責めず、理由も訊かなかった。

消息はそれきり絶えた。同じ大学の二部を志望していたはずだが、姿もついぞ見かけず、噂にも聞かなかった。

　百合子は跡形もなく消えた。


　午《ひる》近くになってようやく寝床を出ると、梓の家は夢の続きのような霧の中だった。

　誂《あつら》えてくれた食事を摂《と》りながら、さしあたって私が考えねばならぬのは、昨夜の抱擁が夢であったのか、それとも夢見ごこちの現《うつつ》であったのかということだが、梓の物言い物腰からは何も窺い知れなかった。

「さっき、ミセス・ジョーンズからお電話をいただいて、早い時間にお越し願えませんか、と」

　私に予定はなく、むしろ有難い申し出なのだが、明るいうちに霊を呼ぶことなどできるのだろうか。

「この霧ですから」

　と梓は答えた。

　視線を追って振り返れば、庭先の木々も霞《かす》むほどの霧だった。

「あれこれ思い悩んでいるより、そのほうがいいでしょうし」

　私の心の中を見透かすように、梓は言った。

「そうだね。忘れていたことを思い出すのはつらいよ」

　梓は小首をかしげ、私を責めるように言った。

「つらい思いをなさったのは、あなたばかりじゃないわ」

それから私たちは、白昼の闇をたぐるようにしてミセス・ジョーンズの家に向かった。あたりは鳥の声も絶えて、枯葉を踏む足音さえくぐもって聞こえた。


ミセス・ジョーンズは薔薇《ばら》のアーチの下に蹲《うずくま》って、花びらを摘んでいた。いくらか耳が遠いのだろうか、梓に二度呼ばれてようやく顔をもたげ、レインコートのフードを脱いで私たちに微笑み返した。薔薇垣は霧の中でも、輝くほどの赤や白や黄色の花を咲かせていた。

「ご無理を申し上げたかしら」

老眼鏡をかしげ、愛嬌のある上目づかいでミセス・ジョーンズは言った。

「朝方から、あなたがとてもお悩みになってらっしゃるのがわかりましたの。だったら早いほうがよろしいかと思って」

そう言ったとたん、ミセス・ジョーンズは小さな悲鳴を上げて口を押さえた。手にしたバスケットから、薔薇の花びらが飛び散るほどの驚きようだった。

視線は私の背のうしろに向けられていた。ひやりとして振り返ったが、霧に巻かれた森のあるばかりだった。

私は見えざるものを見きわめようと目を凝らした。

百合子がついて来ている。ミセス・ジョーンズにはその姿が見えている。

「私はわかっていたんですけど」

　霧を見つめながら、梓が震える声で呟いた。どうやら特別の能力を持つ彼女たちにとっても、霊魂はさほど親しいものではないらしかった。突然に現れれば、やはり驚き、恐怖するのである。

　きのう、暗闇の中で私が抱いた体は、夢でも現でもない百合子の魂だったのだろうか。

「死んでも肉体は滅びないのですか」

　私は改めてミセス・ジョーンズに訊ねた。霧の中に目を据えたまま、彼女は叱るように答えた。

「魂の前で、そんな悲しいことをおっしゃってはなりません」

　それからミセス・ジョーンズは、あわただしい声でメアリーの名を呼んだ。

　きのうのように悠長な挨拶や対話はなかった。魂は招くまでもなくそこにいて、降霊会はすでに始まっているからだった。私たちは丸テーブルを囲んで、それぞれがきのうと同じ席についた。

　アール窓の外は、立木の影がぼんやりと映るほどの厚い霧に被われていた。メアリーが卓上の灯りをともすと、緋赤《ひあか》に染まった降霊会の光景が、幻灯のようにミルク色の窓に映し出された。

　ミセス・ジョーンズは私の背のうしろを見つめていた。梓は顔をそむけ、ティーポットを傾けるメアリーには何も見えていないようだった。

大叔母とメアリーは少しの間やりとりをした。

お茶をもうひとつ。

え、お客様がもうひとりいらっしゃるの？

いいえ。もうおいでになってるのよ。

と、たぶんそうした会話だった。メアリーは不安げな顔で席を立った。

「ひとつだけ教えて下さい」

私は霊の声を待ちきれずに訊ねた。

「生きていますか、死んでいますか」

昨夜は死霊ばかりではなく、生霊《いきりょう》も現れた。私を苦しめ続けてきたのは、百合子の別れの言葉に嘘がなかったか、それとも私の不実に対するせめてもの抗いに過ぎなかったのか、ということだった。「私、死ぬわ」という百合子の一言は、ずっと私を呪い続けていた。

ミセス・ジョーンズは悲しげな目で私を見た。

「残念ですが、亡くなられておいでです。それも、だいぶ昔に。お気の毒ですね。トゥー・ヤング」

私は落胆した。ミセス・ジョーンズは労《いたわ》るように続けた。

「彼女はとても悲しんでおいでですよ。でも、何をあなたにおっしゃりたいのか、わたくしにはまだわかりません。もしかしたら、あなたの魂を救済するどころか、苦しめることになるかもしれませんね。さて、どういたしましょうか。あなたが彼女との対話をお望みにならないのなら、切のうございますけれど、霊魂にはお帰りいただきますが」

いいえ、と私は考えるまでもなく答えた。ミセス・ジョーンズの提案に従えば、百合子を二度捨てるような気がした。

「男の人は、みなさま同じですわね。このようなケースは、よくございますのよ。勇気があるのか、それとも臆病なのか、私にはいまだによくわかりませんけど」

メアリーがティーカップと菓子を運んできた。二人はふたたび英語のやりとりをかわした。

どこに置くの？

そうね。あなたと彼の間がいいわ。

椅子は？

それは不要です。腰かけねばならないほどの重たい体はお持ちじゃないから。

「ああ、そうそう――」

と、ミセス・ジョーンズは私に向き直って言った。

「さきほどのご質問にお答えしておりませんでした」

「いえ。亡くなっていると」

「そうじゃないわ。死んでも肉体は滅びないのか、というご質問です。もちろん肉体は消えてなくなります。地の底で腐り果てるか、炎に焼かれるかして」

「でも、あなたや梓さんには見えている」

私はうしろを振り返った。やはり私の目には霊魂の気配すらも映らなかった。古い山荘の居間は何ごともなく静まり返って、暖炉にはころあいの炎が燃えており、ロッキング・チェアの上には読みさしの書物が伏せられていた。

「私はこう思うの――」

梓がかわって答えた。

「肉体のない霊魂は肉体の目には映らないのよ。でも、中には肉体の目ではない、心の目を持つ人がいて、そういう目にだけは肉体を持たない霊魂の姿が見えるの」

正しくは彼女たちにも見えているのではなく、見えるがごとく具体的に感じ取れるのだろう。

私は梓に訊ねた。

「君は、いつからわかっていたの」

「ごめんなさい」と、梓は詫びた。

「あなたが寝室から出てらしたとき、すぐうしろからついてきたの。あんまりはっきりしていたから、私が食事の仕度をしている間に、お嬢様か、もしかしたら若い恋人でも呼んだのかな、って」

「まさかね」

「でも、すぐにこの世の人ではないとわかりました。お伝えしたほうがいいのかなって思ったけど、もし腹を立てられたら私にはどうすることもできませんから」

「僕は腹を立てたりしないよ」

「いえ、そちらが――」

　梓は血の気の引いた顔を、私の背後のやや高い場所に向けた。

「やはり思った通りですわ」

　と、ミセス・ジョーンズが紅茶をかきまぜながら言った。

「きのうのコンタクトが終わったとき、あなたにはもうひとつ大きなお悩みがあると気付きましたのよ。だから明日また、とお誘いいたしましたの。あなたは一晩中ずっとお考えになって、魂を呼び寄せてしまったのです。わたくしにはそれもわかりましたから、できるだけ早くお越しになるよう、梓さんにご連絡をさし上げました」

　部屋の中を、湿ったすきま風が渡った。メアリーが霊の佇むあたりをすり抜けるようにして暖炉に寄り、薪を焼《く》べ直した。樅《もみ》の木を加えたのだろうか、炎は音を立てて爆《は》ぜ、メアリーが小さな悲鳴を上げた。

「メアリー、カム・ヒァー」

　ミセス・ジョーンズが厳しい声で呼んだ。

「魂は少し怒ってらっしゃるようです。きちんとお招きしましょう」

　ちがうと思った。百合子は温厚で寛容で、けっして怒らなかった。どれほど正当な憤りでも、それを声にしたり顔に表したりするのは醜いことだと信じてでもいるかのように。

降霊会の輪が繋がれた。ミセス・ジョーンズは赤い紅をさした唇だけで聖言を唱えた。

「あなたは、きのうの晩からご一緒の方がどなたなのか、もうご存じなのですね。お名前をお教え下さい」

暖炉の炎は爆ぜ続けていた。私はミセス・ジョーンズの瞳をまっすぐに見つめて、長いこと口にはしなかったが、かたときも忘れてはいなかった恋人の名を告げた。

「小田桐百合子。私はきのう一晩、彼女を抱きしめていました」

とたんに、暖炉の火が大きな音を立てて爆ぜた。

「大丈夫です。みなさま手を放さないで。コンタクトはもう始まっています」

ミセス・ジョーンズは梓とメアリーの手をきつく握り寄せた。

ちがう。百合子は怒らない。恋人のどんなわがままにも微笑を返した。私はうろたえて訊ねた。

「髪の短い――」

ノー、とミセス・ジョーンズが私の声を遮った。

「長い髪の娘さんです。あなたが一晩を共になさったのは、百合子さんではありません」

12

あんまりだよ、ゆうちゃん。

きのう一晩中、あなたが抱きしめていたのはあの子じゃない。百合子なんかじゃない。とても幸せだったのに。やっぱりゆうちゃんは私が好きだったんだって、そう思っただけでつらいことも悲しいことも、みんな消えてなくなったのに。

あなたにつきまとうつもりなんてなかった。でもゆうちゃんは、何だか上の空だったから、もしやと思ってここまでついてきたのよ。そしたら――。

小田桐百合子。そんな名前、聞きたくもなかったわ。私をあの子だと思って抱いていたなんて、ひどすぎる。

わかってくれたんなら、それでいいの。私ね、そこいらのダサい女みたいに、好いた惚れたでうじうじするのなんて大嫌い。

ゆうちゃんに会えて、とても嬉《うれ》しい。すっかりおっさんになっちゃったけど、こうして見ていると、やっぱり昔のまんまだよ。キザでミエっぱりで、何かっていうとすぐプイと臍《へそ》を曲げる、あのころのまんま。

もういっぺんあなたと話ができるなんて、夢みたい。ここがどこなのか、どういうことなのかはわからないけど、知らない人の口を借りて、みなさんにお礼を言わなきゃ。ありがとうございます。

ねえ、ゆうちゃん。あなたには言っておきたかったことがたくさんあるの。恨みつらみなんかじゃないわよ。そんなもの、これっぽっちもあるものですか。

でも、死んじゃったんだから、もう口はきけない。それに、あなたは私のことを好きじゃなかったし、思い出してもくれなかった。ちょっと水くさいとは思うけど、悪いのは私のほうなんだから仕方ないわ。

きのうの晩、ゆうちゃんの声が聞こえたの。遠い闇の先から、「真澄、真澄」って。まっしぐらに声をめざして走った。そして、あなたの胸に飛びこんだのよ。

あなたが私だと思わなくたってかまやしないわ。私を抱きしめてくれたのは、ゆうちゃんなんだから。

ずっとあなたが好きだった。あなたひとりだけが。

そんな顔しないで。今さら嘘をついたって始まらない。

ボタンのかけちがい、っていうのかな。高校に入ったとたん妙に気が合っちゃって、いきなり仲良くなりすぎた。三年間ずっとクラスも同じだったし、席も隣どうしか斜め横だった。

いつも一緒に遊んでた。私とゆうちゃんがいなけりゃ、何も始まらなかった。でも、二人きりになったことなんて、あまりなかったと思う。

一度だけ映画を観に行ったわ。何にしようかって、日比谷の交叉点で意見が分かれて、私は洋画のロードショー、あなたはヤクザ映画。ジャンケンを五回戦。あなたが勝って、「緋牡丹博徒《ひぼたんばくと》」を見た。ゆうちゃんと一緒ならどっちでもよかったんだけど。でも私たちは友だちだったから、「どっちでもいい」なんて言えなかった。それって、恋人のセリフだもの。

チークも踊ったことはなかった。いつも並んでステップを踏んでいるだけ。

歩きながらときどき肩を抱いてくれたけど、あなたは友だちになら男でも女でも、同じことをした。それでも私は嬉しかった。あなたに肩を抱かれたとき、腰に手を回したのは私だけ。

秋になると、青山の絵画館に続く銀杏並木を二人きりで歩いたね。どうしてだろう。どっちが誘うでもなく、そろそろ真ッ黄色だろうって、秘密のデートをした。高校に入った年から、別れるまでずっと。

歩きながら初めて肩を抱き寄せられたときは、びっくりしたわ。何ておませな人だろうって。それくらいさりげなかったから。だから私も、さりげなくあなたの腰に手を回した。

私たち、そういう友だちだった。恋人なら、きっと手を繋ぐはずね。誰の目にも恋人同士に見えたんでしょうけど、私たちは友だちだった。おたがい二言目には、確かめ合うように言った。

「マブダチじゃねえか」

「マブダチよ、ゆうちゃん」

でも私は、心の底からあなたを愛していた。もう、どうしていいかわからないくらい。別れたあとは、いつも歩きながら泣いた。ボタンを初めからかけちがえていたんだから、仕方ないわ。それでも、いつかおたがいくたびれ果てて、一番居ごこちのいい人と一緒になるんじゃないかって思っていた。きっと、それが私とあなたの運命なんだろうって。好きになさい、ゆうちゃん。私も好きにするから。そして、踊り疲れたなら一緒に帰ればいい。

そうはならなかった。私ひとりが踊り疲れちゃった。

最後のデートも、青山の銀杏並木だったわね。真ッ黄色にはまだ早かったけれど、私から誘った。家に電話をして、「ねえゆうちゃん、久しぶりにデートしようよ」って。

どれくらい勇気の要ることだったか。大学のそばの電話ボックスで何度もためらって、カッコ悪いなと思いながら、ようやくダイヤルを回した。おかあさんがあなたを呼ぶ間にも、電話を切ろうとした。もし「きょうは先口《せんくち》がある」なんて言われたら、自分がふつうでいられるはずはなかったから。

電話に出たあなたは、「オーケー、いいよ」と言ってくれた。それから六本木の「ハニービー」に行って、約束の時間まで考え続けた。

別れの言葉。もうこれっきり二度と会わなくてもいいような、そしていつか、あなたが私の本心に気付いてくれるような名文句を。

思いつくのは、ジョン・レノンの詩のあれこれだけよ。とても日本語には訳せなかった。

五分ごとに時計を見たわ。その時間になったら核戦争が始まって、地球が滅亡するみたいな気分だった。

別れの言葉が思いつかないうちに、とても悲しくなって涙が出た。マスターがびっくりして訊ねた。「真澄ちゃん、何かあったの」って。

ハニービーのマスターは私たちが高校生のころからの付き合い。「未成年だなんて知らんからな」というのが口癖だった。

「何でもないよ。おやじの仕事の都合で、ニューヨークに行くことになったの。それで、サヨナラ・パーティをやってもらおうと思ったらね、ロックアウトが解除されたから、みんなそれどころじゃないって。ゆうちゃんだけ来てくれるってさ。それって、あんまりじゃない？」

マスターは苦笑いをした。

「ゆうちゃんだけでいいんじゃないかね」

ちょっと驚いたわ。マスターはお見通しだったのかしらって。でも、私とゆうちゃんは仲が良すぎて、いつもくっついていたから、恋人同士に見えたのかもしれないとも思った。それはそれで嬉しい誤解だったけど。

「真澄ちゃん、生まれ育ちはあっちだったよな。それじゃあ、ニューヨークに行くんじゃなくて、帰るんだ。そう思や、淋《さび》しくも何ともないさ」

ニューヨークに帰る。このフレーズをいただこうと思った。そんな言い方をすれば、自分もみじめにならないですむ。ゆうちゃんに振られて日本を逃げ出すんじゃないわ。生まれ故郷に帰るだけ。

化粧室に行って、ポニーテールを思いきり高く結った。少し背《タッパ》は足らないけど、あの子には負けていないと思った。

商社マンの父は、ずっと日本とアメリカを行ったり来たりしていた。うちの大学が揉めているのを快く思っていなくて、あっちの学校に入り直したほうがよくはないかと言っていたの。ただでさえ父は、日本の私学を軽蔑していた。もっとも、うちに遊びに来る友だちが、ゆうちゃんや梶君や卓也なんだから、軽蔑されても当然だけどね。

アメリカの大学の新学期は九月なの。浪人したと思えば何のことはないって。中学まであっちで育ったから、問題は何もなかった。

父はとりあえず単身赴任。弟が高校を卒業したら母も来る。私が一足先に出発することに家族は誰も異論がなかった。北米担当のゼネラル・マネージャーに昇進した父には、アッパー・イーストのコンドミニアムが与えられて、メイドも運転手も付くの。

でも、私の目的はそんな優雅な暮らしじゃなかった。ゆうちゃんのいない世界に行くこと。

誰も知らない私の恋。仲間の誰も、もちろん邦子だってミッちゃんだって知らない。たぶん、あなただってこれっぽっちも気付いていない。だから、時間をあなたと出会う前まで巻き戻せば、すべては夢になると思った。

ゆうちゃんが来た。私の目の前に車を止めて、運転席から手招きをした。私はガラス越しに立ち上がって、しばらくマスターと立ち話をしてから店を出た。

恋人と出会った瞬間、男も女もだらしない笑顔になる。あれは犬が飼主に尻尾《しっぽ》を振るのと同じね。私がそんな顔をするもんですか。

「車が止められねえんだ」

「じゃあ、どこかで車止めようよ」

ナンパのときの、一番シンプルな会話ね。あなたはたぶん何度も、見知らぬ女に同じ言葉をかけ、私も行きずりの男に何度も同じ答えを返した。でもそのときは、まるで言った通り聞いた通り、ほかの意味なんて何もなかった。

ほんのりと黄色くなった銀杏並木に車を止めた。すっかり様変わりしてしまった東京の、そこだけが昔から変わらない、たったひとつの風景。

正面にはそれこそ絵に描いたみたいな絵画館のドームがあって、てっぺんまできっかりと揃えられた銀杏の並木が、青山通りからずっと続いているの。

どうしてあなたと私は、いつもあそこに行ったんだろう。学校からも家からも遠くて、何の目的も理由もないのに。

車を止めて、並木道をぶらぶらと歩いた。何百メートルか歩いて、信号を渡って、また向こう岸を歩いて。それもいつもと同じ。ちがうところは、「もうこれっきり」ということ。

「ニューヨークに帰るわ」

用意していた別れの言葉を口にした。あなたは驚いてもくれなかった。

私は異邦人だったのかもしれない。だから「帰るわ」は、すんなりと聞こえたのね。

「ま、そりゃそれでかまわねえけどな」

あなたらしい返事だった。東京の子は、たぶん世界一クールだと思う。義理人情なんて嘘っぱちで、これといったローカリズムも持ち合わせない。ひとりひとりが勝手に生きて、見端《みば》さえよければそれでいい。

「クール」は翻訳不可能な単語。でも、反意語は「野暮《やぼ》」でまちがいないわ。

そんなあなたに、あの子は似合わないと思っていた。私の知る限りのそれまでのお相手はともかくとして、あの子だけは。

ひとめ見たときから、異邦人だと思っていたわ。あなたがどうにかしたって、先が続くような子じゃないってね。だのにあなたは、首ったけになった。

そう。異邦人は私だったの。アメリカからぶらりとやってきて、いつかは帰る外国人。

珍しいから、みんなが遊んでくれた。

　そのことに気がついたら、あなたと肩を寄せてベンチに座れなくなった。だから歩道に屈みこんで、舞い落ちてくる落葉をつまんだ。

　口では何と言おうが、あなたは動揺していると思った。なあ真澄、ちょっとこいよ――そう言って私をベンチに引き寄せ、肩を抱いてくれるって。もしかしたら、もう一度キスしてくれるかもしれないって。

「やめろよ」はありえない。だったら、「さっさと帰ってこいよ」でも、「がんばれよ」でもよかった。そんな一言さえあれば、私はきれいさっぱりあなたを忘れたと思う。

　あなたは何も言ってくれなかった。


　ねえ、ゆうちゃん。

　私の身に何が起こったか、あなたは知らないでしょう。

　関係ねえだろ。あなたはそう言うに決まってる。たしかに関係ないわね。あなたを愛したのは私の勝手、責任なんてあるはずないもの。

　出発のときは邦子と梶君と、ほかにも何人か、あまり親しくない人まで見送りに来てくれた。あのころは外国がとても遠かったから、大勢の人が送り迎えをするのは当たり前だったわ。

　あなたとさよならしてから、一週間か十日。誰にも内緒にしていたのに、出発が近付くと家の電話は鳴りっ放し。でも、送別会は断った。

だからみんなで見送りに来てくれたのには驚いたわ。あなたがいなくてホッとした。ほんとよ。私、友だちの前で泣いたことなんてないもの。

ゲートを出て、飛行機まで歩いた。羽田の空は真青に澄み渡って、髪の毛がちぎれそうになるくらいの風が吹いていた。

ターミナルの屋上から、みんなが見送っていた。私の名前を呼ぶ声も聞こえた。タラップを昇って、機内に入る前に手を振り返すのはお定めごとだった。

ゆうちゃんはきっといる、と思った。面と向き合わなくても、どこかに隠れていて、最後は遠くから見送ってくれるはずだって。

恋人じゃなくても、マブダチだから。

私は目を凝らし、耳を欹《そばだ》てた。ここまでくれば、もう泣いたってカッコ悪くないわ。タラップの後がつかえて、スチュワーデスさんに言われるまで、私は立ちつくしていた。

あなたは来てくれなかった。

秋の土曜の午後。ゆうちゃんはすっかり色付いた絵画館前の並木道を、あの子と手を繋いで歩いていたのかもしれない。

13

流暢《りゅうちょう》な日本語でそこまで語ると、メアリー・ジョーンズは首の折れた人形のように俯いてしまった。葡萄《ぶどう》色の髪が顔を被った。

繋いだ掌は冷たい汗に濡れていた。

「何か思いちがいをなさっていたようですね」

ミセス・ジョーンズが悲しげな視線を向けた。私は答える言葉が思いつかずに肯いた。

「事情は存じ上げませんが、どうやら招かれざる客《アンインバイテッド・ゲスト》がお越しのようです。きのうのケースに似ていますけれど、さて、どういたしましょう」

メアリーが細く荒い息をつきながら、ゆらりゆらりと弧を描くように体を回し始めた。

「どういう方法があるのでしょうか」

真澄の霊魂は私にとって、まったく思いがけなかった。もちろんその霊魂の語った内容についても。

「日本の考え方では、死者は公平に仏様になりますね。でも、死者が正しくて、生きている私たちがまちがっているというものではないのです。あなたがこの霊魂を拒否するのなら、お帰りいただきますが」

いいえ、と私はミセス・ジョーンズの提案を否《いな》んだ。真澄の告白を聞いて、「関係ねえだろ」とはまさか言えない。

ミセス・ジョーンズが背にしたアール窓には、白い縞《しま》紋様を描いて霧が流れていた。

遥かな記憶は朧《おぼ》ろだが、思い当たるふしはあるのだ。いくら親友だったとはいえ、私と真澄は仲が良すぎた。私はそれ以上の情動を欠いており、真澄は情動を露《あら》わにすることのできぬ、矜《ほこ》り高い女だった。「ボタンのかけちがい」を正しく説明するなら、そういうことになる。

「そのほうがいいわ。聞いてさし上げましょうよ」

梓が私の掌を握り返して言った。事情はまだ何も知らないはずだが、切実な言い方だった。

「イエス」

揺れ続けるメアリーに目を向けて、ミセス・ジョーンズも肯いた。

「真澄さんは、若いうちに亡くなってらっしゃいますね。あなたはそのことをご存じでしたか」

はい、と私は答えた。忘れたわけではなかった。だが、忘れようと努めていた。そして、あれからの世の中の繁栄は、ひとつふたつの不幸など例外的なものとして忘れ去るには、実に好都合だった。

「では、なるべく思い出して下さい」

私の冷淡さを責めるように、ミセス・ジョーンズは命じた。

忘れたわけではなかった。だがやはり、忘れようと努めていたのはたしかだ。心の闇の奥深くには、蓋を被《き》せ重石《おもし》を載せた記憶の古井戸があった。私は肚《はら》を括り目を瞑《つむ》って、ミセス・ジョーンズに命ぜられるまま、そろそろと梯子《はしご》を下った。井戸の底から、生ぬるい、胸の悪くなる瘴気《しょうき》が立ち昇ってきた。


訃報は夏の朝に突然もたらされた。

家の庭のぐるりを繞《めぐ》る楠《くすのき》に油蟬がやかましく、私は片耳をおさえて邦子の声を聴いた。

「――冗談だろ」

「こんなこと、冗談で言えるわけないじゃないの。私からみんなに報《しら》せてほしいって」

ことの顚末《てんまつ》を語る邦子の取り乱した声は、話すほど散らかってわけがわからなくなった。

深夜の第三京浜で、自慢のミニクーパーが棺桶になった。横転したところにトラックが追突して、ひとたまりもなかったらしい。

葬儀の段取りを告げたあと、しばらく押し黙ってから、「今、会ってきたんだけど」と邦子は落ち着いた声で言った。

「顔は見ないでやって。真澄がかわいそうだから」

私は生返事をしながら、葬儀の場所と日取りを復唱した。

庭先で体操をしていた祖父が、ぎょっと振り返った。私はいまだ夢見ごこちのまま、悪事が露見したような気分になって電話を切った。

「どうした」と、祖父は不審げに訊ねた。

「ダチが交通事故でさ」

私は真澄の名を口にしなかった。何度も家に遊びに来ている真澄の不幸を知れば、大騒ぎになると思ったからだ。その瞬間から私は、真澄を記憶の井戸に葬ろうとしていたのだろうか。

すっかり耄碌《もうろく》していた祖父は深い詮索をしようとはせず、「おめえも気を付けろよ」と言ったきりだった。たぶん家族は誰も、真澄の死を知らなかったと思う。

私はそれから家を出て、何人かの友人に電話をかけた。邦子からの連絡が先回りしていたのは幸いだった。驚愕《きょうがく》の声を聴いた記憶はない。

大学も夏の初めには、すっかり平穏を取り戻していた。アジ演説や立て看板は相変わらずだったが、彼らはかつての実力をすっかり失って、同好会なみに堕落していた。

私たちの仲間も平和なキャンパスに四散してしまった。ダンスパーティも夏の海も昔話になって、それぞれが新鮮な価値観を持つ友人を得た。その年の夏休みにも、私の周辺にいたのはそうした新しい友人ばかりだった。

だから真澄の葬式が、高校の同窓会のようになった。邦子が音頭を取って、かつての遊び仲間が葬儀を手伝った。

憂鬱な雨の降る夏の午後、私たちは郊外の屋敷町の教会で真澄を送った。棺《ひつぎ》は開かれなかった。

人の死顔はあんがい記憶に刻まれるから、祭壇に掲げられた遺影がおもかげになったことは、真澄にとって幸せだったと思う。

ポニーテールの笑顔を見上げながら、「あいつ、かわいいな」と誰かが言った。


なるべく思い出して下さい。

そう言われても、古い記憶は断片にすぎない。井戸の底から吹き上がる切れぎれの場面を、私は難解なパズルでも組み上げるように継ぎ合わさなければならなかった。

夏の糠雨《ぬかあめ》。駅前のロータリーはしんと静まっていた。レインコートの中は湿気がこもって、いっそ雨に濡れたほうがましかと思うくらい蒸し暑かった。

ロータリーを挟んだ駅頭には、学生服を着た梶が私と同じ道案内のプラカードを掲げて立っていた。

黒のスーツやワンピースが必ず式服だったころのことで、参会者はひとめでそうとわかった。改札を出た人々は梶に会釈をしてロータリーを巡り、また私に頭を下げてから教会へと向かった。

自分がいったい何をしているのか、まるで実感がなかった。私たちは誰か他人の葬儀を手伝っていて、真澄も教会の受付で応待をしているような気がした。

キリスト教の弔いは、後にも先にもその一度きりだ。実感が湧かなかったのは、読経や焼香がなかったせいかもしれない。

真澄の家の宗旨など知らなかったが、少くとも本人や家族からクリスチャンの匂いを嗅いだためしはなかった。それでもやはり教会は、お寺よりも真澄にはお似合いだった。

出棺の時刻を気にしながら、駅頭の電光時計を見ていた。参会者はほんのひとときに集中して、遅れた人はほとんどなかった。

「もういいだろ。行こうぜ」

梶が濡れねずみで引き揚げてきた。私たちは雨を含んで甘い香りのする桜並木を、教会に向かって歩き始めた。梶と会ったのは、その年の正月に学生食堂で気まずい別れ方をして以来だったろうか。

学ランは便利だな、と私は間を繕うように言い、レスリングをやめようと思う、と梶は答えた。そんな話をしながら、ふいに梶が吐き棄てるように言った。

「なあ、自殺じゃねえのか」

私は歩きながら少し考えた。まさかとは思うのだが、なおざりにはできぬ一言だった。

「なあ、ゆうちゃん。おまえ、何とも思わねえのかよ」

梶は私の答えを強いるように、「なあ」といくども繰り返した。

関係ねえだろ、とは言わなかったはずだ。

梶は「なあ」と言いながら、濡れた学生服の腕を私の首に巻きつけた。殴られるのかと思って身構えた私を、強い力で引き寄せた。

「冷てえなあ。おまえ、いくら何だっててよォ――」

言いかけて口ごもり、しばらく歩いてから梶は私を突き放した。いかにも愛想が尽きた、とでもいうふうに。

悪い夢のように長く感じられる教会までのみちみち、真澄とともにあったいくつかの場面が甦った。

それらは私の感情が伴わぬ分だけ、百合子との記憶のように甘やかではなかったが、それぞれが一葉の写真のように鮮やかだった。

たとえば、フラッシュライトが一瞬闇に灼きつけた真澄の姿。ポニーテールを結び直すとき、上目づかいに見上げるまなざし。

たとえば、父親になってほしいと懇願したあと、プラタナスの並木道が茜色に染まるまで、私の胸にしなだれかかっていた儚げな体。

たとえば、たった一度きりの接吻。青山のペーブメントに屈みこんで、散り急ぐ落葉を探っていた指先――。

そうしてようやくたどり着いた教会は、扉がすでに開け放たれ、オルガンの音と送別の讃美歌が流れ出ていた。遺影の笑顔が私ひとりに向けられているような気がして、雨の中に立ちすくんだ。

やがて人々は、開かれることのない棺に花を手向けて惜別した。霊柩車が後退してきた。芝生の庭は傘で埋められた。

真澄とそっくりの母親は、十も老けこんで放心しており、父親はいつに変わらず超然としていた。友人たちはあらかた煉瓦敷きの小径《こみち》の向こう側に並んで、私を睨《にら》みつけているように思えた。

棺が運ばれてきた。親戚に混じって両手を添えていた梶が、私に目を向けて顎を振った。棺を担ぐぐらいはしろと、言っているにちがいなかった。

私は応えずに見送った。

花を零《こぼ》ち散らして進んでくる棺には、純白のウェディング・ドレスが掛けられていた。母親が婚礼のときに着た衣裳は、棺を被うほかに使い途《みち》をなくしたのだった。

その物言わぬ白さは胸を穿《うが》った。

まさか私と真澄の未来を仮想したわけではない。真澄が穢《けが》れなき処女のまま死んでしまったような気がしてならなかった。いや、たぶんそれは思いこみではなくて、私の確信だった。真澄が世間の男どもが有難がる乙女にもまして純真な女であることぐらい、私は知っていた。

棺がしずしずと目の前を行き過ぎるとき、レインコートのフードを脱いで合掌した。足元に零れ落ちる花びらが献《ささ》げられた花ではなく、真澄の肉体のかけらのように思えた。

——なあ、自殺じゃねえのか。

梶の声が耳から離れなかった。真澄が心を病んでいたことを知る梶が、改まってそんな問いかけをするはずはなかった。

――おまえ、何とも思わねえのかよ。

だから、そう続くのだ。

――冷てえなあ。おまえ、いくら何だってよォ――

そうして、梶は口ごもってしまった。そのさきを声にすることは、殴り倒すよりも難しかったのだろう。

私は梶の言葉を信じなかったのだろうか。それとも空とぼけていたのだろうか。

友人たちはみな火葬場へと向かったが、私は路上にひとり残ってバスを見送った。彼らに対して意地を張ったわけではなかった。焼けただれた死顔など見たくないのと同様に、真澄の骨を拾う気にはなれなかったのだ。

真澄の魂を天に昇《のぼ》すことのできぬまま、胸の奥深くの古井戸に、私は投げ入れてしまった。そして、ふと折に触れてはその蓋に重石を積んだ。

「アイ・スィー」

私が記憶を喚起しおえるのを待っていたかのように、ミセス・ジョーンズは溜息まじりに呟いた。「なるほど」というよりも、彼女にはすべてが「見えた」のかもしれなかった。

葡萄色の髪を垂らしたままうなだれているメアリーの手を軽く引いて、ミセス・ジョーンズは霊魂を慰めた。

「お気の毒だわ。あなたに同情しますよ」

メアリーは嘆くような唸《うな》り声を上げた。そのさきは折目正しい英語に変えて、ミセス・ジョーンズは霊魂を宥《なだ》め続けた。

真澄にとってはそのほうがわかりやすいのかもしれない。日本語に不自由があったわけではなかったが、どちらかといえば英語のほうが楽だと真澄は言っていた。

唸り声は次第に鎮《しず》まって、メアリーは大叔母の言葉に黙って肯き始めた。

「自殺《スーサイド》」という単語を耳が拾った。私は息を詰めた。メアリーは容易に答えようとはせず、しばらく啜《すす》り泣いた。

「日本語で」と、私は霊魂に向かって要求した。

ゆるゆると顔がもたげられた。長い髪が分かたれて、苦痛に歪《ゆが》み引き攣《つ》った表情が露わになった。友人の中では邦子のほかに見ることを許されなかった、断末魔の顔を私は想像した。

真澄の魂はとまどいがちに答えた。

「わからない。私にもわからないの。アクセルを力一杯踏んで、思いっきりハンドルを――」

「スーサイド！」

霊の声を遮って、ミセス・ジョーンズが叱りつけるように言った。

14

スーサイド。

そうかもしれない。自分ではいまだによくわからないんだけど。

お酒は飲んでなかったし、薬ともとっくにおさらばしてたわ。

ゆうちゃんに会いたいって、みんなにお願いしたのに。看護婦さんにも、梶君にも、邦子にもミッちゃんにも。

ドクターがママに言っていた。

――特定の人に病気の原因があるわけではありません。

妄想。思いこみ。ちがう、ちがう、あのころの私は見えないものを見たり、聴こえない声を聴いたりしていたけれど、あなたを愛する心はまぼろしなんかじゃなかった。

お願いすればするほど、あなたは遠のいていくのだと知ったわ。それで、もう口に出さないと決めた。

退院の日には、ママと弟と邦子とミッちゃんで、お祝いをしてくれた。ダディも真夜中のニューヨークから、電話をかけてきてくれた。みんながみんな、祝福してくれるというより、腫れ物にさわるみたいだった。

お化粧をして、きちんと髪を結って、「もう大丈夫よ。心配をかけてごめんなさい」と顔だけで詫びた。それから、おなかいっぱいに詰めこんだごちそうを、トイレで吐いた。

スーサイド。

やっぱりそうだったのかな。

保土《ほど》ヶ谷《や》の料金所を抜けて加速したとき、このままアクセルを踏み続ければきっと光を追い抜いて、過ぎ去った昔に戻れるだろうと思った。どこでもいいわ。あなたに出会う前の時間ならば。

車の運転は許されてなかったけれど、キーの隠し場所は知っていた。

死んじゃおうなんて、これっぽっちも考えてなかったわ。だって、それならそれでもっと手っとり早い方法はあるでしょうに。

あなたに会いたかったの。でも、おうちの近くまで行って、電話をかけることも訪ねることもできずに引き返した。勇気がなかったわけじゃないわ。夜中でさえなければ、あなたに面と向き合って、金輪際のさよならを言ったと思う。もちろん、そのさききちんと生きて行くためのさよならよ。

ねえ、ゆうちゃん。

私、愛してほしいなんて思ってなかったのよ。ただね、「さよなら」の一言を聞きたかっただけ。潔く、きっぱりと、私の心を殺してほしかっただけ。

少しはわかってもらえたかな。私ね、片思いの恋人に会いたいって駄々を捏《こ》ねるほど、格好悪い女じゃないのよ。あなたの口から「さよなら」を聞きさえすれば、すべてを忘れてやり直す自信はあったの。

こんなことを言ったら、きっとドクターは答えるわね。それも妄想、それも思いこみ、って。ちがう、ちがう、「さよなら」はどんな挨拶よりも大切だわ。あなたはその一言を、とうとう言ってくれなかった。

愛の告白より、ずっと簡単なはずなのに。冗談まじりの呟きでも、私は聞きのがさなかったのに。

速く。もっと速く。光を追い越して、あなたに出会う前の時間へ。

アクセルペダルがつかえ、ニンジンが金切声を上げても、光は見えなかった。

速く！　もっと速く！

どうしても追い越せないのなら、道を変えるしかないと思った。そして私は、ハンドルを切った。

一点の光もない、闇に向けて。

誰かが言っていた。

捨てられた女よりも、もっとかわいそうなのは、忘れられた女だと。

でも、その言葉はおしゃれだけれど、詭弁《きべん》だと思う。もっとかわいそうなのは、愛されなかった女に決まっている。

捨てる必要もなく、忘れる必要もなかった。だからあなたは「さよなら」を言わなかった。

このさき生きて行くためには、どうしてもその一言を聞かなければならないと思って、私はあなたにチャンスを与えた。

思い出して、ゆうちゃん。私は三度、あなたに水を向けた。

そうよ。一度めは、神宮外苑の銀杏並木。「ニューヨークに帰るわ」って、私は言った。「行く」のならいつか帰ってくるのだろうけど、「帰る」のなら「さよなら」よね。

でも、あなたはちがうことを言った。

――ま、そりゃそれでかまわねえけどな。

あなたはちょっとびっくりしたのかもしれない。そのとまどいを隠そうとして、あんな冷たい言い方をしたんだと思う。

私はとても傷ついた。しばらく立ち上がれなかったくらい。それで、黄緑色のまま散った気の早い落葉を、弄《もてあそ》ぶふりをした。

二度めは、出発のとき。

さよなら。さよなら。みんなが言ってくれた。その中にあなたの声があったなら、私はそれを器用に選り分けて、一粒の宝石のように胸に飾ろうと思った。

飛行機のタラップの上に立つまで、ずっとあなたの声を探していた。風にちぎれて飛んできても、捕まえて抱きしめるつもりで。

座席につくと、私はぐずぐずに腐ってしまった。涙と一緒に指も爪も溶けてしまいそうな気がしたわ。それくらい、「さよなら」は大切な言葉だったの。

三度めがいったいいつか、あなたは考えこんでいるわね。これは難しいわ、ゆうちゃん。いくら考えても、たぶんわからないと思う。

ミスティーな雨の午後、私は棺の中に横たわって、あなたの声を待っていた。もう言葉にならなくたっていい。「さよなら、真澄」と胸に念じてくれさえすれば。肉体は滅びてしまったから、声に出しても胸に念じても同じことなの。

でも、あなたは何も言わず、何も考えてくれなかった。ただ、私をほんの少し憐《あわ》れんだだけ。それも、ママが棺に掛けてくれたウェディング・ドレスに、ちょっぴり心を動かされただけ。

通りすがりの他人だって、犬のお散歩の途中のおじいさんだって、ウェディング・ドレスを着た棺に出会えば憐れんでくれるわ。あなたと同じ程度には。

それでも私は、あなたの一言を待っていた。焼場のお窯の蓋が閉じられるとき、お骨を拾ってくれるとき、きっと「さよなら」を言ってくれるはずだって。私はそのとたんに、狂おしい恋の縛《いまし》めを解かれて、もう人生の取り返しようはないけれど、潔く死を受容するはずだった。

霊柩車が惜別のクラクションを鳴らした。

あれ、どうしてみんなと一緒にバスに乗らないの。あなたは、お義理の会葬者に混じって、教会の庭にぼんやりと立っていた。

みんなよく知らない人。ダディの会社の人や、ママの友だちや、ご近所のみなさん。私の骨まで拾う義理なんてない人たち。あなたはそんな会葬者に埋もれて、知らん顔をしていた。

――ま、そりゃそれでかまわねえけどな。

たぶん、そう呟いていたんだと思う。


あれからずっと、私はさまよい続けている。

成仏できない魂とか、浮遊霊とか、きっとそういう手合いね。信じたくないけど、自分がそうしたどうしようもない種族だということは、最初からわかっていたの。

肉体がないから、よく見えない。よく聴こえない。暑くも寒くも、痛くも痒《かゆ》くもない。そう、ちょうど夢の中の気分よ。それでも心の鏡に映る風景は、ちゃんと見えているの。ちょっとピンボケで、色はいいかげんで、形も歪んでいるけど。音はみんなくぐもって聴こえる。水の中みたいに。

命がないのって、ずいぶんお気楽な話よ。眠ったり目覚めたりしないから、一日の区切りがない。時間なんてどうだっていいの。

一秒も一時間も、一日も一年も、生きているからこそ意味があるのよ。すべての単位は、死の瞬間から逆算した生の区切りだった。

でも、心はあるの。生きていたころと少しも変わらない、いいえ、肉体がなくなった分だけ完全な自分自身と言える心は。だから、暑くも寒くもないかわり、悲しんだり喜んだりする。痛くも痒くもないけれど、怒ったり嘆いたりするの。むしろそうした感情は、肉体で表現することができない分、何倍にも膨らんで積もり重なるのよ。

あれからどれくらい時間が経ったのだろう。何時間か、何十年か、それすらも私にはわからない。

たとえば、こんな感じかな。

ロックアウトのバリケードの中で、何ヵ月も暮らしていた学生たち。時間の感覚がなくなって、疲れ果てた肉体の存在までが疑わしく思えてきて、そのくせ思想や精神みたいなものは、欲望が満たされぬ分だけ研ぎ澄まされてくる。彼らは浮世ばなれのした霊魂に似ていた。

フーテン族も似ている。新宿のグリーン・ハウスで、太陽と排気ガスを浴びながら日がな一日ごろごろしているだけ。でも、浮浪者とはちがった。けっして人生を背負わず、ひたすらぼんやりと、無意志無目的に過ごすことが彼らの哲学だった。やっぱり霊魂と同じ。

ちがうところといえば――あの人たちには肉体があって、いつかは当たり前の浮世に帰ってゆく。何ごともなかったようにそれぞれが口を拭って。でも私には、その必要がない。時間を止めたまま、ずうっとさまよい続けるだけ。

いくら悲しくても、涙は流れないの。いくらくやしくても、叫び声ひとつ出せなかった。

誰も私に気付いてはくれない。雑踏の中に立ちすくむ私を、肉体を持った人々が見向きもせずにすり抜けていった。

そうそう、あの子を見かけたわよ。

百合子。あなたがいまだに忘れられない、永遠の恋人。思い出したくもないけど、あなたはずいぶん後悔しているみたいだから、教えてあげるね。

皮肉なものよ。あの子に会いたくて仕方がないあなたは、二度とめぐりあえない。なのに、思い出したくもない私が、ばったり出くわすなんて。しかも、あなたは生きていて、私は死んでいるのに。

いいえ、あの子は霊魂なんかじゃなかった。それがいつの話かって訊かれても、私にはわからないわ。時間の感覚がないから、きのうのような気もするし、死んで間もないころだったようにも思える。ともかく、あの子はまだ若かった。

新宿の古い地下街に、私は蹲っていたの。東口から三丁目に向かう、メトロ・プロムナード。たぶん東京で一番人通りの多い道ね。

ピンボケで、色もいいかげんで、壁の広告も柱も歪んでいたけど、ひとめでそうとわかったわ。それくらいきれいな子だった。

ずいぶん垢抜けたなと思った。フリルの付いたブラウスなんて着ていなかった。キュロット・スカートに上品なジャケットを羽織っていて、まるっきり東京の女子大生に見えた。

でも、まちがいなく百合子だった。短い髪を指先で耳のうしろにかき上げる癖。いつも理由なく羞っているような、口元のほほえみ。第一、あんなべっぴんさんはそうそういるものじゃないわ。

一緒に歩いていたのは、あなたじゃなかった。百合子が腕をからめていたのは、背の高い、眼鏡をかけた男。まじめなノンポリ学生っていう感じの人だった。

とても複雑な気分になったわ。あの子はあなたと別れて、新しい恋人を持った。喜ぶべきか悲しむべきか、私にはわからなかった。ただひとつだけはっきりしているのは、私の人生があの子に翻弄されたということ。

そんな顔しないで。よく考えてよ、ゆうちゃん。あの子のせいにはしたくないけれど、私たちのキーパーソンだったことはたしかじゃないの。たとえば、もしあの子が場ちがいなダンスパーティに紛れこんでこなかったら、私はたぶん死ななかったろうし、あなたにもちがった人生があったと思う。私たちばかりじゃないわ。ほかの仲間たちもみんな、あの子のせいで少からず方向を変えた。

葉山の卓也の別荘で過ごした、最後の夏を覚えているかな。あの晩の百合子の演説は、誰にとっても親の説教より身に応えた。どうしようもない真理だったから。あなたと百合子がいなくなったあと、私たちは急にまじめ腐った議論を始めたの。そして、みんながそれまでの流儀を捨てた。

仲間がばらばらになったのは、あなたが抜けたせいじゃないわ。卓也の家が破産したからでもないし、ロックアウトが解除されて、勉強をしなければならなくなったからでもない。あの子は私たちの世界に突然現れた、伝道師《ミッショナリー》みたいなものだった。あのころの言葉でいうなら、私たちはみんなあの子にオルグされたの。

青春のある一瞬に、誰もが変わらなければならない。昆虫が脱皮をして、まるでちがう姿に変容するように。私たちはみんな、原理主義者の演説を聞いてしまった。そして、いっぺんに覚醒した。

メトロ・プロムナードの丸い柱の根元から、私は立ち上がった。怒りは膨れ上がっていた。

私を殺し、ゆうちゃんを堕落させ、仲間をこっぱみじんにしたのは、百合子。そのミッショナリーが、ひとりだけ幸福に変容して、恋人と腕を組んで歩いていることが許せなかった。

――あなた、どういうつもり。

私は百合子の前に立ちはだかった。でも、あの子は何ごともなく恋人と甘い言葉をかわし合いながら、私をすり抜けた。

幸せそうな後ろ姿を見送りながら、私は思いついた。

捨てられた女よりかわいそうなのは、忘れられた女。もっとかわいそうなのは、愛されなかった女。そして私は、それよりもっとかわいそうな、死んでしまった女だった。

次々とすり抜けていく人ごみの中で、私はちぎれながら揉まれながら、声を限りに泣き叫んだ。

誰の耳にも届かない声で。一滴の涙も流れぬまま。

それからもずっと、私はこの世をさまよい続けた。

何日か、何年か、何十年か、ともかく長い間。

いつまでもこんなことをしていてはいけない。肉体を喪《うしな》った私にできることなんて何もないのだから、そうしている理由も目的もなかった。ただ、寝覚めの悪い朝のように、私は起き上がって一日を始めることも、もういちど眠りに落ちることもできずに、ぼんやりと時を過ごしているだけだった。

誰が何を教えてくれるわけでもなかったわ。でも、心が納得をして、この世に見切りをつける決心さえすれば、たちまち魂の安住する世界に行けることはわかっていた。

そこがどういう場所かは知らないけれど、苦痛とも苦悩とも無縁の、たぶん楽園のようなところよ。

あなたと別れたくなかった。語らうことも触れあうこともできなくたって、同じ世界に住んでいたかったの。

ずっと悔やんでいた。どうして肉体のあるうちに、私の口から「さよなら」を言えなかったんだろう、って。あなたがそう言うのを待っていたんだろう、って。

私ね、自分の心を自分で殺すことができなかったのよ。あげくの果てに、自分の体を自分で殺しちゃった。そして、死ぬことのない魂だけになって、さまよい続けるはめになったの。馬鹿な話よね。

あなたにはいくども会いに行った。でもあなたは、私を忘れていた。私を呼ぶ声を聴いたためしはなかった。

いくつもの恋をして、そのつど別れて、そして失意のさなかでも私を思い出してはくれなかった。これっぽっちも。

きっとあなたは、新しい恋人ができるたびに、百合子と較べていたんだと思う。だからどんなに愛し合っても、あなたは不満だった。

ねえ、ゆうちゃん。死んだ女には何もできないのよ。呪うことも、崇《たた》ることも。でもあなたは、生きている女に呪われ続け、崇られ続けた。百合子が何をしたわけじゃないけれど、あなたは百合子に呪われ崇られた。

そんなあなたが、かわいそうでならなかった。だから、そのうち会いに行くのもやめたの。

私には何もなくなってしまった。納得のいかない気持ち——未練という不確かな感情のほかには。

そうしてひたすらあてどなくさまよいながら、何ヵ月か何年か何十年かもわからない時が過ぎて行った。


プラタナスの乾いた落葉が、からからと舗道を転げてゆく夕昏れどきだった。

どこかの駅前の横断歩道で青信号を待っていたら、ふいに私を呼ぶ声が凩《こがらし》に乗って聴こえてきた。

——真澄ィ、おおい、真澄ィ。

びっくりして声を探すと、道路の向こう岸で、知らないおっさんが両手を振っていたの。

ありえないよね。私には姿形がないんだから。

信号を待つ間に、私は心に映るぼんやりとした風景を見渡した。

道路に面した駅。左側は深い木立ちで、斜向かいに交番。さして考えるまでもなく、信濃町の駅だとわかった。目の前の大きな建物は慶應病院ね。

ちょうど夕食の時刻だったのかしら。大勢の見舞客が病院から出てきて、ご家族らしい人々が入れ替わりに入って行くラッシュ・アワーだったわ。知らないおっさんは信号待ちの人ごみの中で、ずっと私の名前を呼びながら手を振っていた。

きっと私のまわりに、同じ名前の連れがいるんだろうと思ったわ。霊魂が見えるはずはないんだから。それでも私は、何だか長い孤独から救われたみたいな気分になって、信号が変わるとそのおっさんに歩み寄った。

齢は四十代のなかばくらいかな。でっぷりと太っていて、黒い革のハーフコートを着たコワモテ。病院の門の前で待ち合わせをした奥さんかお嬢さんの名前が、真澄さんかしら。

でも、その人の大きな目は、私を見つめていた。きょろきょろとあたりを見回しても、おっさんの声に応える真澄さんはいないのよ。

——やっぱり真澄だ。おまえ、ちっとも変わらねえなあ。

おっさんはそう言いながら、コートの胸に私をしっかりと抱きしめてくれたの。

そう。しっかりと。形がないはずの私の体を。

——どうなってんだ、いったい。俺は夢でも見てるんか。おまえ、とっくに死んでるはずだよな。

舗道で抱き合う私たちの間を、人々が知らん顔ですり抜けて行った。それでやっとわかった。このおっさんが誰で、どうして私を見つけることができたのか。

——夢じゃないわよ、梶君。

ずいぶん齢はとったけれど、頭ひとつくらいちがう梶君の顔は、やっぱり昔のまんま。

パーティの終わりにはいつも、しつこい男を私から引きはがして、文句あるか、とばかりにチークを踊ってくれた。

――夢じゃなけりゃ、何だってんだ。

――思い出して、梶君。よく考えればわかるはずよ。

私は梶君の大きな掌を握り、胸に甘えてチークダンスを踊り始めた。

――おいおい、みっともねえだろ。

――ご安心。誰にも見えないわ。これ、いいヒントよ。さあ考えて。

梶君は私の腰を抱き寄せて、髪に頬ずりをした。

――会社の連中と飲んでたな、たしか。そしたら、耳元でパチンと音がして。誰かがいたずらをしたんだと思った。袋か何かを破裂させたんだと。

――それで？

――ああ、どうだったっけ。気分が悪くなって、トイレに行こうと思ったら椅子から転げ落ちた。大丈夫かってみんなが言うから、大丈夫、大丈夫、って答えた。ちっとも大丈夫じゃなかったんだな。

私は踊りながら、病院が梶君に見えるように少しずつ回った。

――どこだかわかる？

――ええと。ああ、信濃町の慶應病院だな。俺、どうしてこんなところにいるんだ。誰かの見舞にでも来たんか。

もう梶君は気付いている。信じたくないだけ。この人はいつもそうだった。わかっていてもわからないふり。知っているのに知らないふり。そうやって、愚鈍な男を演じ続けていた。体育会系っていう型に嵌めてしまえば、らくちんだから。

——まだ四十五だぜ。おまけにチョンガーだし、おやじもおふくろもピンピンしてるってのに。

——私よりマシだわ。

梶君は大きな体をすぼめるようにして溜息をつき、踊るのをやめて私を抱きすくめた。

——おまえ、お迎えってやつかよ。

そう言ったとたん、梶君は声を嗄《か》らして泣き始めた。何だか見知らぬ獣の遠吠《とおぼ》えみたいだった。

たまたま通りすがっただけよ、と言いかけてやめた。いや、私がそう言う前に、梶君が「ありがとな、真澄」って、しみじみとお礼を言ってくれたの。

そのとき、はっきりわかったのよ。ああ梶君は、私のことが好きだったんだって。そう。わかっていてもわからないふり。知っているのに知らないふり。愛しているのに友だちのふりね。それが一番らくちんだから。

あんがい頭のいい人だったんだ、って思った。だって、そんな生き方、私にはとても真似ができないもの。

私たちは凩の立つ夕まぐれの舗道で、ずっと抱き合っていた。誰にも怪しまれず、誰にも見とがめられず。もう体ではなくなった体をひとつにして、溶け合っていた。

　人通りもまばらになった夜更までそうしてから、梶君はふいに私を抱く腕をほどいた。いかにも肚《はら》が決まったというふうに。

――じゃあ、俺は行くから。

――行くって、どこへ？

――しばらくはおやじとおふくろのそばにいてやらなくちゃ。一人息子だぜ。

――もう何もできないでしょうに。

――何もできねえから何もしねえって理屈はねえだろ。とりあえず、てめえの葬式ぐらいは見届けてだな、ありがとうとかばかやろうとか、みんなに言ってやらなくちゃ。

　ハッハッ、と大声で笑って、梶君はあらかた灯りの消えた病院に向かって歩き出した。凩と一緒に鉄の門をすり抜け、知らんぷりをする守衛さんに頭を下げて。

少し歩いてから、肩ごしに振り返って梶君は言った。

――真澄。さいなら。

　その別れの言葉は私に対して向けられたのではなく、彼自身の決心なのだと気付いた。

　私も小さく手を挙げて、「さよなら、梶君」と答えた。

　もう少し大人になる時間が与えられていたなら、私もあなたに対して潔く別れを告げることができたのだろうか。けっして愛してはくれないあなたに対して。いいえ、そうじゃないわ。私自身の心に対して。

梶君を見送りながら、そのときふと考えたことがあるの。

高校時代にインターハイの常連だった梶君は、大学に入ったとたんにレスリング部から逃げ回っていたわね。推薦さえもらっちまえばこっちのもの、なんて調子のいいことを言ってたけど、実はそうじゃなかった。

俺なんか、箸にも棒にもかからねえ、インターハイどころかオリンピック級がごろごろいるんだ、って。

レスリングは彼のすべてだったはずね。大学の道場に立ったとたん、身のほどを思い知らされた絶望感は、とうてい私にはわからないけれど。

でも、レスリングに「さよなら」を言った彼だからこそ、私にもあんなにきっぱりと別れを告げることができたのだと思った。

梶君がどんな人生を過ごしたのか、私は知らない。四十五歳までの彼の人生。きっと今のあなたから見れば短すぎて、私にしてみれば十分すぎるくらい長い人生ね。

知らんぷりの守衛さんにていねいなお辞儀をしたのは、営業職のサラリーマンだったのかしら。面倒見のいい親分肌の課長さんで、あの晩も若い部下とお酒を飲みながら、ああだこうだとお説教をしていたのかもしれない。

誰かに恋をしても、思いを打ちあけることはなかった。でもそれは彼の性格。十九で死んだ片思いの恋人が、いつまでも胸に棲《す》んでいたはずはないって、私は思うことにした。

梶君のおとうさんとおかあさん。ホームドラマの中にしかいるはずのないような、わかりやすいご両親。あのおうちはとても居心地がよかった。だから梶君もずっと独身だったんだろうって、そう思うことにしたわ。

梶君は赤いランプのついた救急用の玄関に向かって、まっすぐに歩いて行った。扉の向こうにはたぶん、梶君の大きな脱け殻が横たわっているのだろう。まだ機械に繋がれて呼吸をしているのか、それともご両親の到着を待ってすべてをおえてしまったのかはわからないけれど。

いずれにせよ彼の最期は、周囲の人を悲しませても煩《わずら》わせない、とてもさっぱりしたものだったと思う。

もういちど振り返ってほしかったけど、梶君はみごとに色付いた欅《けやき》の葉むらをしばらく見上げてから、救急用の扉の向こうに消えてしまった。


ねえ、ゆうちゃん。

私はあなたを憎んではいない。怨《うら》んでもいないわ。ただ、愛しているだけ。

死なずに生きていたならば、きっと新しい恋をして、あなたへの思いは記憶の壁に塗りこめてしまっていたはずね。ときどき顔や名前を思い出しても、感情までは甦らせることのできない、厚い記憶の壁の裏側に。

それが最も正しい方法だった。いいえ、ほかの手段などないくらい、誰もが自然に選ぶ方法はそれよ。

憎み、怨み、ときに祟るのは生きている人。なぜならそれらは、肉体の存在を前提とする俗世の感情だから。霊魂に許されるのは、誰にぶつけようもない、怒りや悲しみや、自責の念ばかりなの。

そしてもうひとつ、愛する心。もうこの先、恋をする資格を失ってしまった私は、あなたへの愛情をほかの愛情で塡《う》め合わせることができずに、ずっとあなたを愛し続けなければならなくなった。

できることはそれだけ。恋をするどころか、おいしいものを食べることも、着飾ることもできなくなった私は、あなたを愛し続けるだけ。

このごろは、あちこちさまよい歩く気にもなれなくなって、どこだかも知れぬ真暗な闇の底に、じっと蹲っているの。あなたの顔や声を思い描きながら、あなたとの思い出を細かな刺繡《ししゅう》でもするようになぞりながら。描いては消し、消しては描き、縫ってはほどき、ほどいてはまた縫い始めて。

そうよ。もしかしたら、これが地獄というものかもしれない。針の山も血の池もないけれど、ほかに何もすることのない暗黒。

そんなときに、あなたの呼ぶ声を聴いたの。まるで、お釈迦様の垂らして下さった蜘《く》蛛《も》の糸が、銀色に輝いてするすると降りてきたみたいだった。

あなたは私を抱いた。喪われたはずの肉体をしっかりと抱きとめ、狂おしいぐらいに愛してくれた。

でも、あなたが呼んだ人は、私じゃなかったわ。

そうとわかったときの私の悲しみを、どうか察してちょうだい。あなたが呼ぼうとしたのは百合子。あなたが夢うつつに抱いた女は、あの百合子だった。あなたと別れたあと、何ごともなかったかのように、新しい恋人と新宿の地下街を寄り添って歩いていた百合子のことを、あなたは今も愛していた。

15

メアリー・ジョーンズは大叔母と私に両手を托したまま、磔刑《たっけい》の罪人のように首だけをうなだれていた。

語るに尽くせぬ感情が腕を伝って、私の胸に流れこんでくるようだった。

「あなたはこの方の愛情に、気付いていてらしたのですか」

ミセス・ジョーンズに問われて、私はとっさの弁明でもするように「いえ」と答えた。

記憶は古すぎるにしても、そうまできっぱりと否定できる根拠はなかった。

「ということは、招かれざる客《アンインバイテッド・ゲスト》だった、と」

私は声に出すことをためらって、ひとつ肯いた。

メアリーがうなだれたまま、声を絞って泣き始めた。葡萄色の髪の下には、真澄の顔が隠されているような気がした。

部屋が急激に冷えてきた。暖炉に目を向けると、さきほど霊の怒りで爆《は》ぜた薪が、すっかり火を落として不機嫌そうに燻《くすぶ》っていた。しかし、手をほどいて席を立つわけにはいかない。

寒さに肩をすくめながら梓が言った。

「困りましたね。アンインバイテッド・ゲストだとしても、このままお帰しするわけにはいかないわ」

私は答えた。

「でも、僕には何もできないよ」

真澄は最も親しい友人だった。男友達を含めても、そう言い切っていいと思う。男女の垣根が取り払われた今日の若者たちの間では珍しくもないだろうが、四十年も昔のあのころには得難い関係だった。異性の親友を持つ分だけ私たちは大人びていたし、時には恋人のふりをして面倒を避けることも、矜《ほこ》らしくふるまうことも、のっぴきならぬ事態を乗り切ることもできた。そうした関係から得る利益は、私も真澄も等分であると思っていた。

「Cold-heart」

俯いたままメアリーが言った。それこそ凍えるような、低く呪わしい声で。

私はぎょっとしてミセス・ジョーンズを見つめた。霊媒であるはずのメアリーが、自分の意思でそう言ったように思えたからだった。

ミセス・ジョーンズは静かに首を振った。メアリーではない、と声に出さずに彼女は言った。

「Cold-heart」

くり返された呪いの言葉は、真白な息になった。

真澄がそう言っているのだ。誰にもけっして真似のできなかった、「L」と「R」の正しい発音で。

霊魂に申し開きをする気にはなれず、私はメアリーの掌を握りしめ、胸の中で訊ねた。それは本心なのか。突然の死を受容できずに、この世にとどまる理由を作り出したのではないのか。おまえはそうやって、駄々を捏ねているだけなのではないのか。

するとメアリーは、ひときわ白い息を毒のように吐いて、声には出さず啜《すす》り泣いた。

降霊会は身動きがとれなくなった。四人は手を繋いだまましばらく押し黙った。

ミセス・ジョーンズが背にしたアール窓は、まるで障子を閉《た》てたような純白に変わっていた。霧は流れずにわだかまり、山荘をすっぽりとくるみこんだ。

室内に時計はなく、私の手は繋がれたままで、景色も霧の底に沈んでしまえば時間はまったくわからなくなった。

霊魂には時間の感覚がない、と言った真澄の言葉が思い出された。一秒も一時間も、一日も一年も、生きているからこそ意味がある。すべての単位は死の瞬間から逆算した生の区切りなのだ、と。

時間がわからないのは、そのせいなのかもしれない。降霊会を宰領する霊魂は時間と無縁だから。

梓の掌がふいに汗ばんだ。握りしめなければ滑り落ちてしまうほどに。そして、ひとしきり身を震わせると、梓は思いもよらぬ男の声で私を叱った。

「そりゃあ、ねえだろ」

白い息を毒のように吐き散らしながら、梓は地団駄を踏み、繋いだ両手をいまいましげに振った。

「大丈夫、落ちついて。あなたのおっしゃることはお聴きします」

ミセス・ジョーンズが梓の顔を覗きこむようにして言った。霊が肯いた。

「どうやら、アンインバイテッド・ゲストがもうお一方、お越しになられたようです。お心当たりは？」

はい、と私は答えた。姿形はなくても、たった一言だけで誰であるかはわかった。

「そりゃあ、ねえだろ」というのは彼の口癖だった。

「このままでも、いいのでしょうか」

両手を二つの魂と繋いだまま訊ねた。ミセス・ジョーンズに動揺はなかった。

「真澄さんはお鎮まりになってらっしゃるし、おたがいはご存じのようですから。あながち、アンインバイテッド・ゲストというわけでもなさそうですね」

しかし、降霊会は思わぬ方角に向かっていた。私は苦言を述べた。

「招いていただきたかったのは、彼らではありません。だから私にとってはやはり、アンインバイテッド・ゲストです」

ミセス・ジョーンズが答えるより先に、梓が小さな顔をもたげて、恨めしげに私を睨みつけた。

「そりゃあ、ねえだろ、ゆうちゃん」

野太い声で霊は言った。

梶は四十五で死んだ。事故でも自殺でもない同級生の死は、私が知る限り初めてだった。

彼の死が偶然の不運や個人的な苦悩によるのではなく、誰の身の上に訪れてもふしぎはないということを、集った友人たちは等しく知った。

それぞれの人生は忙しい盛りで、久しく顔を合わせる機会はなくなっていた。地方都市や外国に出向していた連中が東京に戻り、子育ても一段落して旧交を温めるようになったのは、それから何年も後だった。

だから梶の通夜には、案外なことに見知った顔が少かった。現役で死ねば仕事の関係者が多く集って盛大な葬儀にはなるが、そのぶん哀悼の空気は薄かった。参会者の多くは焼香を終えると、いかにも義理を果たしたという顔でさっさと引き揚げていった。

私もそうした一人だったと思う。訃報を聞いて驚きはしたが、かれこれ十年も会っていなければ悲しみというほどの情は湧かなかった。年老いた両親におざなりの悔みごとを言って、お清めの席にも立ち寄らずに帰った。

梶は土地の値段が高騰した時代に東京の生家を手放し、都心からは二時間もかかる遠い町で暮らしていた。

通夜の会場に向かうみちみち、満員電車と繁雑な乗り換えに辟易《へきえき》した。彼なりの理由があってその土地に引越したのだろうけれど、梶は持ち前の体力を過信していたのだと思った。

「そんな贅沢が言えるのは、おまえくらいのものだぜ」

めっきり老けこんだ卓也が、鼻先で笑いながら言った。

「そうよ。うちの亭主だって梶君と似たようなものよ。わあ、信じられない。ゆうちゃん、まだあのお屋敷に住んでるんだ」

専業主婦に納まり、長男は私たちの母校に通っているという邦子が言った。

通夜でめぐり合った親しい仲間は彼らだけだった。三人きりでは飲んで帰ろうという気にもなれず、往路とはうらはらにがらんと空いた上りの電車に乗った。対《む》かいの夜の窓に映る、暮らしを背負った三人の姿を、私たちは他人のように見つめながら語った。

「そうは言ってもなあ」

と、私は失言の弁明をした。

何年か前に父親が死んで、家の敷地は半分がなくなっていた。相続のために切り売りされた庭には目隠しのマンションが建ち、古い家はすっかり腐ってしまった。

父の起こした会社も、潰れこそしなかったものの空気の抜けるように窄《すぼ》んで人手に渡っていた。一人息子に跡を継がせようとしなかったのは、父の炯眼《けいがん》だった。

「俺んちに較べりゃ、ずっとましだよ」

夜の窓の中で、白髪のリーゼントをかき上げながら卓也が言った。そうするしぐさと髪の形だけが昔と同じだった。

葉山の別荘の提供者だった卓也の家は、あの夏に破産したきりやがて家族までが離散してしまった。

「知ってっか、ゆうちゃん。親が離婚していると、葬式も墓も別々なんだぜ。兄貴は知らん顔だし、何から何まで俺がやらなきゃならなかったんだ」

「大変ねえ」と、邦子が眉をひそめた。

「でも、奥さんはもっと大変だったはずよ。あなたがうんざりするくらいのお葬式を、あなたと一緒に出してくれたんだから」

卓也は少し考えるふうをしてから、「その通りだな」と、今さら気付いたように呟いた。

夢を見ているような気がした。目が覚めれば、遊び疲れたあとの始発の地下鉄の中なのではなかろうか、と。カーブのたびに蛍光灯が消え、オレンジ色の補助灯がともる、あの古い銀座線のシートで、私たちは同じ夢を見ているのではなかろうか。

世の中はこんなにも豊かになったのに、それにふさわしいほど幸福になった人間を、私は知らなかった。少くとも東京の子供らの多くは、故郷をなくし帰る家もなくなったまま流亡《るぼう》しているように思えた。

たぶん、世の中は豊かになったばかりではなく、上手に搗《つ》き均《なら》されたのだろう。だからおしなべて都市型中産階級の子供らだった私たちは、城砦《じょうさい》の壁が取り払われればひとたまりもなく、流浪するほかはなくなった。

車窓に映る私たちの姿の向こうを、東京から際限なく拡がる住宅地の灯が過ぎていった。森や畑の闇はほとんど見当たらず、どこまでも人家が犇《ひしめ》いていた。

質朴に見えて、相当に思慮深い梶のことだ。あれこれ考えて東京の家を売り、老いた父母のために故郷を設《しつら》えたのだろう。

「おまえら、明日はどうするの」

ずっと考えていたことをようやく口に出すように、卓也が訊ねた。

用事がある、と邦子が答えた。私も同じような言いわけをした。

「まあ、葬式は葬式で誰かがくるよな。梶の骨なんて拾いたくもねえし」

卓也はいかにも彼らしく、あからさまな本音を吐いた。とりわけ裕福な育ち方をした卓也は、善《よ》くも悪《あ》しくも虚飾というものを知らなかった。

葉山で過ごした最後の夏に、卓也がまったくその調子で家の破産を宣言したことを私は思い出した。

「そう言えば、あのときゆうちゃんの彼女がいたわね。ほら、びっくりするくらいの美人。色が白くて目が大きくて、ちょっとヘップバーンばりの――」

私が空とぼけるうちに、卓也が相槌《あいづち》を打った。

「ええと、名前なんてったっけか。そうだ、ユリコ。な、そうだろ」

「そうよ、ユリちゃん。あの晩は何だか気まずかったわよねえ。卓也はもうこれきり世界の終わりみたいな宣言をするし、あの子はまじめ腐った説教なんか始めるし」

「何とぼけてんだよ、ゆうちゃん。それとも、女の名前なんていちいち覚えてねえんか」

気の利いた返事が見つからなかった。別れた恋人の名が、友人たちの記憶にとどめられているなど、思いもよらなかった。

百合子が忘れられなかった。別れたあとよりも、歳月を経たのちにむしろ思いは募った。だから私は、年を経るほどに彼女の別れの言葉を信じたのだった。「私、死ぬわ」という一言を。

遠い目を闇の先に据え、卓也が言った。

「へえ。あのとき、気まずかったか。俺はべつに、ありのままをしゃべっただけだったけどな。あの子にしたって、今から考えりゃまともなことを言ったんだと思うぜ。やっぱり苦労をしてただけあって、俺たちより大人だったんだよ」

「そうかァ」と、邦子が天井を見上げた。

「うちの息子と同じ齢だわ、あのころの私たち。それに較べたら今の子供は幼いと思うけど、その私らに面と向かって説教したんだから、たいしたものよね。あの子、いくつだったの」

同じだったよ、と私は答えた。

別れの理由は思い出せなかった。むろん、理由なき別れは若さの特権ではあるのだが、百合子という得難い女を捨てるためには、それなりの理由があったはずなのだ。

百合子は大人だった。だが、そうと判断したのは私たちが四十五の大人になっていたからで、たぶん十九歳の私は百合子の中のその大人を、我慢のならぬ異物だと感じていた。

「あのね、気まずかったっていうのは——」

邦子は少し言いためらった。

「今さらだから言うわけじゃないけど、真澄は面白くなかったんじゃないかな。ゆうちゃんと真澄は仲良しだったんだから、目の前でべたべたされたらいい気持ちはしないわよ。梶君は、ずっと真澄に気を遣ってたしね。ほら、梶君って真澄のこと好きだったでしょう」

ほら、と言われても私に思い当たるふしはなかった。真澄が機嫌を損ねていたという記憶も、梶がそれを気遣っていた記憶も。

「考えすぎだろ、邦子。真澄はお天気屋で、梶は気配りのいいやつだったんだ」

私は死者をかばうつもりで言った。

「そうじゃないわよ。そんなんじゃないってば――」

言い返そうとして声が繋がらず、邦子は正面に向き直ると、ハンドバッグの中からハンカチを取り出した。夜の窓にひとひらの白が翻るさまを、私と卓也は労る言葉もなく見つめた。

あれからどんな人生をたどったのか、夫となった男がどういう人物なのかも知らなかったが、黒衣の邦子は美しかった。

「そんな言い方はないわよ、ゆうちゃん」

問い質《ただ》すこともできぬまま、邦子は声を忍ばせて嘆き続けた。

16

ここはどこだ？

俺はいったい何をしている。夢から覚めたら、また夢ってやつかよ。

すっかり齢を食ったゆうちゃんと、若いまんまの真澄。この外人の奥さんは誰だ。大の大人が四人で手を繋いで、こりゃあ何の真似ですかね。

「よくお考えになって」

そう言われても、奥さん。頭の中が起き抜けみたいにぼんやりしていて、何が何だかさっぱりわかりません。少し考えさせて下さい。

「そう。落ち着いて、梶さん」

日本語がお上手なんですね。よかった、俺は英語がからっきしだから。

大学は六年かかってやっとこさ卒業したし、就職は縁故採用ってやつです。父親が走り回ってくれましてね。

ずいぶん親不孝な話ですよ。父親は毎年、知り合いに頭を下げ回っていたのに、当の本人が卒業できないんだから、言いわけも大変だったはずです。

今さらそんな話はどうだっていいか。さしあたっての問題は、ここがどこで、俺がいったい何をしているのかってことだな。

落ち着いて、少しずつ巻き戻してみよう。落ち着け、落ち着け。

そうだ。俺は死んだんだ。いまだにピンとこないんだが、すべてが夢じゃないとすると、やっぱり死んだんだ。

誰かが呼んだような気がして、立ち上がった。白くてふかふかした、繭玉《まゆだま》の中みたいなところだった。俺は蛹《さなぎ》みたいに丸まっていた。

あてもなく歩き始めると、そのうち湿気が迫ってきて、真白な霧に包まれた森に出た。現世に戻ってきたんだ、ということはわかった。ヘッドライトを点《つ》けた車は俺をすり抜けていったし、犬を連れて散歩をしていた老夫婦に声をかけても、答えてはくれなかった。

死んじまってからずいぶん時間は経っているんだろうが、俺にはまだ魂の居場所がどこなのか、こっちの世界とはどんなふうに繋がっているのか、さっぱりわからない。だが、わからなくたっていいんだ。俺はとっくに死んでいるんだからな。命がないっていうのは、わからないことをあえて知る必要もないのさ。

どこをどう歩いたものか、唐松の道をたどってこの家の庭に入った。赤や白や黄色の花が咲く、薔薇のアーチを潜《くぐ》り抜けて。

この家に呼ばれたんだ、という気はした。しかし他人様の家だ。勝手におじゃますするわけにもいかないし、俺の姿は見えないはずだから、呼鈴を押すわけにもいかない。それで、テラスから中の様子を窺った。

びっくりしたぜ。すっかり老けこんだゆうちゃんと、若いまんまの真澄が並んで腰かけていた。俺は一瞬、見てはならないものを見てしまったような気がして、窓から離れたんだ。このまま帰ろうと思った。呼ばれたわけじゃなくて、俺が押しかけてきたんだろうって思ったからな。

草むらにしゃがみこんで、しばらく考えた。真澄とゆうちゃんのほかに、女の人が二人いたんだ。みんなが丸テーブルをめぐって、手を繋いでいた。

何だよそれ。俺はおそるおそる、もういちど窓辺に寄った。テーブルの上には、赤いランプシェードをかけた電気スタンドが置かれていた。ゆうちゃんの顔は照らし上げられていたが、真澄は透けて見えた。

こんな馬鹿な話があるか。死んだ人間と生きている人間がごちゃまぜで、しかも手を繋いでいるんだ。

そこで俺は思いついた。これはべつにお遊戯でもゲームでもなくて、霊を招き寄せる儀式なんだろう、と。

真澄が語り始めた。いや、それはきっと真澄じゃない。俺にははっきりそう見えているが、きっと生きている人の体に真澄の霊が乗り移っているんだ。そうしなければ、肉体を失った死者が生きている人間たちと交渉を持てるはずはない。

俺は愉快な気分になった。久しぶりで真澄やゆうちゃんと会えたばかりか、うまくすれば語り合うこともできる。きっと俺も呼ばれたんだろうと思った。

家の中に入った。窓を背にして座っていた外人の奥さんは、すぐに気が付いたみたいだったが、真澄が話をしている最中だったから、知らん顔で目をそらした。

俺はそこの暖炉のそばの、ロッキング・チェアに座った。真澄の話を聞きながら、奥さんはときどき俺を見た。迷惑そうな目付きにも思えたから、呼ばれたのか、それとも何か勘違いをして迷いこんできたのかわからなくなった。

子供のころ、「お呼びでない」っていうコントがあったよな。小学校の教室でも大流行したっけ。俺はあの物真似が得意で、よく友達を笑わせたんだ。だが、場合が場合だ。まさか「こりゃまた失礼いたしました」と言って立ち去るわけにもいくまい。

俺はロッキング・チェアを揺らさないよう気遣いながら、黙って真澄の話を聞くことにした。

かわいそうな真澄。

そうだよ。俺だけはおまえの気持ちがわかっていた。だがな、おまえがゆうちゃんを愛していたのと同じくらい、俺はおまえを愛していた。だから、何も訊けなかった。どれほど悩んでいるか、俺だけはわかっていたのに。愛してさえいなければ、俺は友人としておまえの力になってやれたのだし、ゆうちゃんとも仲がよかったんだから、ぶん殴ってでもどうにかすることはできたはずなんだ。

だが、怖くて何もできなかった。ぼろぼろに壊れていくおまえを、黙って見ていることしかできなかった。

何も言わずに死んでしまったおまえは、他人の口を借りて、初めて心の中を語った。命を失った死者には、見得もプライドもない。そのかわり、声もないんだ。おまえは霊媒の声を授かって、思うさま真実を吐き出した。

かわいそうな真澄。

すべて俺の考えていた通りだったよ。いや、考え及ばぬくらい、おまえはゆうちゃんを愛していた。

いくら嘆いても、魂は涙を流して泣くことができなかった。へんてこな泣きっ面を、外人の奥さんに見られるのは恥ずかしいから、俺はテーブルから顔をそむけて、暖炉のほとりに蹲った。

霊魂には暑いも寒いもないんだが、俺の悲しみが伝わったせいか、見つめているうちに炎は消えて、煙だらけの熾火《おきび》になってしまった。

かわいそうな真澄。

おまえの告白は耐え難い苦痛だったけれど、俺はおまえの苦悩を知りながら看過した罪を、いくらかでも負わなければならないと思った。だからそうしてずっと、おまえの話を聞き続けたんだ。

ひとしきり語りおえたあとで、おまえは呪わしい声を絞った。

――コールド・ハート。

それくらいの英語はわかるさ。おっしゃる通りだよ。おまえが死ぬほど愛した男は、氷みたいな心を持っていた。

だがな、真澄。少しは友達の弁護もさせてくれ。ゆうちゃんはおまえの愛情に気付かなかっただけさ。それを冷酷非情の悪者みたいに言うのは、いささか勝手すぎやしないか。考えてもみろよ。片思いの恋人なんて、みんな「コールド・ハート」だろうが。

俺はおまえを、「コールド・ハート」だなんて思ったためしはなかったよ。おまえの何もかもが好きだった。かわいらしい顔も、小さいけど猫みたいにしなやかな体も、男まさりのさっぱりした性格も。そういうおまえは、俺にとって分不相応だと思っていたから、愛してほしいなんて、これっぽっちも考えていなかったんだ。

私がこれだけ愛しているんだから、あなたも同じくらい愛してよ、なんていうのはアメリカ人の理屈じゃないのか。おまえはそういう文化の中で育ったから、ゆうちゃんを「コールド・ハート」なんて言うんじゃないのか。

俺はアメリカ人じゃないよ。だからやっぱり、真澄はわがままだと思った。

すまんな。説教しちまった。会社でもこの調子だったから、若い連中に毛嫌いされていたんだと思う。

でもな、真澄。説教ついでに言わせてもらうけど、俺は一度だけおまえを恨んだことがあった。邦子からの電話で、おまえの事故を知ったときさ。

コールド・ハート。ほかに考えようはなかった。

だって、そうだろ。俺は、愛してほしいなんて思ってもいなかったんだよ。真青な海や、広い空みたいに、いつも俺が片思いをしているだけでよかったんだ。

そんな海や空が、目の前からなくなっちまうなんて、そりゃねえだろ。

かわいそうな真澄。

俺は、ゆうちゃんの肩を持っているわけじゃない。文句をつけたいのはおまえじゃなくって、こいつのほうだよ。

あんがい鈍感なやつなんだ。まあ、それは生まれつきの性格なんだろうから仕方ないとしても、おまえの話を聞きながら何を考えてやがったか、そこがどうしても許せないんだ。同じ男としてだよ。

なあ、ゆうちゃん。こうして体がなくなっちまうとな、心が読めるんだよ。しゃべっているみたいに、肚《はら》の中で考えていることが聞こえてくるんだ。

真澄が「コールド・ハート」と言ったとき、おまえ、妙なことを考えただろう。

それは嘘だろう、って。あの世に行きたくないから、そんなことばかり言って駄々を捏ねているんだろう、って。おまえはその言葉だけじゃなくて、真澄の愛情まで疑った。

そりゃあねえだろ、ゆうちゃん。いくら鈍感なおまえだって、思い当たるふしのひとつやふたつはあるだろうよ。あれだけ仲が良かったんだ、知らぬ存ぜぬは通らないぜ。

男は冷たくたっていい。変にぬるいやつより、いくらか冷たいくらいでちょうどいいと思う。だが、卑怯者はだめだ。いくらか卑怯者でもだめだ。

真澄の愛情まで疑ったおまえは、卑怯者だよ。話を聞き始めたときから、もう逃げ腰だったじゃないか。俺は関係ないって、ずっと考えていた。

俺はお呼びじゃないさ。だから真澄の話を聞くだけ聞いたら、一緒に帰るつもりだった。たぶんそういう顔をしていたから、その外人の奥さんも安心していたんだと思う。

しかし、おまえのせいで死んだ女まで「アンインバイテッド・ゲスト」はなかろう。だったら訊くが、真澄が「アンインバイテッド」ならば、いったい誰が「インバイト」なんだよ。おまえが惚れて、すぐに飽きて、ぼろ屑《くず》みたいに捨てたあの女のことか。あんまりひどい仕打ちをしたものだから、自殺したにちがいないって、それじゃあおまえに死ぬほど惚れて本当に死んじまった女はどうなるんだよ。

俺がどうしても許せなかったのはそこさ。真澄に惚れていたから言ってるわけじゃないぞ。ほかの女だって同じだ。俺はおまえの親友だったから、許せないんだ。そんな卑怯者がマブダチだったなんて、考えたくもないからな。

そこで俺は、お呼びじゃないとは承知していたが、物を言わせていただくことにしたんだ。体をお借りしたこの人には、さぞ迷惑だろうと思ったけどな。

ゆうちゃん。そりゃあ、ねえぞ。

「梶君、もうやめて」

そうだな。説教っていうのは、いざ始めてみると長くは続かないものさ。くどくどと言えば、愚痴になるんだ。

「もう、わかったから」

ちょっと切ない気分だな。真澄はおまえをかばっているんだ。ゆうちゃんを責めないでって。

わかった、わかった。もう言わないから、そんな悲しい顔をするなって。

おかげさんで、自分がここで何をしているのかが、やっとわかった。せっかくだから、もう少し巻き戻してみようと思うんだが、いいかな。

大好きな真澄。

おまえが死んでからずっと、忘れたことがなかったよ。

今さらリップサービスでもあるまい。二十五年の間、かたときも忘れられなかった。よく似た後ろ姿を追いかけて、変態だと思われたこともあった。まあ、一種の変態にはちがいないだろうけど。

同じ香水の匂いを嗅いでうろたえたり、聞き覚えのある笑い声に、ぎょっと振り返ったりして。ともかくあれからの二十五年は、おまえの記憶で塗り潰されていた。

ああ、俺は何をしゃべってるんだ。死人には見得もプライドもないんだな。恥ずかしくもないから、こんなことまでしゃべっちまう。それとも、説教の続きの愚痴ってやつか。

飲み屋で倒れたとき、ああこれはやばいな、だめかもな、と思った。

俺は部下たちに嫌われているとばかり思っていたんだが、意識がある間、みんなが心配してくれているのがよくわかった。梶さん、梶さん、って、声を揃えて合唱だよ。泣き出すやつもいた。救急車が着いたら、誰が付き添うかで大騒ぎしてやがった。

俺の課は業績がいつもびりっけつで、課長の俺を始めとして、「吹き溜まり」なんて蔭口を叩かれていた。たしかにみんな、俺の部下にはふさわしいくそったれどもだったが、どいつもこいつもかわいかった。

俺がくたばったら、こいつらみなしごになっちまうなあ、と思った。

次に、おやじとおふくろのことを考えた。俺はわりあい遅くにできた子供だったから、おやじは七十八でおふくろは七十五だった。嫁も貰《もら》わぬまま、何て親不孝な伜《せがれ》だろう、と。

それから、真澄の顔を思いうかべた。あいつは十九で死んじまったんだから、文句は言えねえよな、って。

死んだら会えるかな。そう思うと、怖くも何ともなくなった。どうだかわからないけど、もしそうなら喜んで死ぬさ。

ふいに、目が覚めた。

ぐっすりと眠った朝のように気分は爽快で、痛み苦しみはまるでなかった。

やあ、人騒がせをしちまったなあ、格好悪いなあ、と思った。放っておいたら大変なことになる警告かもしれないから、検診を受けるか。いや、そろそろ人間ドックの年齢かもな。

ともかく、こうしている場合じゃないと思って、俺はベッドから身を起こした。異変に気付いたのはそのときだ。

病室では二人の医者が、俺の頭の中らしいCT画像を観察していたんだが、本人が起き上がっても知らん顔で話しこんでいた。声をかけても返事はなかった。それで、何とはなしにあたりを見回したら、半身を起こしているはずの俺が、たくさんのチューブに繋がれたまま眠っていたんだ。

びっくりしてベッドから降りた。なるほど、これが臨死体験とかいうやつだな、とは思ったんだが、考えてみればそれは奇跡的に生き返ったやつが使う言葉で、奇跡が起こらなければそのまま死ぬだけなんだ。

少しだけ知識があった。かつて会社の上司が同じ病気で倒れ、緊急手術をして一命を取りとめたことがあった。見舞いに行って、寝ずの看病をしていた奥さんからいろいろと話を聞いた。

開頭手術ができるってことは、助かるんだそうだ。

ベッドに寝ている俺は、手術を受けた様子がなかった。話しこんでいる二人の医者も、妙に落ち着いて見えた。

それで俺はだいたいわかった。もう手の施しようがないんだろうって。それはそれで仕方ないが、ほどなく死ぬ自分のそばにはいたくなかった。怖かったわけじゃないさ。親や部下たちの悲しみを見たくなかったんだ。

医者の後について病室から出た。膝が悪い父は、椅子に座ろうともせず杖《つえ》にすがって立っていた。おふくろが腰のベルトを摑んで支えていた。

部長と、俺の同期が二人。部下が何人か。みんなが息をつめて、医者の顔色を窺っていた。

俺は耳も貸さずに逃げ出した。行くあてなんかないさ。ただ、四十五年の人生の結末に立ち会いたくなかっただけだ。

たそがれどきだったから、倒れたその日じゃなかった。丸一日か、へたすりゃ何日か、老いた両親は俺のそばにいてくれたんだろう。会社のやつらも交代で。

――さっさと死ねよ。迷惑じゃねえか。

俺は自分自身に毒づいて、欅の落葉が流れる凩の中を歩き出した。

途方に昏《く》れたよ。なにしろ俺は瀕死《ひんし》の肉体から脱け出て、これからどうなるのか、どうしたらいいのかもまるでわからなかった。

小さいころおふくろと新宿のデパートに行って、迷い子になったことを思い出した。そのときとそっくり同じ気分だった。

でも、迷い子なら誰かが気付いてくれるが、俺は四十五のおっさんだし、たぶん姿形も見えないんだ。

病院の門は出たものの、行くあてはなかった。俺は駅前の横断歩道の前に佇んで、青信号を何度もやりすごした。

そうこうしているうち、通りの向こう側の雑踏の中に真澄を見つけたんだ。

もちろん、はっきりそうだと思ったわけじゃない。俺は二十五年間ずっと、真澄のまぼろしを見続けてきたからな。はたちぐらいの齢ごろの、ちょっとでも背格好の似ている女ならば、俺は必ず息をつめて目を瞠《みは》ったものだった。

だが、そのときばかりはどうしても真澄に見えた。待てよ、俺は魂だけになっているんだ。だとすると、あれはまぼろしでも思いこみでもないんじゃないか。死んじまった真澄の魂を、俺は心の目で捉《とら》えているんじゃないか。そうか、きっと迎えにきてくれたんだ。

俺は嬉しくなって、思わず大声で名前を呼んだ。

――真澄ィ、おおい、真澄ィ。

まちがいないと思った。誰にも聴こえない俺の声に、ひとりだけびっくりしたからな。真澄は横断歩道の向こう岸で、きょろきょろとあたりを見回した。俺は両手を振った。

やっと会えた。ずっとありもせぬ姿を追い求め、聴こえもせぬ声を探し続けた真澄だ。そのとき俺は、四十五で死んでしまう理不尽を、すべてご破算にしてもいいとさえ思った。

信号が変わると、真澄はプラタナスの枯葉が転がってゆく横断歩道の上を、まっすぐ俺に向かって歩いてきた。

――やっぱり真澄だ。おまえ、ちっとも変わらねえなあ。

俺は恋いこがれた真澄の体を、力いっぱい抱きしめた。

こいつの体に触れることができるのは、パーティの終わりの、チークのときだけだった。ホールの灯りが落ちて、プロコール・ハルムの「青い影」とか、ビートルズの「ジス・ボーイ」とか、ロマンチックなバラードが流れ始めると、俺は真澄を探し出して抱きしめた。誰に口説かれていようがお構いなしに。

俺たちは凩の立つ路上で、チークを踊った。誰にも怪しまれず、見咎《みとが》められもせず。

あのとき俺は、もう何もかもわかっていたんだ。だが、空とぼけてわからないふりをした。真澄を悲しませたり、気遣わせたりしたくなかったからさ。

俺はいつだって、とぼけていりゃいいんだ。タフな体と根性のほかには何の取柄もないんだから。

それに、何もわからないふりをしている間は、真澄を抱いて踊っていられると思った。つややかなポニーテールを梳《くしけず》った。うなじからは、大人の女でも少女でもない、甘ずっぱい香りが立ち昇っていた。

昔のまんまの真澄。だが俺はあれからさんざ世間の汚濁にまみれて、頭も禿《は》げ上がり、腹もでっぷりとつき出た中年男に変わっていた。きっと、がまんならない酒や煙草の臭いもしみついているだろう。

ずっとこうしていたいけれど、たいがいにしておこうと思った。

――じゃあ、俺は行くから。

そう言って、真澄から離れた。俺のなすべきことがわかったんだ。男ならば、自分の死にざまくらいはきちんと見届けなけりゃならない。今さら何もできなくたって、親不孝を詫び、部下たちにも別れを告げなければいけない。真澄は怖気《おじけ》づいていた俺に、勇気を与えてくれたんだ。

——真澄。さいなら。

俺は振り返って言った。真澄はあの世から俺を迎えにきてくれたんだろうけれど、このまま一緒に行ったら男じゃない。もういっぺん真澄に会いたいという俺の願いを、神様だか仏様だかが聞き届けてくれたんだから、ここで別れようと思った。

なあ、ゆうちゃん。

「さよなら」は大切な言葉だぜ。物事には何だって終わりがあって、そのときにはきちんと「さよなら」を言わなけりゃいけない。そうしなければ、次のステージに立てない。だから人生は、「さよなら」の連続なんだ。その言葉をないがしろにしたら、終わっているものも終わらずに、ずっと心が曳《ひ》きずっていかなけりゃならないだろう。

時間が忘れさせてくれるか？　そうじゃあるまい。多少は薄まるかもしれないが、時間が解決してくれる悩みなんて、あるようでないものさ。

俺がどうして、四十五のおっさんになるまで真澄を愛し続けたか。嫁さんを貰うどころか、惚れた女もできずに過ごしたか。それは、真澄に胸の思いを打ち明けられなかったからじゃない。「さよなら」を言えなかった。ただ、それだけだ。

人間の幸不幸は、折ふしその一言を言えるかどうかにかかっている。破滅も再生も、別離も出会いも、折ふしの「さよなら」があってこそなんだ。

だから俺は、神様だか仏様だかが俺の願いを聞き届けてくれたあのとき、これはチャンスなんだと思った。真澄の魂にきっぱりと別れを告げ、両親や部下たちや、俺が四十五年を生きた世の中のすべてに「さよなら」をきちんと言って、次のステージに立つチャンスなんだって。

これでわかったろう、ゆうちゃん。

真澄はおまえに、恨みつらみを言っているわけじゃないんだ。怪談話みたいに、とり憑《つ》いたり祟ったりするほど、人間の魂は愚かしいものじゃない。

どうかかわいそうな真澄に、さよならを言ってやってくれないか。

俺は男だから、自分自身の口で「さよなら」を言うことができた。だが、俺の愛情とは較べようもないくらいおまえを愛していた真澄は、魂になってもそれを言い出せずにいるんだ。

考えてもみてくれ、ゆうちゃん。

かわいそうな真澄は、ちっとも譬《たと》えではなく、狂おしいほどおまえを愛したんだ。死ぬほど、愛したんだ。そんな真澄の口から、「さよなら」を言わせるのは、二度死ねと命ずるくらい酷な話だぜ。

俺はよく知らないが、真澄は何度もおまえに、「さよなら」を言わせようとして水を向けたんじゃないのか。

鈍感なおまえのことだ。真澄がそこまで思いつめていたなんて、知りもしなかったたんだろう。だから俺は、真澄をかわいそうな目に遭わせたおまえを、責めはしない。

一言でいいんだ。心をこめて、目の前にいる真澄に、「さよなら」と言ってやってくれ。

死んじまった俺が、生きているおまえに頼みごとをするなんて妙な話だがな。


ああ、おまえの心の中は、まだ百合子の記憶でいっぱいだ。

真澄にもわかっている。だからさっきも話しているうちに、何も言えなくなった。

そんなにも百合子を愛していたんなら、何でまたあっさりと別れたんだ。俺はおまえのお相手をたいがい知っていたが、百合子はみてくれも性格も、ほかの女とは較べものにならなかった。女たらしのゆうちゃんも、今度ばかりは年貢の納めどきだろうって、みんなが言っていた。

そんな蔭口が、耳に入ったのか。見栄坊《みえぼう》のおまえのことだ、それで意地になったのかもしれない。

真澄に聞かせる話じゃないが、俺だって男だから、おまえの気持ちはよくわかるよ。俺が真澄を愛し続けたように、おまえも百合子を忘れられなかったんだろう。

二人の間に何があったんだかは知らないが、もう死んでいると決めつけているからには、よほど悪い別れ方をしたんだろうな。

だが、百合子は死んでやしないさ。いくら呼んでも出てこない。やってきたのは真澄や俺。招かれざる客たち。

たしかに百合子は、どことなく影の薄い女だった。美人薄命とかいう言葉もあるし、あいつには恋に破れて身投げをするなんて筋書が似合うと思う。しかし、女優みたいな女が、映画みたいな悲劇をたどるなんて、まわりの勝手な思いこみだろうよ。

のちのち考えたんだが、百合子は大人だった。苦労をしていた分だけ、俺たちよりずっと大人だった。たぶんおまえは、あいつと付き合っているうちに、その大人びたところを持て余したんだろう。

高度経済成長のまっただ中の話さ。世間はすっかり豊かになって、地方からの集団就職もなくなっていた。中学を卒業してから、ひとりで上京して夜間高校に通いながら工場で働いているなんて、ほかに例がなかったわけでもなかろうが、すこぶるマイノリティーだったことはたしかだ。

そして俺たちは、高度経済成長の申し子だった。多少の幸不幸はあったにせよ、親がかりで大学に進学することが当たり前だと思っていた、恵まれた子供たちさ。ゲバルト学生もヒッピーも、俺たちみたいなノンポリの遊び人も、みんな似た者だったんだ。

だが、百合子はちがった。ほかの若者たちよりずっと大人で、ずっと賢くて、ずっとたくましかった。だから俺は、おまえと百合子の間に何があったにせよ、あいつが世をはかなんで死ぬなんて、ありえないと思う。

おそらくはおまえと別れたあと、賢く、たくましく、したたかに生きたはずだ。

どうだね、ゆうちゃん。恋に破れて身を投げるよりも、そのほうがずっと百合子らしくはないか。おまえの百合子に対する感情は、別れたあの日のまま凍りついてしまっていて、ほかの可能性を見失っている。俺はあの子のことをそう知っているわけじゃないが、自分がいくらか大人になって考えてみれば、やっぱり百合子は俺たちの誰よりも、幸せな人生を摑み取ったはずなんだ。

真澄は死んじまってから、新宿の地下街で幸福そうな百合子を見かけたと言った。俺はそこの暖炉端でその話を聞きながら、なるほどなあ、と思ったよ。

むろん百合子が、その男とどうなったかは知らない。だがはっきりと言えるのは、百合子が世をはかなんで自殺はせず、ストレスを抱えて脳の血管を破裂させたりはせず、ましてやばあさんになるまで、別れた恋人の記憶に祟られてはいないということだ。

あいつは俺たちが想像もできぬくらいの幸せな人生を、今も過ごしていると思う。あれこれ理屈を捏ねても始まるまい。つまり、世の中はあんがい公平にできているってことだよ。

だからおまえも、もうばかばかしい思い出は葬ってほしい。おまえの心の中の百合子は、すべてまぼろしなんだ。おまえにできることはただひとつきりさ。けっして呪いもせず祟りもしない死者に、心をこめて別れの言葉をかけてやってくれ。

完敗だったな。俺たちはみんな、ひとりのマイノリティーの女に叩き潰されたのさ。それこそ、完膚なきまでに。

あの影の薄い、笑いぐさになるくらい垢抜けない大部屋女優みたいな娘は、とんでもない怪物だったんだ。

17

窓の外の霧が鼠色に濁り始めた。見え隠れしていた唐松も、やがて薄闇に溶け入ってしまった。

ふたつの招かれざる魂に乗っ取られた降霊会は、死者と生者が手を繋いだまま身動きがとれなくなった。無為の時間が流れていった。

ランプシェードの赤い光に照らし上げられたミセス・ジョーンズの顔は、見るだに疲れ果てて、時おり気を喪うように居眠りをした。

怖気をふるって目覚め、ミセス・ジョーンズは聖言を唱えた。

「ノー、ノー、こんなことは初めて。帰って下さらないわ」

メアリーも梓も、うなだれたまま何も語ろうとはしなかった。私の両掌は彼女らと握り合っているのではなく、抗いようのない強い力でテーブルに押しつけられていた。

ミセス・ジョーンズはくり返し聖言を唱えた。その声は次第に性急になって、魂を導く者の威厳を失った。そして力尽きたように首をかしげて、またうつらうつらと眠り始めた。

「どうなるのでしょうか」

「ノー。わからないわ」

眠りながらミセス・ジョーンズは答えた。

「ごめんなさいね。こんなことは初めて。どうしても帰って下さらない」

「だから、どうなるのですか」

私は声を荒らげた。

「わからない。わからない。このまま連れて行かれてしまうのかしら」

鼠色の霧はあわただしく色を塗り重ねて、見る間に夜の闇に呑みこまれた。それは私の知る夜の色ではなかった。もっと静まり返った、もっと艶のない、たとえば古代の穴居《けっきょ》にしかありえぬような暗黒だった。

両掌を縛めた得体の知れぬ力が、じわりじわりと腕を這い昇ってきた。身じろぎもできぬほど体が重くなった。

「どうすればいいんだよ。いったい何が望みなんだ」

私を連れ去ろうとする霊魂に向かって言った。メアリー・ジョーンズに憑《かか》った真澄も、梓に取りついた梶も答えてはくれず、ただ俯いて白い呼気を吐くばかりだった。

「インバイト・プリーズ」

眠りながらミセス・ジョーンズが言った。

恋人を見送ったあと、百合子は綿雪の降りしきるプラットホームで、いったい何を考えていたのだろうか。

濡れたベンチをハンカチで拭って腰を下ろし、ミニスカートの膝を寒々しくすぼめて、突然申し渡された別れの宣告について考え続けたにちがいない。

私が愛情にもまさって彼女を忌避した理由は、そうした思慮深さだったとも知らず。百合子は恋人の変節について考えた。自分に気付かぬ落度があったのかどうか。それとも、私に新しい恋人ができたのか。あるいは、家族に反対されたか。そのほか思いつく限りのあらゆる可能性を、百合子は深く冷静に考えた。

もっとも、十九歳の彼女に結論は出せまい。だが、考えることそれ自体が、百合子の結論だった。

百合子はミトンの手袋を嵌めた腕を返して時計を見る。突然の別離という災厄はさておき、既定の人生を踏みたがえてはならないと百合子は考えた。

そうした賢明さが、愚かな恋人にとって我慢のならなかったことだとはむろん気付かず、百合子は小駅の跨線橋《こせんきょう》を渡り、ほの暗い改札を出て寮に向かう雪道をたどった。あやうい足元を気遣いながら。

――私、死ぬわ。

あの一言は、恋人の不実に対するとっさの抵抗だった。百合子の思慮深さを怖れていた私は、思慮するだけの時間を彼女に与えなかったからだ。

――ありがとう、ゆうちゃん。

しかし百合子は、許されたわずかな時間に宝石のようなその一言をつまみ出して声にしてくれた。

どちらが本心であるかは明らかだった。つまり、百合子は生きている。一本の電話も一通の手紙もなく音信が絶えたのは死んだからではなく、彼女なりの得心をしたからにちがいなかった。

はたしてそんな得心がありうるだろうか。つい今しがたまで愛し合い、貪《むさぼ》り合っていた唇が唐突に別れの言葉を告げるという理不尽を、無条件に寛容する得心など。

考えられるところはただひとつ――百合子は若く愚かな恋人を寛容したのではなく、これは運命だと思い定めたのだ。そして、運命ならば最も自分が傷つかぬ方法は、沈黙だった。

矜《ほこ》り高く聡明な百合子に引き較べ、私は彼女の言い置いた、「私、死ぬわ」というたったひとつの嘘に呪われて、あれからの日々を兢々《きようきよう》と生きねばならなかった。

梶の霊魂は、そんな百合子を「怪物」と評した。私たちをひとからげにして、完膚なきまでに叩き潰した怪物だと。

だが、百合子には何の悪意があったわけでもなかった。彼女が招かれざる客としてあのダンスパーティに迷いこんできた夜から、私たちはその怪物の正当な魔力に触れて、自壊していったのだ。


「いくら念じられてもむだのようです。百合子さんの魂はおいでにならない」

白い息を吐きながら、ミセス・ジョーンズは言った。

「亡くなってもいないし、生霊となるほどの悩みもないのでしょう。あなた方のことなど、きれいさっぱり忘れてらっしゃる」

梓がうなだれたまま、せわしなく白い息をついた。その肉体を借りて梶の魂が呟いた。

「なあ、ゆうちゃん。これでよくわかったろう。世の中はあんがい公平にできてるんだ。ガキの時分に教わった通りさ。努力は必ず報われて、怠けていたやつにはちゃんとツケが回ってくる。要するに俺は、四十五年で幸福を使い果たしちまったんだ」

メアリーが拒むように顎を振り始めた。

「ちがう、ちがう。そんなはずはないわ」

切なげに嘆きながら、真澄の魂がようやく言葉を繋げた。

「だったら私は、たった十九年で幸せを使い果たしたことになるじゃないの。そんなはずないよ。ちっとも公平じゃない」

梓は気付いたように顔をもたげて、声にならぬ溜息を細く長くついた。

ふたつの魂の議論に加わる必要はなかった。私は自分の思うところを胸に念じればいい。

私たちが生まれ育った時代は、ひどく不公平だったはずだ。戦後の急激な復興が国民に等しい幸福をもたらしたはずはなく、新しい秩序とヒエラルキーを構築したにすぎなかった。

そうした新秩序の恩恵に浴した私たち三人の境遇は似たものだったのだから、幸福の応報として寿命が定まるのだとすれば、それぞれの人生はまったく説明がつかない。

ましてや、山野井清の場合はどうなのだ。与えられた境遇の中で、彼は彼なりに能《あと》うかぎりの努力をし、それでも終《しま》いには父親に突き飛ばされて、ダンプカーの車輪に轢《ひ》き潰されたではないか。

「そういうおまえは幸福なのかよ」

梶の魂が私を問い質した。

わからない。それればかりは。肉体の老いを感ずるまで生きてきた事実は幸運ではあったと思うのだが、顧《かえり》みれば顔を顰《しか》めるくさぐさばかりだった。

つまるところ、社会の繁栄が個人の幸福を約束するという、大いなる錯誤の中で私たちは生きようとしたのだ。

真澄も梶も、百合子もキヨも、むろん私も、その錯誤をみずからの人生で証明した標本だった。

降霊会の輪を繋いだまま、私は目をとじた。

闇の中に、コンクリートの壁と床で囲まれた廊下が果てもなく続いている。両側に並ぶドアには四桁の西暦が記されており、そのうちの「1951」の前で立ち止まった私は、おずおずとノブを回す。

わだかまるホルマリンの臭い。夥《おびただ》しいガラス容器の中に、肉体を失った魂が封じこめられている。それぞれが原初の生命の形そのままにふわふわと蠢《うごめ》きながら。

壁の高みには、神や仏や聖人君子と呼ばれた人々の姿がテクストとして掲げられているのだが、容器の中の生命のサンプルはそれらとは似ても似つかない。

1951号の実験室。社会の繁栄が個人の幸福を約束するのではないかという仮説が、この一室のテーマであるらしい。

私は部屋を出て、ぼんやりと廊下に立ちすくんだ。遥かな過去から彼方の未来まで、運命というテーマを掲げた扉が列《つら》なっていた。

「お帰りいただけますか」

ミセス・ジョーンズの声に目覚めた。私に対してではなく、強い力で降霊会の輪を繋いでいる霊魂に向かって、彼女は懇願したのだった。

窓の外は黒い霧の流れる真の闇だった。

「このコンタクトが、無意味であったとは思われません。少くとも、あなた方にとっては」

メアリーと梓はいくらか顔を上げて、赤いランプシェードを見つめていた。しばらくそうしてから、二人はためらいがちに視線を合わせた。

「よくお聞きなさい。二人はためらいがちに救われました。お二人で遠いところにお帰りなさい。もうひとりぼっちではありません。手を取り合って、魂の安住する場所にお戻りなさい。よろしゅうございますね」

ミセス・ジョーンズの聖言の長くしめやかに続くほどに、堅く結ばれた掌から力が緩んでいった。凍えついていた指先にも血が巡り始めた。

結界が解かれると、梓は支えを失ってテーブルに俯《うつぶ》せ、メアリーは椅子の背もたれに沈みこんだ。

「二人はどこに帰ったのですか」

闇の行方に目を向けて私は訊ねた。

「さあ――」

ミセス・ジョーンズは胸前に十字を切ったあとで首をかしげた。

「あなたにもわからないのですか」

「わかっていたら、たぶん怖くて何もできませんよ」

「しかし、魂の安住する場所だ、と」

「さて、どうでしょう。そう考えなければ、わたくしも、あの方たちも、救われませんでしょう」

ミセス・ジョーンズは両手を伸ばして、メアリーの肩をさすり、梓の背を労った。燻《くすぶ》っていた暖炉の熾《おき》が炎を立て始めた。部屋にはたちまち温もりが戻ってきた。

「ひとつだけはっきりしていることは――」

言いながらたどたどしく暖炉のほとりまで歩いて、ミセス・ジョーンズはロッキング・チェアに腰を下ろした。古い椅子が静かな軋《きし》りを上げた。

「あなたの忘れられない人は、あなたのことを忘れてらっしゃる。だから、あなたの魂がどんなに念じても、彼女の魂は答えてくれません。愛し合った恋人としては、さぞかし心外でしょうけれど、仕方ありませんね」

私の落胆にちらりと目を向けてから、ミセス・ジョーンズは慰めるように、「よくあることですよ」と言って微笑んだ。

「彼女が冷たいわけではなくってよ。あなたよりも少し賢かっただけです。別れたあとで思いを募らせるのは、たいがい男性ですね。どんなに身勝手な別れ方であろうと。女はいつまでもくよくよはしませんね。きっと神様が、あらかじめそういう具合にお造りになったのでしょう。男よりも少し賢く。子供を産み育てる分だけ、少し賢く」

その夜、私は西の森の岐路で梓と別れた。

ミセス・ジョーンズが貸してくれた懐中電灯は梓に渡してしまったから、ところどころに心細い光を落とす街灯をたどって帰るほかはなかった。

しばらく歩いて振り返ると、梓の手にした灯が蛍火のように浮かんでいた。

どうしてもその光を受け取る気にはなれなかった。梓の家の門灯は岐路から見える近さだったし、私の帰り道はずっと遠かったのだが、借りた物を返すために彼女らとふたたびかかわりを持ちたくなかった。

梓がそのうち、死んだ犬との散歩がてら私の家に立ち寄るなら、それはそれでかまわない。しかし私のほうから、西の森の梓の家やミセス・ジョーンズの山荘に足を向けたくはなかった。

死者と生者が語らうことは、禁忌にちがいないと思ったからである。仮にその儀式が、どれほど私の魂を救済しようとも。

街灯のほのかな光を、まるで夜の海の岩礁《がんしょう》でもたどるように伝い歩みながら、私は家路を急いだ。あたりには木々の影すらも見えなかった。

そうして歩くうちに、心が軽くなっていることに気付いた。いつも胸の奥底に澱《よど》んでいた悪い記憶が、まさか消えたわけではないが、悔悟を伴わぬ形に変わっているように思えたのだった。

ひとけの絶えた晩秋の森の、まるで光のない闇がもたらした安息のせいかもしれない。だが私の心は、降霊会に向かう前のそれとは明らかにちがっていた。

私が雷の中から助け出した女は、雛《ひな》のような顔をかしげて言った。

――ご恩返しをほかに思いつきません。

その言葉が嘘や罠《わな》であったはずはない。怖ろしい体験と引き換えに、私の胸の中の澱《おり》は拭われた。

長い夜道をたどり、樅の木立に見え隠れする常夜灯のほのかな光が目に入ると、私は足元もかまわずに駆け出した。

まるでその光の向こう側に、探しあぐねていた私の肉体が、何ごともなく寝息を立てているような気がしてならなかった。

18

その夜、またあの夢を見た。

橙色《だいだいいろ》のうら悲しい光にくるまれた街を、ひたすら歩んでいた。しかしいつもとちがうことには、雛の顔をした女に導かれてはいなかった。

少し先に、革のコートを着て背筋の凜《りん》と伸びた女が歩いており、私は懸命にその後ろ姿を追いかけているのだった。

女は悠然として急ぐふうもないのに、どうあがいても追いつけなかった。呼び止めようにもすっかり息が上がって、か細い嗄《しわが》れ声が咽《のど》を震わせるばかりだった。

回り舞台のめぐるように風景が変わってゆく。青い火花を爆《は》ざしながら路面電車が通り過ぎる。商店街のざわめきも、黄色く色付いた銀杏並木も、ネオンを映す泥川も豆腐売りのラッパも、顧みる間もなく流れ去ってゆく。

やがて景色は石畳の坂道に変わり、ようやく女の背に追いついた。

——忘れていたわけじゃない。

そう呼びかけると、女はハイヒールの踵《かかと》をかつんと鳴らして立ち止まった。

振り向けた顔は丘の端《は》に沈む夕陽に翳《かげ》っていた。こんなに背が高かったろうか。女は私を目の上から見くだしていた。

——お人ちがいでしょう。存じ上げませんが。

低い声で女は言った。人ちがいでない証拠に、女は甘い匂いを身にまとっていた。

——思いすごしですわ。この匂いは生まれつきです。

そうだったのかもしれない。私が軽侮《けいぶ》した甘い移り香は、高貴な未来を約束された女の、体の奥底から漂い出る匂いだったのだろう。

私は背骨を引き抜かれたように力を失って、女の足元に蹲った。

——思い出してくれないか。

——思い出すも何も、はなから存じ上げません。

見上げる表情は夕陽に翳り、声も身丈も変わっているのに、私はその権高《けんだか》な夢の女を百合子だと確信していた。

坂道に面したアパルトマンの窓まどから、安らかに住まう人々の目が私に向けられていた。彼らはみな、旧知を装って物乞いをする私を蔑み憐れんでいた。

——そうじゃないんだ。

私は人々に訴えかけた。しかしふと気付けば、私は垢じみて綿のはみ出た襤褸《ぼろ》に身を包んでおり、素足の膝小僧を抱えているのだった。

慄然《りつぜん》として時の流れを怪しんだ。私はすっかり老いぼれて歩くことすらままならぬというのに、同い齢の百合子は少しも力を失わず、人生のうちの最も幸福な季節にあるように見えた。

あたりの人々が私を罵《ののし》らないのは、彼女に対する敬意のせいだと知った。丘の頂には街を睥睨《へいげい》する城砦があって、石畳の坂道はその門に続いていた。

——お気の毒です。

百合子は溜息まじりに言って、私の襤褸の胸元に一枚のコインを投げた。喜捨《きしゃ》に対する人々の感動が、ひとつの声になって降り落ちてきた。私は施しを胸に抱きしめた。金が欲しかったからではなく、彼女に服《まつろ》う人々と同様の敬意を抱いたからだった。その一枚のコインさえあれば、あらゆる災厄を免れるような気がしたのだった。

百合子はそれくらい、高貴な女だった。

——さあ、振り返ってごらんなさい。

少しも老いぬ、たおやかな貴人の手を差し延べて、百合子は来し方を指し示した。

私はおそるおそる振り返った。橙色の薄絹に被われた丘の麓《ふもと》には、私がかつて暮らし、捨ててきた街並が重箱のようにぎっしりと、ありし日のままに詰まっていた。

地下鉄工事の続く国道。キヨと歩いた障害物だらけの通学路。子供らの犇《ひし》めく校庭。生家のまわりに集まる群衆は、力道山の逆襲に歓喜の声を張り上げる。

大小のビルディングが雨後の筍《たけのこ》のように競い立ち、自動車のクラクションは見境なく鳴らされ、人々はその喧噪の巷《ちまた》を蟻《あり》のように這い続ける。

ヘッドライトとテールランプが交錯する六本木の十字路。神宮外苑の並木道は、黄色い銀杏の葉で埋まっていた。

多くの人々はわけのわからぬまま、ただ空気に煽《あお》られて、慌《あわただ》しい人生を送っているように思えた。変容を発展と錯誤し、永遠に満たされるはずのない豊かさを幸福だと信じて。

怖気をふるって私は立ち上がった。

すると、あたりには人の気配がなく、百合子の姿も消えていた。

石造りの街並は、まるでわずかな幕間《まくあい》に手際よく折り畳まれるように、ひとつひとつ音もなく闇に沈んでしまった。

私が佇んでいるのは、雑草の生い茂る夏の空地だった。風が渡って草を薙《な》ぐと、土埃の舞う中にトタン板と廃材で組み立てた、キヨの家があった。

――仔犬が産まれたんだよ、五匹も。

キヨは遠回しにそう言って誘ったのに、私は家を訪ねようとはしなかった。誰が禁じたわけでもなかったのだが、忌避すべき不浄の場所だと思っていた。

──名前を付けてやってよ。ぼくより頭がいいんだから、ゆうちゃんが考えてやってよ。

聞こえぬふりをして話題を変えた。繁栄をめざす騒音は都合がよかった。聞こえていても聞こえぬふりを、見えていても見えぬふりのできる世の中だった。

キヨはたったひとりの友人に正体を見せることで、すべての嘘を覆《くつがえ》し、懺悔《ざんげ》しようとしたにちがいなかった。

よほどの決心を無情に躱《かわ》されたキヨは、路上に取り残されて、工事現場の地下深くから溢れ出る泥水を、まるで天の恵みのように両手で愛《いと》おしんでいた。

私は夢の中の禁断の草むらに佇んで、キヨの名を呼んだ。仔犬を見せてほしいと言った。

しかしバラックに人の気配はなく、大きな鈴懸《すずかけ》の木が涼やかに葉を鳴らしながら、影を落としているだけだった。

とりわけ仔犬の姿の一匹も見当たらぬことが悲しかった。キヨの家は死に絶えていた。

夢はまたふいに暗転した。

真夏の空一面に黒い布が掛けられたと思う間に、闇の高みからこぼれるような泡雪が降り落ちてきた。

場末の小駅の、雪の降りしきるプラットホームのベンチに、ひとりぽつねんと座っていた。

　突然訪れた別れの重みは、立つことも歩き出すこともままならぬほど私を圧《お》し潰してしまった。見る間に白く染まってゆく夜を、私はぼんやりと眺めていた。

　百合子は去ってしまった。得心できる理由の何ひとつなく。

　私が捨てられたのだ。聡明な百合子はろくでなしの恋人に見切りをつけて、輝かしい未来へと向かう電車に乗ってしまった。

　凍えた掌を降りしきる雪にかざす。かけがえのない恋人の肌の手ざわりが溶けてゆく。百合子が消えてゆく。身じろぎもできぬ木製のベンチに、私ひとりを置き去りにして。


　庭先から名を呼ばれて目覚めた。

　窓ごしに外を見やると、このあたりの別荘の管理をしている老婆が、庭の枯枝を拾い集めながら歩いてくるのが見えた。

　矍鑠《かくしやく》として声も大きいが、近ごろはいくらか腰が曲がって、動作が大儀そうである。はたして、私がテラスに降りると、老婆はいくらか口ごもりながら、そろそろ仕事をやめたいと言った。

　勝手を申しますけれど、八十にもなると体がなかなか言うことをきかなくなりましてね。このごろでは便利な管理会社もありますから、昔ながらの別荘番よりもよほどよろしゅうございましょう――。

別荘が貴顕の持ち物であった時代から、留守中の管理を任されてきた老婆は、言葉遣いも昔のままだった。住人は「旦那様」や「大旦那様」、その夫人を「奥様」「大奥様」と呼んだ。

そして、私が椅子を勧めても腰をおろすどころか、段上がりのテラスに立とうともしなかった。

かつてはどの別荘にも、住みこみの使用人がいたのだが、やがて会社の保養施設を例外として、そんな贅沢をする家はなくなった。かわって彼女のような地元の主婦が、留守宅の管理を任されるようになったのだそうだ。

しかし近ごろでは別荘管理の専門会社が、安く合理的に請け負うようになった。新しい世代の住人たちにとっては、家令や女中のように傅《かしず》いてくれる管理人など、うっとうしいだけなのだろう。

ましてや新幹線や高速道路ができて、別荘は通年使用されるようになったし、新築の物件は高原の厳しい寒さも厭《いと》わない。

私が申し出を承諾すると、老婆はいかにも仕事をおえたというふうに肩の力を抜いた。

「かれこれ五十年を過ぎましたんでございますよ」

老婆は庭先に佇んだまま、問わず語りに旧《ふる》きよき時代の貴人たちの名前を、矜《ほこ》らしげに語った。それらはどれもくり返し聞かされた話だったが、初めて耳にするような顔を装って相槌を打った。

語りながら老婆の体が、すぼんでいくような気がした。言葉を祭文《さいもん》のように唱えながら、少しずつ後ずさって森の中に消えてしまいそうに思えた。

「きのうお訪ねしたんですけれど、お留守にしてらしたご様子で」

そう問われた私は不用意に、訪問先の名を口にした。西の森の古い住人ならば、彼女が知らぬはずはないと考えたからだった。

「ジョーンズさん？　――このあたりは外国人の方が少のうございますけれど、近ごろお越しになった方ですかしらん」

老婆は久しぶりに晴れ上がった秋空を見上げた。庭のシンボル・ツリーである辛夷《こぶし》の大樹はすでに葉を落として、円く拡がる枝が満天の青を罅割《ひびわ》っていた。

きのうの霧のせいか、それとも夜来の雨の恵みなのか、庭を繞《めぐ》る木々の錦《にしき》はこのうえ望むべくもないほど定まっていた。

籐にもたれて見とれているうちに、老婆は音もなく立ち去ってしまった。紅葉《もみじ》狩りに出たものかどうか、私はしばらく肚《はら》を決めかねた。


古い別荘の点在する西の森には、人の気配がなかった。

鬱蒼《うっそう》と茂る木々はあらかた楢《なら》か櫟《くぬぎ》で、もともとこのあたりに自生しているものらしい。葉は黄色に染まり、太い幹を縛《いまし》める漆《うるし》の蔓《つる》は紅葉よりも明るい朱に色付いていた。

家を出ると、私の足は西に向いてしまった。県道を渡って西の森に歩みこんだあたりで、手みやげのひとつも持って出なかったことを悔やんだ。

小石を踏む音が空隙《くうげき》に吸い込まれるほどの静けさだった。

別荘地の再開発は徐々に進んでいるが、駅から離れた西の森にはリゾート・マンションが建つ様子もなく、それどころか景気の凋落《ちょうらく》をあからさまに反映して、大きな地所を持つ保養所や別荘ほど、荒れるに任せていた。

高原のわりに湿気の多いこの土地では、別荘を一メートルも床上げする。古い時代に建てられたものは、そのせいで形が一様だった。高床の上に、黒い油脂でこってりと塗られた木造の家が載り、雨を凌《しの》ぐ広い庇《ひさし》が張り出している。

そうした家々は、主《あるじ》を失うとひとたまりもなかった。草は身の丈まで生い立ち、木々の枝は空を被いつくし、軒は腐れ傾いて、たちまち森に呑みこまれてしまう。

西の森にはそんな廃屋が目立った。しばしば足を止めて見入るほど森の色が鮮やかであるだけに、錦繍《きんしゅう》に埋もれてゆくそれらはまして虚《むな》しかった。

岐路に立ったとき、私はすでに予知していた。梓の家に向かう小径は、左右に茂る芒《すすき》になかば埋もれていたからだった。

芒を分けて進むと、荒れた屋敷があった。南に張り出したバルコニーは午後の陽射《ひざ》しを浴びて輝かしかったが、近付いてみればその輝きは、屋敷の満身を鎧《よろ》った蔦漆《つたうるし》の朱の色だとわかった。

私は気を取り直し、あの晩は夜の闇が屋敷の正体を隠していただけなのだと思った。

しかしそう思っても屋敷の落魄《らくはく》ぶりは、どうしても人が住むふうには見えなかった。

訪ねる気にはなれなかった。吹き抜けの広い居間には、いつのものとも思われぬ黄ばんだ白布が敷き詰められ、巫女のなりをした白骨が、枯れた榊《さかき》を抱いたまま打ち臥《ふ》しているような気がしたからだった。

私は背を向けて走り出した。岐路を曲がると急に陽が翳って、夥しい唐松の金色の針が驟雨《しゅうう》のように降りかかってきた。

ミセス・ジョーンズの家に向かう道は、やはり人の通った気配がなく、樅の枝が行手を遮るように張り出していた。降り嵩《かさ》んだ唐松の枝は綿のように柔らかく、足元が覚束《おぼつか》なかった。

煉瓦積みの門柱は苔むしていた。その先に続く薔薇垣は、秋も深いというのに白と赤と黄の花を咲かせていた。

だが、その向こう側には玄関も家もなく、茫々《ぼうぼう》とした芒の原が白い綿毛を散らしているばかりだった。

秋景色に誘われて、森の中の道を踏み惑っただけなのかもしれない。だが、幸いそうであったとしても、まちがいでは済まされぬ取り返しようのない道筋を、歩いてきてしまったような気がした。

悪夢のほうがまだしもましだった。夢ならばいつか覚めるだろうから。

私は夢の中でそうしたように、膝を抱えて屈みこんだ。

金色の唐松の葉の降り嵩む路上に、体が少しずつ沈みこんでゆく。芒の綿毛を振り払って顔を上げれば、灰色の天のきわみから、うつつとも知れぬ泡雪がこぼれてきた。

解説

森　絵都

歴史小説。人情小説。悪漢小説。ミステリー小説。ユーモア小説――ジャンルの枠を越えて数々の名作を世へ送りだしている浅田次郎さんの筆は、時として、生死の枠も越える。やむにやまれぬ事情を抱えた生者と死者が作中で呼び合い、交わり合う。『鉄道員（ぽっぽや）』『地下鉄《メトロ》に乗って』『椿山課長の七日間』『神坐す山の物語』『おもかげ』等、不思議な魂の交流がリアルに描かれた作品群を見ても、それら小説世界における下界と冥界の垣根は低く設えられているように思える。が、私はいつもそこに「されど垣根」とでもいうべき厳格な境界を感じてもいた。

そこだけは踏み越えられない一線のようなもの。犯してはならない法のようなもの。生者としての、また死者としての嗜みのようなもの。

つまるところ、生きているあいだに取り返しのつかなかった何かを垣根を越えて取り返すことを、浅田さんは容易に許さないのだ。

だからこそ、ご都合主義のハッピーエンドからは得られない余韻が読後の胸に長く留まる。

本書『降霊会の夜』も然り。まずタイトルからも察せられるように、この小説もやはり「あの世」と「この世」のあわいにたゆたう魂たちの織りなす物語だ。しかし、「自分はそっち系はちょっと……」という方も安心してほしい。本書の主人公である〈私〉もまた、神懸かりや霊的なものは一切信じない男性なのである。

そんな〈私〉があれよあれよと降霊会へ引き寄せられていく導入がまず面白い。高原の家。秋の雷。庭の大木の下に蹲《うずくま》っている女——その闖入者の顔が〈私〉の夢にくりかえし現れる女のそれと同じであるのがわかった段階で、読み手は早くもこの妖しい世界に囲いこまれている。

女を訝《いぶか》り、霊的な話題を避けようとする〈私〉も、「会いたい人はいませんか」の問いには抗えない。

会いたい人がいたからだ。

キヨ——一度目の降霊会で〈私〉が再会を望んだ元級友の生涯はじつに切ない。遡ること半世紀前、小学三年生だった〈私〉の前に現れた転校生。戦後復興期の教室を埋める五十人の子供たちの中で、キヨは明らかに浮いていた。体が小さい。陰鬱。無口。級友たちの本能的な嫌悪感をかきたてたのは、しかし、それら表層の奥に覗く異質さだった。

まわりの子供たちとは決定的に何かが違う自分を取り繕うように、キヨは多くの嘘をつく。「父親は銀行員」「家は高台にある」「コリーを飼っている」。見えすいた虚構にしがみつく転校生に暗い興味を募らせる〈私〉だが、徐々に偽りがほつれ、真の姿が明らかになって間もなく、キヨは忽然とこの世を去る。

なぜキヨはあれほど異質だったのか。なぜ死なねばならなかったのか。降霊会で露わになるのは主にこの二点だ。

しょっぱなから虚を突かれるのは、若き霊媒師を介してまず現れるのが、キヨ本人の霊ではないことだ。前のめりに一番乗りで降りてくるのは、若いころにキヨを気に懸け、その身を案じてやまなかった巡査の生霊。続いて、キヨの父親が招きよせられる。〈私〉とは別の角度からキヨを見ていた二人の告白を通じて、不気味な少年を覆っていた霧が晴れていく過程は謎解きの興趣に満ちている。

しかし、いかに真実が明かされたところで、めでたしめでたしとは終わらない。巡査の懺悔も、父親の告解も、未来を絶たれた少年の悲劇を薄めることはない。むしろ炙りだされるのはより痛切な哀しみだ。

〈キヨが友人たちに毛嫌いされた理由は、その身なりの悪さや小さな体や、無知や貧困ではなかった。そんな子供は、ほかにも当たり前にいる時代だった。夢だの希望だのという、等しい子供の財産をキヨは持っていなかったのだ。〉

なんと悲痛な境遇だろう。キヨは子供の誰しもが具しているべき糧を奪われた子だった。生きているうちからすでに生の光をむしりとられていた。

悪いのは父親だ。が、彼のまわりにはキヨを気にかけながらも助けることのできなかった大人たちがいた。彼らの足下には弱者を切り捨てて闇雲に成長する戦後の日本があり、背景には救いがたい戦争があった。

巡査は言う。

〈わきめもふらずに復興した日本が、キヨを殺したのだ。〉

万人の胸を抉《えぐ》る重い叫びである。

しかし、私はこうも思う。たしかに誰一人としてキヨを救えなかった。しかし、忘れもしなかった、と。

巡査も、父親も、キヨを記憶から葬った気でいた〈私〉も、誰もが深いところで今も不幸な少年を思い、罪の意識を抱き続けていた。赤の他人の息子のために生霊となってまで戦後日本を罵倒する巡査の激情こそが、逆説的に「当時の日本も捨てたものじゃなかった」ことを証しているともいえる。

失われた少年の命は取り返しがつかない。夢も希望も甦りはしない。けれど、キヨを取り巻く大人たちが懐に忍ばせていた情は、さまよえる霊たちを慰める一つの救いとなったにちがいない。

日毎に家へテレビを観に来るキヨを快く迎えていた〈私〉の祖母。こっそりキヨに氷水を食べさせていた祖父。キヨの父親に仕事を提供しようとした父。「あー、俺ァ情けねえ」と自分を責めたお豆腐屋のおじさん。

浅田さんの描く昭和の風景は、どれほどの痛みに貫かれていたとしても、いつもどこかあたたかい。

一転して、二度目の降霊会は男と女の恋情が交錯する渋い話となる。

そう、〈私〉には会いたい相手がもう一人いた。若き日の恋人、彼にとって唯一無二の女性である。

時は〈私〉の大学時代へ再び遡る。東京オリンピックを挟んで高度経済成長を続け、絶好調のようにも見える日本だが、一方で綻びも生じはじめている。その一端ともいえる学生運動を尻目に、〈私〉は連日、六本木のコーヒーショップで仲間と暇を潰している。

〈学生運動は都会育ちの私たちにはなじめなかったし、フーテン族はなおさらだった。高度経済成長の申し子たちは、誰もが同じ閑暇と怠惰を共有していて、そうした中に私たちのような遊び人の集団があっても、何の不自然もなかった。〉

この時代の空気感は浅田さんの自伝的小説『霞町物語』にも鮮やかに焼きつけられているけれど、キヨの死からたった十年ですっかり様変わりした東京で、どこか所在なげな若者たちはスポーツ・セダンを乗りまわし、夜はパーティーでチークダンスを踊り、彼ら流の青春を謳歌している。空虚に、楽しく、威勢良く——しかし、道楽息子と自ら認める彼らには江戸前の矜持が一つあった。「仲間うちの暴力沙汰と色恋沙汰は禁忌」。

ニューヨーク育ちの勝気な真澄とは、だから、たとえ傍目には恋人同士のように映っても、あくまで親友のままだった。〈私〉が恋をしたのは、生粋の都会人である彼とは真逆のダサくてかわいい女、百合子である。

チョコレート工場で働きながら定時制高校へ通い、海ではフリルのついた水着を着る。異質ながらも周囲の同世代にはない芯を持った百合子に〈私〉は夢中になるのだが、自分の中で巨大化していく女を畏れるがごとく、ある日突然、自ら別れを告げる。

百合子は理由を聞かず、追いすがりもせず、ただ泣きながらこう言い残す。

「私、死ぬわ」

この一語が〈私〉を縛っていたのである。

けっして嘘をつかない元恋人のその後を案ずる思いと、完璧な女への未練と——二度目の降霊会へ臨んだ〈私〉の心にはそのどちらも混在していたことだろう。

ところが、どれだけ霊媒師が呼びかけようと、百合子の霊は現れない。彼女は死んでおらず、生きて、今の恋人と幸せになっていたからだ。代わりに降りてきたのは真澄の霊で、彼女はいかに〈私〉を愛していたのかを切々と訴え、そこに真澄を思い続けていた梶という男の霊も入り乱れ——と、降霊会は混迷の様相を呈していく。

生者には生者の、死者には死者の痛みがあり、言い分がある。不協和音が通底する彼らのやりとりは実にリアルで、確たる一線を越えて重なり合えない寂しさに満ちている。その場景がにわかに緊張するのは、怒濤の告白に戸惑うしかできない〈私〉に、真澄がはたして彼は冷淡なのか。見解の分かれるところだろうが、私にはどちらかというと〈Cold-heart〉の一語を突きつけた瞬間だ。

〈Honest〉のような気がしないでもなく、野暮な弁明を口にしない彼に江戸っ子の意気地を見る思いもする。そして、これもまた語られぬ無言の警句として、そこには「自ら命を絶ってしまったらおしまいだ」という深い嘆きが秘められているようにも思える。

真澄が身も世もなく求める「さよなら」を、最後まで〈私〉は贈らない。彼は彼女の無念をその重みのまま一人で抱えていくのだろう。その厳しさをひしと嚙みしめたのち、そんな〈私〉の覚悟が滲んだ本書の冒頭部分へ再び目を戻すと、切ないほどの首尾一貫に改めて痺れる思いがした。

〈この齢《とし》まで生きて、悔悟のないはずはない。罰は下されなくとも、おのれの良心に問うて罪だと思うくさぐさは山ほどもある。だが、それらを懺悔して贖罪《しょくざい》とするなど、あまりに都合がよすぎるではないか。〉

（作家）

単行本　二〇一二年三月　朝日新聞出版刊
一次文庫　二〇一四年九月　朝日文庫
ＤＴＰ制作　言語社

文春文庫

降《こう》霊《れい》会《かい》の夜《よる》

定価はカバーに表示してあります

2018年6月10日　第1刷

著　者　浅《あさ》田《だ》次《じ》郎《ろう》
発行者　飯窪成幸
発行所　株式会社 文藝春秋

東京都千代田区紀尾井町 3-23　〒102-8008
TEL 03・3265・1211(代)
文藝春秋ホームページ　http://www.bunshun.co.jp

落丁、乱丁本は、お手数ですが小社製作部宛お送り下さい。送料小社負担でお取替致します。

印刷・凸版印刷　製本・加藤製本

Printed in Japan
ISBN978-4-16-791081-5